# MEDIEVAL WOMAN

## Village Life in the Middle Ages

# 中世紀女子

## 英格蘭農村人妻的日常

安貝爾
ANN BAER
——著

翁仲琪——譯

目錄


三月 015
四月 051
五月 074
六月 101
七月 143
八月 191

九月 224
十月 249
十一月 273
十二月 295
一月 331
二月 352

# 〈冬之歌〉

屋牆掛了冰柱
牧人迪克呵著手指
湯姆搬柴往大廳送
牛奶未及返家凍結成桶
血液凝凍道阻且長
夜梟睜著大眼吟唱
嘟呼呼呼——
嘟呼呼啊——歡快之歌
滿身油膩的瓊安輕晃著鍋
屋外狂風呼嘯而過
牧師箴言為咳嗽聲淹沒
鳥兒靜靜縮窩雪中
瑪麗安的鼻紅腫刺痛

碗裡嘶嘶作響的烤山楂果
夜梟睜著大眼吟唱
嘟呼呼呼——
嘟呼呼啊——歡快之歌
滿身油膩的瓊安輕晃著鍋

——威廉莎士比亞《愛的徒勞》

# 【人物介紹】

瑪麗安，中世紀婦人
彼得卡本特，她丈夫
小彼得，他們的兒子
愛麗絲，他們的女兒

休爵士，領主
瑪格麗特夫人，人稱瑪夫人，他妻子
瑪格達，他們的女兒
羅洛，休爵士的弟弟

湯姆
愛德吾兒，湯姆的兒子
瓊安，休爵士同父異母的私生姊妹
米莉

老瑪菲斯，瓊安母親
洛皮蘭伯特

約翰神父
老莎拉，他的管家

賽門米勒，瑪麗安的兄長
貝西，他妻子
麗莎、羅傑、吉伯、愛倫、凱特，他們的子女

麥特，大廳農夫
妮兒，他妻子
羅伯，他們的兒子

迪克薛波
希爾達，他妻子

梅格、瑪麗，他們的女兒

莫莉
老艾格妮絲，莫莉的母親
老瑪吉，老艾格妮絲的姊妹

傑克帕羅萊特
小莎拉，他的妻子
為數眾多的年幼子女

霍奇，工人
賽希莉，他妻子
喬、哈利、愛德恩、哈迪，他們的兒子
霍奇的年邁母親，也是老莎拉的姊姊

豪爾，鰥夫，希爾達的父親

老佛萊徹

佛萊徹老媽子，他妻子，也是村裡的助產士
安德魯佛萊徹，他們的兒子，是一名工人
波莉，安德魯的繼室
奈德，安德魯的兒子
莎兒、安迪、伊茲，安德魯和波莉所生子女

西姆金，工人
喬伊絲，他妻子

尼克，工人
瑪莎，他妻子
史提夫、基特，他們的兒子
另有數名年幼子女

保羅杭特，自由人

瑪德琳，他妻子
史提夫、蜜吉、保羅，他們的子女

寡婦安妮
威爾佛瑞迪，她兒子
達賓，她的小兒子
吉兒，達賓的妻子
獨眼瓦特，達賓的兒子

高個瓦特洛克威爾
南西，他妻子，也是老艾格妮絲的女兒
馬丁，他們的兒子，娶麗莎米勒為妻
喬伊絲，他們的女兒，嫁給西姆金
史帝芬，他們的兒子，隱約與愛倫米勒有婚約
另有數名青少年子女
愛德華洛克威爾，高個瓦特的兄弟

紅髮瑪麗，他妻子，也是迪克薛波的姊妹
提姆，他們的兒子
另有數名年幼子女
老蘭伯特洛克威爾，高個瓦特和愛德華的伯父，也是洛皮的父親

狐帽克里斯，修理匠

另有動物如下：
小虎，瑪麗安的貓
吉克斯，休爵士的梗犬
崔佛，瑪格達的狗
瑪夫人養的母狗，名字不詳
喜樂、忠實，牧羊犬
凱撒，狐帽克里斯的驢子
橡之心，休爵士的馬

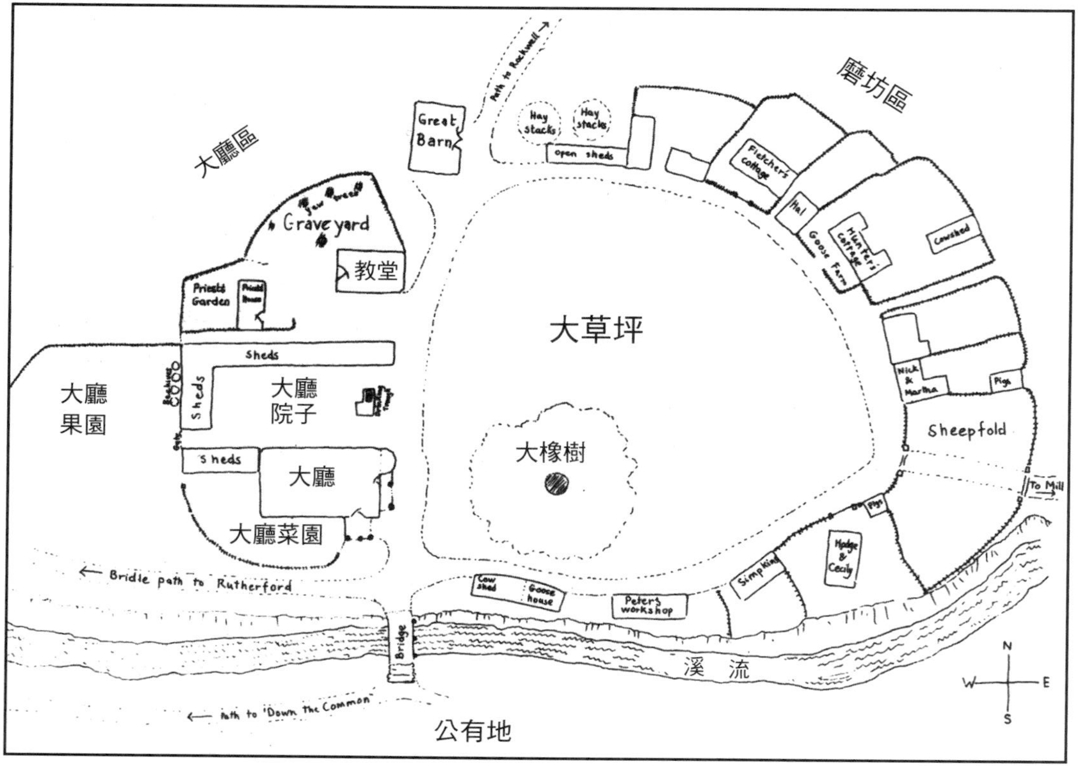
磨坊區
大廳區
Path to Rockwell →
Great Barn
Hay stacks
Hay stacks
open sheds
Fletcher's cottage
Hal
Goose Farm
Hunter's cottage
Cowshed
Nick & Martha
Pigs
Sheepfold
To Mill →
Pigs
Hodge & Cecily
Simpkins
Peter's workshop
Cow shed
Goose house
Graveyard
教堂
Priests Garden
Sheds
Sheds
S heds
大廳院子
大廳
大廳菜園
大廳果園
大草坪
大橡樹
← Bridle path to Rutherford
Bridge
溪流
← Path to 'Down the Common
公有地
N
W
E
S

村子示意圖

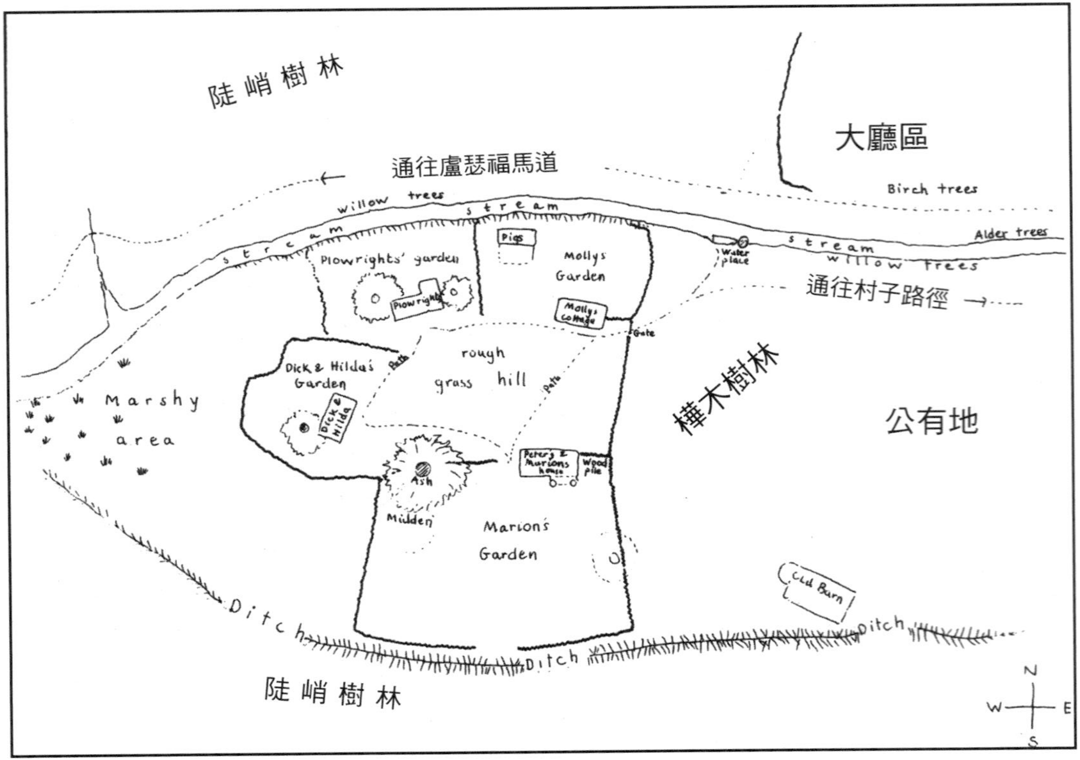
陡峭樹林
大廳區
通往盧瑟福馬道
Birch trees
willow trees
stream
Alder trees
Pigs
Mollys Garden
Plowrights' garden
Plowrights
Molly's cottage
Water place
通往村子路徑
Gate
Dick & Hilda's Garden
Dick & Hilda
Path
rough grass hill
Marshy area
樺木樹林
公有地
Peter's & Marion's house
Wood pile
Ash
Midden
Marion's Garden
Old Barn
Ditch
陡峭樹林
N
W
E
S

下公有地

# 三月

冬日似亦厭倦了自身的勞苦
讓農人翻過的泥土
恰容狂熱溫暖的陽光穿透半刻
穿透目眩暴風雨後的水窪處處
牧羊人走著經常看到
徜徉濕潤青草上的小小雛菊

瑪麗安翻身仰躺，好減輕髖部疼痛。她放慢動作以免吵醒其他人，但她的丈夫彼得睡得文風不動，鼾聲不減。她伸腿碰碰八歲熟睡在床尾的小彼得的背，又伸長右臂摸上搖籃，手指輕撫愛麗絲纖小的手，觸感柔軟冰涼得像隻蛙。她將小手塞回羊毛被底下。

房裡很幽暗，但任何母親在襁褓的孩子旁都睡不沉。夜裡鑽進床鋪的濕冷寒

氣，加上胃部的灼熱感，都讓瑪麗安難眠。她伸長手臂摸到搖籃邊緣，手滑過被子去確認愛麗絲的臉沒被蓋住。她未曾忘記幾年前的悲慘景象，親眼看見上到搖籃裡的貓，伸長緊繃的四肢往下跳，留下早先還溫暖著小床的冰冷嬰屍。但此刻愛麗絲臉上空無一物，小鼻子塌扁冰涼。她繼續睡。

屋裡尚一片漆黑，門上連一絲晨光或月光都未落。瑪麗安就著自己濕濡的呼吸氣息，把被子拉到臉上。她的鼻子和愛麗絲的一樣冰冷。一片安靜之中傳來樹皮從木柴上剝落的細微聲響，表示爐火尚未全熄。小彼得仍在她腳邊蜷成一團，呼吸加重了些。彼得則裹著毯子睡在她身側，身子起伏，呼吸聲改變片刻，而後再度安靜下來。隔牆隱約傳來麥稈堆的沙沙聲和山羊的重踏聲，之後房內再度陷入寂靜。在被愛麗絲近乎哀哭的嗚咽聲吵醒之前，瑪麗安甚或打了個盹。愛麗絲在母親的輕撫下平靜下來，她大概是做惡夢受驚了。瑪麗安躺回去時想著，是什麼樣的恐懼和驚駭會進到兩歲小孩的意識裡。

瑪麗安的胃依舊不適，她猶豫是否該去解手。但想到要冒著寒氣出門走進冰凍暗夜就提不起勁，而他們向來排斥大人在屋內排便。或許她該等到天亮，但林子還沒傳來鳥鳴，屋外公雞未啼，想來天色一時半刻不會亮。她昏昏欲睡但拿不定主意，於是繼續躺著。

愛麗絲忽然哭叫一聲，接著一個逆咳，大聲嚎哭起來。瑪麗安再度伸手過去，摸到溫熱黏稠的嘔吐物，孩子似乎吐得滿臉。警覺到嬰兒噎到窒息的危險性，瑪麗安坐起身，推開已經溼濡的羽毛被，抱起啼哭的孩子。嘔吐物的酸臭讓她也作嘔欲吐。她感覺到彼得身子一個起伏，翻過身去。

「愛麗絲最近都不舒服。」她喃喃道。

彼得咕噥一聲但沒起身。愛麗絲仍然使勁哭。過一會兒，瑪麗安坐到床沿，把愛麗絲放在腿上，用地板抓的一把麥稈幫她擦拭。彼得身子又伏動了一下。

「將她放回搖籃，她很快就會睡著的。」他說。

「被子和麥稈堆上可能都是嘔吐物，被子肯定是。她剛剛凍壞了。」

孩子哭得彼得睡不著，他坐起身，拉過兩人的毯子披在瑪麗安身上。

「她很快就會靜下來。」她這麼對彼得說，想讓自己安心。

「抱她一起回床上睡，妳這樣自己也會著涼的。」彼得說。瑪麗安仍坐著安撫一身嘔吐味的嬰孩。彼得催促她：「來睡吧，用毯子包好她，讓她待在床上妳那一

譯注：全書篇頭詩歌節錄自英國十九世紀詩人約翰克萊爾（John Clare）的詩集《牧人月曆》（*The Shepherd's Calendar*）

側，她就會再睡著，搖籃可以明早再清。」

兩人十四年婚姻生養過許多孩子，都經常夜裡生病，彼得早習慣了。但愛麗絲愈哭愈烈，一副身子被人擰彎了似的，而且再次噎到，瑪麗安感覺胸前又是一道溫熱濕黏的嘔吐物流下。

彼得坐起身，越過她時扯動了她肩上的毯子。「需要光嗎？」他只說了這句。接下來她聽到他踩在麥稈上的腳步，在層架底下摸找鼓風器。平常睡在層架上的小虎輕喵一聲跑掉。彼得開始用鼓風器在未熄木柴上可能燒出紅光的幾處打風。

嘔吐物似乎溢得到處都是，瑪麗安在黑暗中抓一點麥稈擦拭，試著讓愛麗絲平息下來。她想不通這麼小的身軀怎麼裝得下這麼多東西。

鼓風器開開合合，愛麗絲哭泣呻吟，小彼得則躺著不動，決意不醒。

彼得及時將一塊木柴的一處吹得熾紅。他摸黑找到突出於層架上方牆面一根帶有枯葉的樹枝，是他留下來當火種用的。他將乾枝靠在餘燼上，讓枯葉抵著紅火處不斷鼓風，將葉子點燃。枯葉燃燒起來，有片刻整個屋裡都亮起來。彼得一把抓起他放在層架上一塊空心木磚裡的燈芯蠟燭，但枯葉火光已經熄滅，他得再次鼓風，用更多枯葉抵著木柴的餘燼紅光，才終於把蠟燭點燃。

如此一來，屋裡有了一小方微弱光線，但已足夠讓瑪麗安看到愛麗絲白花花的小臉吐得亂七八糟。愛麗絲的哭泣稍歇，注意力被火光吸引。但她的每一口呼吸都抖著，瑪麗安見她下脣顫動，不似一般哭鬧嬰兒的抖脣，卻更似一個憂傷大人的顫脣，讓她對這孩子心疼不已。彼得拿著燭火，瑪麗安讓孩子躺在自己膝間，把連帽罩袍拉上來蓋住她的頭，結果帽兜皺褶裡都是嘔吐物，她把罩袍往地上一丟。愛麗絲身上裹著羊毛寬布，上半截被嘔吐物弄髒，下半截則濕透發臭。

瑪麗安說：「我陪她在爐火旁坐一會，她在發抖。你幫我披件毯子就回床上睡吧，讓身子再暖暖。」

壁爐的半邊有一截月牙型的老圓木，是他們平常坐的地方。瑪麗安移過去坐下，靠近爐裡的餘火，背靠著老圓木座。她解開身上其實也又濕又黏的袍子，把凍壞的愛麗絲塞進袍裡。彼得把毯子蓋到她肩上，這一動弄熄了燭火。黑暗中，她聽到彼得躺回去時床板的咯吱聲和麥稈的沙沙聲。他們再度置身漆黑，只剩壁爐留有一點餘燼紅光。

瑪麗安抱著愛麗絲在她胸前屈膝坐著，她抖得厲害，每個哆嗦都使她以雙臂緊抱輕晃愛麗絲。儘管她光腳踩在火爐石板上，成堆餘燼並未傳來絲毫溫暖。愛麗絲呼吸慢慢平緩下來，瑪麗安猜她睡著了，怕吵醒她，她動也不敢動。雖然她坐在少許麥稈上，冷硬的地板還是讓屁股作疼，瑪麗安忍耐。她覺得頭重重的，胃部灼燒感也加劇。聞到那令人作嘔的氣味，有一兩個片刻她擔心自己也會病倒。門上仍未落下半縷晨光，冬夜漫長如斯。可以的話，她還想有處能枕著頭的地方，但老圓木座太矮，只夠讓她倚到胸口高度。彼得沒出聲，她不知道他睡著沒。她猜愛麗絲睡著了。瑪麗安的思緒逐漸從愛麗絲這個躺在她身上的小生命，飄移到她所有的孩子：思及一個母親是如何對每個孩子付出再付出，從懷孕、分娩、餵養、擋風遮雨，想到她是如何日日夜夜把全部的時間都給了孩子，這些孩子又是如何需索無度。然而即便如此，都還力有未逮，那麼多孩子在襁褓中夭折。愛麗絲很幸運地是個健壯的嬰兒，理當要能長成強壯的孩童才是。「我可憐的女兒。」瑪麗安低頭對袍下的愛麗絲呢喃：「我可憐的女兒。」

她的思緒繼續飄往近期死亡的孩子瑪潔莉。瑪潔莉在兩年前死去，當時她十二歲，已經過了夭折的高危險年紀，這麼大的孩子通常能存活下來。瑪潔莉的臉龐一下子閃進腦海，瘦窄的臉，兩旁掛著烏黑直髮，一雙黑眼珠神情總是緊張，一口因齙牙老是微張的嘴，下唇乾裂斑剝，呼吸聲刺耳。她一直是個纖瘦寡言的孩子，發育不良，力氣小且活力不足。瑪麗安經常拿哥哥的兩個女兒和她相比。愛倫和凱特分別只比瑪潔莉大四歲和兩歲，卻與她截然不同，是兩名蹦蹦跳跳的活力少女，在瑪潔莉還是一副弱不禁風的孩童身軀時，兩姊妹卻已提前進入青春期。

前年夏天開始，瑪麗安看著瑪潔莉總有說不上的不安。她沉默且不大活動，看不出明顯生長，即便如此，她還是接過了所有瑪麗安交付她的活，花大把時間在庭院除草，把穀物和麵粉扛過來搬過去，照顧妹妹愛麗絲，用手推磨磨豆，整理羊毛紡紗。但瑪麗安注意到她動作愈來愈慢，發懶時間愈來愈長，到了秋天，咳嗽變得頻繁，憂鬱而無精打采。儘管整個人懶洋洋，她氣色卻轉好，一抹嫣紅從她髒兮兮的消瘦雙頰透出。但是秋天入冬之際，她開始兩眼無神，咳得愈來愈久，不管母親說什麼都無法讓她提起勁。到了聖誕節，除了蹲坐在火爐旁的老圓木上，她什麼事都做不了，只能幫忙看顧愛麗絲，偶爾紡幾碼羊毛，但光是把紡好的毛線轉上紡軸都像是要耗盡她僅存的氣力。她懇求母親讓她待在家裡陪愛麗絲，不去參加莊園「大廳」[1]的聖誕筵席，瑪麗安同意了。當時屋外下過雪，刮著濕冷的風，空氣中有融雪氣味，爬滿梣樹的常春藤在農舍上方劈啪作響。這種天氣待在家裡好些。聖誕節至新年期間，瑪潔莉變得食欲不振，很快就起不了身，整天躺在床尾蜷縮在毯子裡。外頭天氣轉為酷寒。餘雪上結了脆質的硬霜，公有地灌木叢的大量樹枝結冰

1 譯注：大廳（the Hall），英國中世紀莊園制度中領主及其家人所居宅邸的室內大廳，當時多半沒有隔間。亦為整個莊園舉辦活動或筵席的室內主場。

如網。

如此天氣下的一個次日，瑪麗安打開農舍的上半門，讓霜雪中的日出為屋裡帶入粉紅晨光。瑪潔莉一動不動，從她緊閉的鼻子和毫無血色的臉龐，瑪麗安知道她死了。

發現自己現在對瑪潔莉的思念有多淡，對這個相處了十二年的孩子有多不傷心，半嚇壞了瑪麗安，幾乎像是她一直在期待她的死亡。多麼荒蕪的一小段生命，她想著，突然意識到瑪潔莉或許從未有過片刻的快樂，一天也不曾有，一個舒服的夏日午後也未可得。她的整段生命都是痛苦的。瑪麗安如此清晰憶起那對發紅緊張的雙眼，擔心受怕，逆來順受的眼睛，現在則永遠闔上了。

愛麗絲身子一陣起伏，呼了口氣，頭在瑪麗安胸前來回扭動，將她的思緒從夭折的孩子帶回眼前活著的這個。愛麗絲無疑截然不同，活潑強壯，如果命運連這麼有希望的孩子都要帶走就太殘酷了。但瑪麗安再明白不過，即使是健壯的孩子，也能多快就病死。第二個孩子諾利突然從回憶湧上，她無時無刻不想他。她心愛的胖諾利，身材圓滾，眼神清亮如知更鳥，強壯活潑如幼犬，卻在一星期內死亡，沒能活過三歲。如同許多夭折的嬰孩，他死於突然的腹瀉，疼痛哭叫，吃不了任何東西，也沒有什麼吃了不會馬上排出來，圓潤的身體逐漸消瘦，強壯肥碩的手臂漸漸疲軟得像被鐮刀割落赤日下的牧草。他頭枕在瑪麗安手臂上，全身癱軟地橫在她膝上。她抱著他三天三夜，眼看著他的哭泣愈趨微弱，直到感覺他連哭的力氣都沒了。當時是四月初，天氣尚寒。她憶起彼得要她把諾利放回搖籃，回床上睡。「他現在安靜下來了，會再睡著的。妳累壞了，回床上躺吧。」他一直勸說她。她在憂慮而筋疲力盡下終於答應，把諾利放回搖籃，自己在旁邊的床上躺下。隔天早上她一覺醒來，諾利就死了，他身上裹著的布料濕透，和搖籃裡的麥稈凍在一起。

對瑪麗安而言，她的悲傷裡夾雜了對彼得的怒意，是他要她把諾利留在搖籃裡，而她更內疚自己當時順從了。她沒有讓彼得知道這股怒意，然而她從未真的釋懷。假使她抱著諾利坐一晚，假使她保持他暖和，諾利或許就不會死，那晚她或許能保住他，能讓他多活些時日。她對彼得說不出「若不是你要我把他放回搖籃，他現在或許還活著。」但這些「或許」不斷進出她悲傷的思緒中。「我可憐的諾利。」她把愛麗絲拉近時嘆息：「我可憐的諾利。」何以如此，十年前諾利三年的短暫生命，比之那臉龐消瘦如野兔、痛苦可憐的瑪潔莉的十二年，仍更顯珍貴？

瑪麗安的臀部都麻了，顧不得可能弄醒愛麗絲，她得動動才行。她讓自己稍微下滑，好把頭枕在老圓木上，多撥一些麥稈至臀下墊著。房內再度回到死寂，四下無聲。她又想起了瑪潔莉，但這次思緒沒那麼清晰。愛麗絲沉實的身體壓在她胃上逐漸傳來暖意，瑪麗安打起盹來。

瑪麗安被脖子僵硬的疼痛感弄醒。愛麗絲靜躺在她腿上，沉重又潮濕。空氣中充斥著刺耳的鳥鳴。瑪麗安在瞌睡中聽著，一隻也許就棲在屋子上方梣樹的畫眉鳥，其歌聲在千鳥一片喧囂中也技壓群雄。瑪麗安想像著那片從她菜園底部陡升上去的林地，密密覆蓋著褐色細枝交織成的天網，在灰白的清晨裡靜止不動，其上滿布這些毛絨絨的小球，如同附在樹梢上的褐色果實，如此輕盈，如此脆弱，卻一隻隻以高亢的歌聲響徹整個樹冠層。她好奇牠們如何辦到的。她知道牠們有多小，去掉羽毛只是一小坨懸著的肉塊，小過愛麗絲的拳頭，一口就沒了，不值得花功夫捕捉和拔毛。鴿子還行，就連烏鴉也值得費點力氣，但這些小東西實在……她的思緒回到這上千隻在山坡高處歌唱的鳥。她好奇牠們為何這麼做，像現在這樣，在春天早晨集體嘶聲引吭。她想像在她所熟悉這片山坡背後的其他山坡，在那無盡森林裡的其他樹木上，還有數百萬的纖小鳥兒此時也在遠方高歌，卻無人聽聞，無人知曉。

一陣新的胃灼熱和腸絞痛，伴隨位置不定的腸道虛弱感，將瑪麗安的意識帶回現實。她休息一會兒平息疼痛，然後把愛麗絲從腿上移到麥稈堆上，草草摸摸四下，確保孩子沒碰到火爐，用僵麻身體所能做到的最快速度起身，三步併兩步來到門邊。她將下半部的木頭門栓後推，彎腰俯身爬出去。屋裡沒有任何人醒來。冰冷蒼白的光線下，她看得到腳邊結霜的雜草，菜園籬笆的交錯枝條，還有糞肥堆。鳥兒啼聲狂放依舊。她撐不到走遠，便在糞肥堆旁蹲下，結霜的草叢搔著屁股，她排出了不少惡液稀屎。雖然她覺得頭暈且時間彷彿靜止，赤腳凍得她保持清醒。她站起身，抓過一把差不多夠把自己擦乾淨的霜草，擦完往糞肥堆一丟，再度彎身爬回屋內。

她在身後將下半門帶上時，彼得低聲說：「怎麼了，瑪麗？」他喊她的暱稱關心。她解釋狀況，而後聽到麥稈堆一陣窸窣，他靠向她。

「妳在發抖。來，蓋上這個，去草堆躺好。我會把愛麗絲抱進我的毯子裡。」

瑪麗安將自己裹在彼得溫熱的毯子裡，躺進他暖過的麥稈堆，簡直置身天堂。她聽見他在地面摸找愛麗絲的聲音，愛麗絲嚶哭了一下，然後是他的安撫噓聲。一陣窸窣，嗵的一聲他躺到她身旁，愛麗絲睡在他臂彎裡。瑪麗安將凍麻的雙腳伸出去，冷到十分僵硬，隔著毯子輕觸小彼得，他睡得很死。瑪麗安躺下，試著止住顫抖。溫暖的彼得靠著她的背，他似乎很快又睡著了。

瑪麗安想知道她和愛麗絲究竟吃了什麼才這麼難受。可能是前天中午的豆子殘餚濃湯，愛麗絲也吃了一點。那些豆子和最後剩的一點培根一起煮，幾乎只剩豬皮的部分，所以她後面幾天加了幾回豆子下去煮。豆子湯現在都吃完了，真是萬幸。昨天全家都吃了一點麵包配牛奶當晚餐，牛奶是家有母牛尚在泌乳的鄰居送的，但不可能是牛奶出問題，因為彼得和小彼得都沒事。

隨後她又打起盹，思緒變得斷續。她有感於自己嫁了個多善良的丈夫，多麼難得能擁有如此一位溫柔好脾氣的男人——好吧，也不盡然，他會對木料的品質抓狂，拘泥於工藝的細節，而且在意工具的擺放保存。但是他總是善待她，不計較飲吃，對孩子很溫和——好吧，也不盡然，女兒還小的時候他很溫和，但男孩不管幾歲他都嚴格以待。彼得是個奇特複雜的男人，但她從未希望自己嫁的是別人。她一直都明白，愛彼得與否，她都不可能嫁給迪克薛波。她的彼得是一名能幹的木匠，雖然他和其他佃農一樣有權墾荒耕作，他把全部的時間都投注在村內的木工棚裡，讓大廳的一名僕役代他耕地。遠在瑪麗安嫁給他之前，彼得近視太深不適合農務已是眾所周知的事。

「把他的手放在犁上，他也看不到牛尾巴。」一個沒口德的村人形容。「他犁出來的田溝和野兔挖的沒兩樣，就算犁到別人田裡，他也不會發現。」沒錯，彼得近視很嚴重，但雙臂範圍內看得一清二楚，即便是他量尺上的最小刻度。所以其他人幫他犁田，他為眾人製作犁具。有時候瑪麗安覺得這讓他更快樂，他得見自己雙手製作的成品被廣為使用，讓許多村民得見自己以雙手的勞動擊敗風雨或不知名害蟲與無端災禍。

善良的彼得啊，瑪麗安想著，一股感恩的暖意充滿她昏沉的意識，她終於帶著這份感恩之情睡去。

+

瑪麗安支著單肘起身。屋子上下半門都開著，外面是大白天。彼得和小彼得都不在家。她覷一下搖籃，愛麗絲還在睡。屋內爐火用三根柴重新起過，輕煙裊裊，屋頂天窗半開著。

她心想，我一定睡了幾小時。她覺得虛弱，但現在腦筋清醒了，只是雙腳還是凍得僵硬。她裹著床上的毯子，走到老圓木座旁坐下，兩隻腳放在爐底石上取暖。暖空氣中，衣服上的酸臭味直衝入鼻。她坐在那裡呼吸濃重地忍耐著。鳥鳴已歇，只剩屋頂上麻雀仍吱喳不停，偶爾聽到底下菜園傳來母雞咯叫（彼得一定又放牠們出去了）。

不久她聽到彼得的說話聲和鐵鍬鋤地的撞擊聲，再來是小彼得哀怨的童聲：

「但是再滿我就拿不動了。」然後是彼得稍遠的叨念聲。瑪麗安猜想，他們在清理羊圈，正要把羊糞清到糞肥處，小彼得需得提羊糞桶。她希望他別驚擾到孵蛋的母雞。

恩典般的暖意逐漸滲進瑪麗安的雙腳，她把袍子上提，讓暖意傳到小腿，盈滿大腿和裙間的三角空隙。她瞥一眼層架，倒蓋在麵包上防鼠的厚重陶盆此時被放在一旁，而裡面原味司康減少，瑪麗安知道父子倆用過早餐了。她想知道現在到底什麼時候了。屋內在小彼得出現在門口時轉暗，即使是小孩體型也遮去光線。

「媽，妳醒啦？爸說我得先往屋裡看，妳若還在睡，不能吵醒妳。」

「我醒了。你吃過麵包了？」

「吃了，還有希爾達薛波給我一些牛奶。她的桶子就在外頭，然後爸打了一桶水上來。妳真的睡了一覺，媽。」

「母羊還好嗎？」

「牠還沒生，爸又拿一點水餵牠。」小彼得轉身朝外頭大喊：「媽醒著。」

彼得出現在門口，屋內再次變暗。他低頭進屋，抹抹手，問她還好嗎。

「我還好。」她答道，傳統不容許抱怨，尤其是婦女。「我睡了一覺。」

「妳真的睡了一覺，小的也是。但她天一亮就醒了，我餵她吃了一點開水泡軟的麵包，她又睡著了。她現在好臭。」

「我會清洗她的東西。」瑪麗安說，但懷疑自己哪來的力氣。就算她有力氣，水源區的溪水會不會結冰，又或她該怎麼把愛麗絲的衣服弄乾。

「妳今天會一起去望彌撒嗎？」彼得問。

「已經中午了？」

「差不多。我說了，妳真的睡了一覺。」

+

瑪麗安單手伸往層架底下的晾鞋架，把她的羊皮靴拉過來。這雙靴子一度是她的珍寶，現在內襯的羊毛都磨禿了，左靴腳趾處還裂一大口子。她將只有表層暖和的雙腳套進靴子，起身將毯子丟回床上，從層架下方支架拿出一小捆羊毛布，將愛麗絲抱出搖籃。

愛麗絲醒過來有些抗拒，但瑪麗安繼續拆掉裹在她身上的臭毯子，脫下她穿的羊毛束腰罩衫，上面也沾滿乾硬的嘔吐物，然後拿毯子一角為她擦身體，因為那似乎是裡面最乾的布，最後用乾淨的毯子重新將她裹好。愛麗絲掙扎，瑪麗安試著餵一點麵包安撫她，但她把小臉別開。瑪麗安懂她，所有的食物現在都令人作嘔。

遠方傳來「噹－噹－噹」的聲響，沿著村子傳遠，那只「鐘」掛在教堂屋頂伸出的一根橫梁上，由約翰神父的一名男童搖響。那並非真正的「鐘」，只是一只圓形的舊鐵鍋，底部有個無法修復的洞，插住所掛橫梁的木瘤倒懸著，部分的舊鍋柄附在上面作為鐘錘。

「彌撒時間已經到了？」瑪麗安再次問道，心底渴望能繼續賴在火爐旁，但彼得應了一聲，重理火堆裡的木柴至安全狀態，拉一點毯子蓋在她肩上。她發抖起身，把一頭散髮塞至衣服連帽底下，抱起鬧脾氣的愛麗絲，全家出發往教堂走去，彼得扶著她肩頭，小彼得一跛一跛地落在

後面。

＋

瑪麗安和彼得的農舍落在公有地盡頭一處地勢稍高的地帶，鄰近還有另外三戶。他們步下小徑，左手邊經過老姊妹的農舍。老艾格妮絲和老瑪吉這對姊妹一定還在屋內，但看得到艾格妮絲的女兒莫莉走在小徑前方，拖著腳步往村子走。至於其他鄰居：迪克薛波和希爾達以及兩個女兒八成已經坐在教堂裡；而帕羅萊特一家，乖戾的傑克和邋遢的妻子小莎拉，還有他們那一窩疏於照顧的孩子，很可能還擠在火爐旁，不知多久沒出過門，髒兮兮且飢寒交迫，上教堂從來是不情不願的。

沿著公有地順溪而行的小徑步行到村子大概四分之一英里遠，會來到木棧橋，他們緊抓扶手，小心翼翼地踩過結冰的閃亮橋面通過。接著他們經過在左手邊的大廳和大廳庭院，在右手邊的大橡樹和大草坪，順著小徑便一路來到教堂。一小群鄰居身上披披掛掛任何家裡能找到的布料，領著他們發抖的孩子，正蹣跚穿越草坪來到教堂。

村裡的每個人都以這座教堂為榮。這座教堂雖然在任何人有印象以前即已建成在此，連瑪麗安的父親都記不得，但它至今仍顯得嶄新潔淨。教堂一定有人建造，於是流傳一個說法，它是在一群來自盧瑟福的男人的協助下，用一兩英里外森林一處奇特的斷崖型採石場裡的乳粉紅色砂岩蓋起來的。這些大石塊是以圓木為枕軸一路滾下小徑的（即在將大石塊往前滾時，將多根圓木樹幹置於石塊前方地面，前滾後再將落於後方的樹幹重新拿到前方放置），然後再以牛橇拖運橫越公有地，來到沼澤區邊緣溢洩形成的那條小溪旁。大石在此分割裁切，而後橫拖過溪來到對向的岸邊，再以牛橇往上坡拖運至教堂預定地。來自盧瑟福的男人帶了幾麻袋白色的粉土，說是燒過的白堊。他們先拿大石裁切下來的粉塵與之混和，再摻進水，然後在眾人目瞪口呆下，用這些會逐漸硬化的黏糊將大石砌在一起。因而這座小教堂四牆之堅固，其他建物無法匹敵。而現在證明此名不虛，其後多少生命起落，教堂仍屹立不搖。石頭外牆雖已風化成斑駁的灰色，黏漿堅固依舊。溪流沿岸當初切割大石的地方仍散落著碎石，因裸露在溪裡而帶有苔綠，碎石部分阻擋了水流，使溪水外擴，因而現在成了一片廣大的淺石區，村內婦人在緩流帶浣衣或洗滌剪下的羊毛。

瑪麗安沒特別留意到教堂的潔淨，甚至不認為那是在踏進教堂時讓她印象深刻的特色。教堂內部以白色黏漿接縫的淡白石牆，組成屋頂的帶裂紋樹幹橫梁，兩側和祭壇上方窗戶背面扣住的木頭百葉扇片，都給了教堂一種其他內裝無法給予的明亮潔淨感。想當然，這裡是村內除了棚屋以外唯一不曾被大火弄髒牆面或燻黑屋梁的建物。大廳雖然遠比這裡寬敞挑高，卻陰暗沉鬱，向來不得瑪麗安欣賞，不像教堂的輕快明亮給予她的感受，這也在她心中內化為信仰的屬性。

約翰神父在聖壇旁煩躁不已，試圖用一點燃煙的細枝點燃兩根細長的獸脂燭，對著他的輔祭男童提姆洛克威爾直發牢騷，不斷用手背抹鼻子以免讓人聽見。提姆凍到發紅的骨瘦雙手比起上星期似乎從袖子又露出更多，軟爛的凍瘡也添了幾個。他以雙掌環護蠟燭，輕吹燃煙的細枝，比約翰神父順利地接連點著了兩根獸脂燭。微弱的燭火對於從敞開門窗射入的明亮冬陽毫無增亮之效。約翰神父仍忙進忙出，經常被沒繫好晃在足前的皮帶絆到。

祭壇是一張製作堅固的小木桌，覆著雪白薄毯，桌上立著兩座木燭臺，插著細長的獸脂燭，搖曳微弱火光，還有盛著奉獻麵包的陶盤和聖餐杯。聖餐杯是一只獸角型的小容器，呈圓錐狀，邊緣鑲一圈閃著微光的金屬，雖未經證實，但瑪麗安認為那是真金，很可能是村裡僅有的一點古銅色。有時當聖酒中的酸腐蝕金屬杯裡的銅，這一閃金光會褪至青綠色調。祭壇上還有一座小小的花崗岩十字架，閃耀其獨有的一絲灰色光澤，上半部刻有一個複雜的圖案。十字架的來歷已不可考，但普遍認為是由這座教堂的受題獻聖者聖保羅帶來村子的。祭壇上十字架旁放著約翰神父所謂的「祈禱書」。瑪麗安知道它具某方面的神聖意義，在她心裡和另一個東西類似，即大廳果園裡有時寄生在蘋果樹樹瘤上，有著白色漿果的奇特綠色植物[2]，同樣隱約被認為具有某種神祕，甚或神聖的力量。約翰神父的祈禱書是一塊板子，附有一支類似攪製奶油用木杵的把手，用來固定一張塗了褐色亮光漆的羊皮紙頁。祈禱書年代久遠，羊皮紙上能辨識的只有一個大大的紅色字母A和幾行黑色字跡。整個祈禱書都因古老而烏亮。

約翰神父能否讀懂祈禱書沒人知道。他經常提起待過的一個名為羅契斯特大教堂的地方，坐落在一條比本村還寬的河旁邊。約翰神父當時還是個小男孩，跟著其他男孩一起學習成為教士。那些大部頭書籍經常出現在眼前，羊皮書頁上充滿黑色符號，時而穿插寶石色澤圖案，教士反覆的吟誦聲縈繞於耳。他靠聆聽習得一切，也像個孩子在複誦那些陌生的語言之際，知道什麼時候該翻頁。或許他曾經認得幾個詞彙，當然，裡面沒半個字是他的母語，但他是否曾理解任何他學會複誦的文字令人懷疑。無論如何，這些都是陳年往事了，自從離開羅契斯特的大教堂，他便不曾再有任何機會練習這些奇怪的誦讀。理解那些文字毫不重要，正確執行儀式才是重點。

遠遠早於約翰神父的年代，這張寫著《聖母頌》的羊皮紙頁就已被賜與這座教堂。約翰神父尊其為聖物，彌撒講道不能少了它。它對每位村民來說都熟悉不已，他們一生中每個星期都在教士手上看到它，即使稱不上崇拜物，也絕對是他們信仰的一部分。

+

生活中很多方面，瑪麗安不相信因果，但她強烈相信「趨向」。她認為憑藉先見之明和個人本領，一個人能左右這些趨向。在她的想法裡，世界充滿或迎合或違逆她意志的各種神祕力量運作著。按照神父的含糊講道內容，她大概會稱之為善與惡的力量，猶如上帝和惡魔的力量。但這兩力影響的不只是道德觀，也包括人生面對的日常事務。比如健康的力量與疾病的力量奮戰，然而，雖然她相信村裡的草藥飲劑，也搭配吟誦儀式服下，以便增強健康的力量，削弱疾病的力量，但她並不相信任何療效，或任何該藥飲在病體身上發揮的實質改變。她只相信神性帶來的影響或許能削弱疾病的力量。這也是何以對她而言，無須尋求證明，無須證據導出結

2 譯注：此指槲寄生，在古歐洲民俗和神話中具有特殊性。

論，謹慎起見最好喝下正確劑量，背誦正確咒語（通常在約翰神父的祝禱下），這樣便能影響這些力量偏袒她。

當出現牛隻或羊隻流產，最好能將死胎埋在牢固的門檻下，不是因為這樣就能防患未然，而是為了降低可能性。大家都知道經期中的婦人醃製培根不一定總是會腐壞，但一般認為可能性會大增，因而謹慎起見，婦人會避免在月事來潮時醃製培根。

約翰神父帶領的彌撒相當符合這個民情。他會為獻祭儀式製做一種特別的麵包（應該說是照顧他的老莎拉做的）。他也會用長在灌木籬牆上的黑刺李製作一種帶酸味的紅色液體，他稱之為酒，製作方法保密。在羅契斯特他還是孩子的時候，那裡的桶子裡隨時有帶酸味的紅色液體，部分定期用於彌撒的奉獻。他便以為所有染成紅色的水都是酒，所以他在村子裡要做的是找到能將水染成暗紅色的漿果。他常用的除了黑刺李還有接木骨果實，這些漿果能製作出和《最後的晚餐》桌上杯中物頗像顏色的東西，他依稀記得在羅契斯特的食堂牆上看過這幅巨畫。隨著彌撒儀式的進行，與他吟誦的神祕而無意義的字句之下，他會發給現場嬰孩除外的每個人一小塊麵包，自己則吞一口酸「酒」。教堂裡的每個人都相信此舉能得到上帝的偏愛，因而不參加彌撒無禮事小，但自找麻煩事大。

對於瑪麗安和其他村民而言，信仰不過是他們持續為人生福氣努力的一部分。福氣意味著大豐收、風調雨順、身體健康、多子多孫（最好是別人家），以及老鼠和烏鴉的死亡。某程度上也是一種對抗疾病的保障作為。她認知到為回報這份不可靠的庇佑，她得遵從某些特定行為，但她沒有特別的負疚感或罪惡感，也不覺得有必要在參加彌撒前內省或懺悔任何事。只要她持續參加彌撒，是否仁慈庇佑她和她的家人端看上帝意旨。

教義裡有些戒律，每個人都知道有十條，但從不見列舉。每當有人向約翰神父問及細則，他和其他人一樣含糊其辭。當中還有些令人困惑的地方，瑪麗安知道她不能咒罵別人，但她分不清咒罵和日常對話。她知道人要榮耀父母，但照顧老朽事物不是天經地義的事嗎。不能殺人——這還用說，每個人都知道。不可婚外通姦——反正這在村裡也執行不易，倒是人人都想知道，在大廳的漫漫長夜裡，男男女女的僕役在桌下麥稈堆裡發生些什麼事。不可汙衊他人——瑪麗安不可能這麼做。不可偷竊，不過在這麼緊密的村裡，行竊要脫身本就不易。星期天不能工作，但這點不影響瑪麗安，因為沒人覺得這條禁令與婦女的勞動有關。事實上婦女沒有「工作」，只有「本分」，而且她們為此而生。

瑪麗安不懷疑自己是有婦德的女人，雖然她很少把這當一回事。她有時會從例行該繳給大廳的一打蛋裡抽兩顆餵自己的孩子，然後告訴大廳的羅洛，是母雞孵蛋不周，但她從不對這謊感到罪惡，也不曾想過這可能算是從大廳裡「偷」了自家的蛋。從另一個正向的角度看，她清楚自己幫助過很多村裡的老人，不是只照顧自己磨坊裡的父親。當村裡出現孤兒，她也盡一份力，佛萊徹家的第一任妻子過世時，她以母乳哺餵其中一個嬰兒兩個月。她總是辛勤餵飽全家，而且生養過許多孩子，只有那麼少數幾個活下來也幾乎都錯不在她。她對彼得忠貞，事實上她深愛他，她是個孝順的女兒，更有甚者，她仍經常反省自己。

+

當他們在教堂後方找到位置，彼得將熟睡的愛麗絲從瑪麗安臂裡抱過來，好讓她能倚著嵌在石牆裡的厚木柱。粗糙的礫土地板隔著舊靴子弄痛她的腳。她看著鄰居一個個起起伏伏的背影，寬大微駝的肩沉在灰斗篷下，男人的帽兜撥到背上，露出亂髮下骨瘦嶙峋的脖子，女人的帽兜則被外加斗篷蓋住，這件護住了雙臂間的嬰兒，下層長及腳踝的長斗篷則護著其他幼齡稚童，孩子們髒兮兮、凍得紅通的腳伸出袍底，像是孩子的小爪從母愛的羽翼下露出。這些濕濡的斗篷微冒熱氣，教堂空氣瀰漫著濕羊毛味、久未沐浴的體味、獸脂燭等等的混和氣味。

休爵士和家人站在教堂東側尾端的聖壇平臺上，越過村民的肩膀都看得到他們一家。這平臺是彼得近來搭建的，因為休爵士在溪谷下方盧瑟福當地的一座教堂裡看過類似的。休爵士極其高瘦，黑帽兜垂掛在背，銳利的日光閃耀在他的禿頭、蒼白的細鼻，以及同樣蒼白的長鬍鬚上。他面容多麼哀傷，瑪麗安心想，如此疲倦，了無希望。

休爵士旁邊站了瑪格麗特夫人，人稱瑪夫人，是一位戴著白色毛皮禮拜高帽的嬌小女士，個子只到休爵士肩頭。她分明的輪廓專注在祭壇的約翰神父身上，眼神緊繃，雙脣緊抿，她的表情像是忍耐已久。她身上裹著一件黯淡的綠色斗篷，幾乎將她的深棕色連衣裙整個罩住。她雙手交握祈禱，幾乎每根手指都有凍瘡。

瑪格麗特夫人前面站的是瑪格達，他們的大女兒，也是僅存下來的孩子，是個發育不良的十二歲小孩，厚重的棕髮從小白帽傾瀉出來圍起整張臉，帽子太小了，但這是她只有這頂最像母親戴的那頂。瑪麗安看得出來瑪格達不專心。她東張西望，眼神掃過村民，看這棟建物，看祭壇上方窗戶四周的壁畫，雙手將用來固定斗篷、有紅色針腳的皮帶反覆解開又繫上。不過儘管眼神飄移，她嘴上還是跟著父母應和儀式。

他們一家身後是休爵士的兄弟羅洛，一個在村裡不受歡迎且令人畏懼的男人。身為莊園的超級管家，他永遠記得誰欠了什麼，何時欠下，對違規之事嘮叨不休，講究公平，凡事精確，不講情面且不苟言笑——每個人都知道，要不是有他掌管實權，休爵士會更容易對付，更容易說服，也更容易矇騙。羅洛站在那裡，帽兜放下，褐色斗篷長及靴子，他的鼻子和休爵士的一樣立體細瘦，但臉上其餘部位都被頭髮遮蔽，一直連到底下的濃眉，大鬍子更藏住臉部所有表情。「你永遠摸不透他在想什麼。」瑪麗安有次如此向彼得抱怨，得到的回應是：「妳知道了也絕不會喜歡。」

羅洛住在大廳裡，睡在起居平臺的一張麥稈床上，兩側分別是休爵士和瑪格達的有簾皮革床。雖有傳聞（多半出自米莉口中），羅洛有許多夜晚在教士房裡度過。老莎拉經常進出神父房間照料其起居，她的說法則是告訴村民，羅洛和約翰神父經常併坐在房內提到上帝、聖母瑪利亞和一些神聖之事，羅洛也試著教約翰神父吟唱——「有時我也會加入。」老莎拉似笑非笑地說，否認這兩個男人間有任何其他關係。但村民之間仍有不少流言蜚語，大家說老莎拉不懂這檔子事。她老糊塗了不是嗎？她對好幾個人說過自己是天使，每晚都飛到天堂不是嗎？米莉則剛好相反，滿腦子邪念，什麼邪惡的故事都編得出來，盡可能散布。

約翰神父正在主持彌撒，他已經使用完那塊用途神祕、有個大紅A字的板子，並以某種單調的吟唱法念誦更神祕的詞彙，一邊將之小心放回祭壇——這段經常讓羅洛鬍子底下的面容扭曲起來。聖體已剁成小塊裝在淺籃裡，提姆洛克威爾和另一個較年幼的男孩（瑪麗安猜是養鵝的杭特家其中一個男孩）提著發給全場會眾。教堂內某處傳出騷動，稚氣的童聲嘶啞低語：「都是你。」「才不是，是你先撞我。」羅洛突然一聲厲斥：「肅靜，孩子！」

與此同時，約翰神父面向教眾，雙手高舉念誦了更多奇怪的禱詞，而後回到祭壇，開始將「酒」從一個昂貴器皿——一只窄頸的壺倒入一個牛角狀的容器中，即聖餐杯。他總是將壺提得老高，好讓全場都看得到赤紅的汁液流下（且當日的陽光將之照出紅寶石般的光澤），表明此特製的酒被用在這個重要的儀式上。神父的手凍僵了，灑出不少在祭壇布上。

瑪麗安看著儀式進行，她的思緒飄回近年瑪潔莉的死亡和葬禮。「她當了天使。」約翰神父如此對她說，他對每個喪子的父母都這麼說。她當時聽到這說法已有些不安，而現在抬頭望著祭壇上方牆面褐色線條勾勒的兩個天使，不安益發強烈起來。兩個天使位在一幅巨大末世圖的左上部，畫中有一半的人正赤身裸體、頭部朝下墜入地獄，而另一半的人穿著白色連衣裙、雙臂高舉正往左上部升去。不管是誰畫了這幅圖，那人都沒把細節處理好，牆上的一塊突起毀了其中一個天使的臉，給了那張臉一抹下流的冷笑，而濕氣則橫過另一個天使的臉，半張臉隨著壁癌崩落。約翰神父有時會說他該弄把梯子將畫改正，但他不知道怎麼做。沒人想過磨坊主的兒子吉伯其實可以重畫，連吉伯本人都沒想到。瑪潔莉現在是天使的說法沒安慰到瑪麗安。

彌撒結束，村民紛紛退到一旁，讓道給休爵士一家走到教堂門口，來到外頭的陽光下。當中許多人在他們經過時小聲問安：「早安，爵士。」「早安，瑪夫人。」但跟在父母身後的瑪格達沒得到任何問候，羅洛和約翰神父也沒有。在教堂門外，洛克威爾的兩戶人家共約十五人，多數穿著自製的精美豬皮靴和黑白條紋斗篷，喊道：「早安，休爵士。早安，瑪夫人。」之後才有序地左轉，開始長程徒步穿越田地回到他們在洛克威爾的居住地。休爵士一家人、約翰神父以及身後跟著的其餘教眾，則右轉往下沿著墓地邊緣的小徑走，穿過大廳棚屋和外屋所在的庭院入口，穿過大廳建物尾端麵包石窯和露天棚屋所在區域，門外站著偶爾才參加彌撒的湯姆，面帶笑容歡迎眾人。這也是每星期儀式的一部分。

「早安，爵士。早安，瑪夫人。」他撥整一頭鬈髮以恭敬的姿勢問安，即使早上他已見過他們全家。「早安，瑪格達小姐。早安，先生。」他對羅洛說。「早安，神父。」他們陸續進入大廳，走到屋尾平臺上的主桌落座，後方村民則爭先恐後進來。陰暗的大廳此時有四大根木柴燒得熾熱，一只大鐵鍋架在爐火中央的石頭上，周圍石板上則放了一些扁圓麵包。此番好客的明亮景象，這股熱情溫暖的氣味，引來一聲聲「啊」的嘆息。緊接在星期天的彌撒儀式後，在大廳享用的免費餐點受到所有村民的喜愛。任何儀式都撫慰人心，但以這個最得民心。

大廳的主廚僕役湯姆打理這一切，沒人對此不滿，因為湯姆人緣很好。他忙進忙出──「孩子，把門帶上──不，等等，愛德吾兒正在裝麥酒。你們這些孩子關好教堂的門了嗎？確定？啊，愛德吾兒，把桶子放在那裡──不，我已經放了一只酒壺在平臺桌上了。瓊安，小心妳的裙子靠火太近──麵包人人有份。米莉，別把湯給灑了。小心，瑪格達──小姐──別讓妳的狗亂跑好嗎，拜託。今天的麥酒還行嗎，爵士？瓊安釀的。不是那支勺子，那支是湯勺，問愛德吾兒，麥酒勺在他那……」如此忙得不停。他讓休爵士一家在起居平臺的餐桌坐定，多數村民則沿牆坐在長凳上，孩子坐在他們腳邊地上。米莉和瓊安把圓形的硬麵包發給婦人，分給每個家庭幾碗盛滿培根豆子湯的木碗，同時，三只綠釉高壺在大家手上傳來傳去，每個人想倒多少都可以，愛德吾兒拿著一支大木勺從門邊的桶子裡不斷把壺斟滿。

隨著眾人酒足飯飽，湯姆的叨唸漸歇，因為已無需多言。一個個家庭擠挨在一起，手上摸著多數人綁在腰帶上的木湯匙。小彼得不久前才得到父親為他刻的一支，很驕傲有機會用到。他們彎身在自家的湯碗前，趁熱舀湯，對於此刻的暖意和撫慰人心的食物感到快樂，愉悅至極。湯喝完了，大伙逐漸散開，每個人也都吃了分到的硬麵包，等著輪到自己暢飲高壺裡的麥酒。席間有些呼嚕聲和嘆息聲，但沒什麼人說話。瑪麗安來自磨坊的哥哥賽門和他的家人也在，坐在他們家對面。他們揮手打了個招呼，繼續用餐。瑪麗安膝上躺著愛麗絲，她試著餵她一匙湯，但愛麗絲把臉別開。瑪麗安只好把那匙湯餵進自己嘴裡，忍著噁心吞下那口溫熱帶料、培根口味的液體。她受不了浮在熱湯表面的肥油，完全不想再多吃任何一口。彼得和小彼得喝完了兩人間的那碗湯。瑪麗安把頭靠在彼得的肩膀上，閉目養神，許多人也都這樣做。豆子湯沉甸甸地積在眾人原本飢腸轆轆的胃裡，柴火的光熱照亮他們的臉龐，麥酒比平日喝的來得濃烈。閒逸而暖和，兩者都很難得，何況是加成起來，讓人陶然欲睡。一個重要的儀式——彌撒及緊接其後的大廳晚餐，如此熟悉，對他們的生存如此至關重要——就此圓滿完結，除了在這難得的滿足感中寐去，還有什麼該做的呢？

湯姆小心理好爐火中的木柴，瑪麗安張開眼睛看著他。湯姆是個厚實強壯的男人，鬈曲黑髮，鬈曲短鬍，之間是一張討喜的臉。他笑時眼睛會瞇起來，那神情總讓她想起賽門。她對此感到驚奇，卻沒發現村子裡的人多少彼此都有點親戚關係，雖然大家都知道自己的手足和姑姨叔伯，有些人認識堂親表親，但再遠的多半不管了。湯姆一生都住在大廳，遠早於他與一位村內姑娘結婚的多年前，而據說夫妻恩愛非常。她死於兩人兒子的出世，湯姆全心照顧這個孩子，在大廳一手將他帶大，因此總是喊他愛德吾兒，後來全村都這麼叫他。愛德吾兒是名高瘦青年，樂於助人，常被瑪格達欺負，但有湯姆照看著，他不喜歡讓兒子離開視線。

愛德吾兒尚在襁褓的期間，休爵士曾想為湯姆和同是大廳僕役的瓊安指婚，湯姆拒絕了。他曾說：「我不能這麼做，爵士。我真的無法。我的露西在天堂等著，忠貞如初，我前去聚首之時也該如此，這是聖意所願。請不要這樣要求我，爵士，我確定這不會是上帝的旨意。」所以當（無論依法律或風俗）有權指配僕役婚事的休爵士說，他只能容許湯姆鰥居到收成之後，到時他就得和瓊安結婚時，湯姆眼眶噙滿淚水，當天有人在墓園看到他帶著雛菊到露西墓前。此番種種都傳到瑪夫人耳裡，她想必私下對休爵士說了什麼，湯姆再婚一事自此不曾再被提起。

自始至終沒人問過瓊安對這婚事的意見。她也在大廳工作居住了一輩子，年紀比湯姆大。眾所周知她是休爵士父親的私生女，即休爵士和羅洛同父異母的姊妹。然而身為私生女，且是另一名仍拖著身子半死不活的大廳僕役老瑪菲斯的女兒，瓊安並未得到任何身分優勢，恰恰相反：她注定卑躬屈膝過活。她是每個人的下人，瑪格達尤其鄙視她。沒人怪罪湯姆不娶她。

村民還能忍受瓊安，他們討厭的是她的工作夥伴米莉。沒人試著幫米莉張羅婚事。米莉是個矮小又圈型腿的女人，年紀比瑪麗安稍輕，長直髮，髮色因常年積卡木屑而發灰，兩只黑圓的眼睛長得太近，鼻孔發紅，不滿的嘴型，頹喪的下巴，是個和優雅沾不上邊的女子，是鐵絲般的力氣讓她撐過勞務繁重的生活。她滿腹牢騷，怨天尤人，她愛騙人也善記仇，對邪惡的八卦加油添醋（假若源頭不是她編造出來的），她自稱目睹的事從不可信——無怪乎村民討厭她。隨著這股厭惡逐年累加，她也積怨已久，從她下彎的薄脣就看得出來。

大廳有專屬的僕役，一生與莊園綑綁在一起，沒有土地，身無長物，自由無望。他們沒有任何人質疑過這個奴役制度，連在心底自問都不曾。儘管生活不易，他們有個安身之所，即在大廳長凳下的麥稈堆裡有張床，而且好壞都有口飯吃。

除了這些僕役，還有經常在大廳附近及庭園四周棚屋走動的洛皮蘭伯特。他是住在洛克威爾的老蘭伯特之子。洛皮也許三十來歲，但心智像個孩子，身材卻既不像小孩也不像男人。他刺耳的聲音極度令人費解，且不具備任何技能。在洛克威爾那樣凡事井井有條、秩序分明的地方，他幾乎一無是處。所以老蘭伯特將他送到休爵士那裡，看能做點什麼都好。但他能做的不多。洛皮需要人時時盯著，再簡單的事都不能交付他。人人都記得有一次交代他看顧公有地的一群雛鵝，幾個小時後，有人發現他抱著一隻幼狐在山楂樹的低枝下盪來盪去，雛鵝則不見蹤影。

+

瑪格麗特夫人弄醒了大廳內的所有人，因為她高聲喊：「湯姆，把百葉窗關上，晚風灌進屋裡來了。」

湯姆馬上伸手拉扯靠近他們的幾條繩索，大廳因而變得更暗了，只剩火爐的一片火光及零星的火星照亮著。村民知道這是該走人的暗示，他們得離開這溫暖的庇護之所，回到陰冷潮濕的自家農舍。

「一定要在天黑前回家。」「我還有牛等著擠奶。」「真討厭晚風吹在胸口的感覺。」「你很幸運牛還在泌乳。」……村民一邊閒談，一邊集合孩子，偷偷拿一點麵包放進衣兜裡，再度披上斗篷，拉起帽兜罩頭，拖著步伐走出門，進入三月傍晚嫣紅迷濛的暮色中。

瑪麗安和彼得一同離開，身後跟著迪克和希爾達，抱著兩人稚齡女兒裡小的那一個。到大廳門口時，湯姆攔下他們。

「對了，彼得，剛好想到一件事，我需要一個釀酒房小桶的新木塞，原本的已經腐爛，會漏。」

「但我很忙，還有天曉得多少羅洛交代的工作等著。塞子需要精細的手工。你可別以為做小東西只需要短短時間……但是好吧，我盡量。下星期再提醒我一次。塞子用梣木做最適合。」

「謝啦。大家晚安。」湯姆沒入他帶上的大廳門後，彼得則趕上正在過橋的其他人。與此同時，迪克薛波在小徑上停下腳步，從希爾達手上接過一袋食物，為她和懷中沉睡的孩子披上斗篷，擁抱她們和站在希爾達旁的大女兒，然後就穿越大草坪離開。他離開時，瑪麗安看到在最後一線暮光下發出橙黃光澤的髮絲，對比出他頭部和身體的黑暗輪廓。

「迪克走了？」彼得問。

希爾達說：「上去牧場，這時節他不能拋下母羊和初生羔羊。他請奈德上去陪牠們，自己只是下來參加彌撒，吃點東西。梅格，抓緊扶手。過橋時不准跳。」

他們的鄰居莫莉從後方跟上。

「真高興回家路程有你們做伴。哎呀，這橋還真滑，今晚的霜結早了。瑪麗安，妳那小的睡著了？」她說。

天色很快黑了。他們拖著笨重的腳步一列縱行於小徑，橫越公有地來到散落著許多農舍的「下公有地」。他們和莫莉在她的菜園門籬前分開。

瑪麗安對她說：「妳真幸運，有母親和阿姨能幫妳顧火。我們家屋裡有一點火都算好了。」

「妳需要的時候，可以差小彼得過來取一點餘火回去。希爾達，妳也是。」後面又互道了幾回再見。他們在希爾達家的農舍前與她道別，看著她彎身進屋，梅格跟著進去。

一進屋彼得馬上摸到架子底下找鼓風器，鼓風直到紅色火光出現。小彼得在昏暗中現形，他蹲在爐火旁。瑪麗安身子一沉，坐到那截彎曲的老圓木上，愛麗絲立刻醒過來。

「想吃麵包和牛奶。」她歡喜說。

「她好多了。」彼得直覺地說。

「不行，現在是睡覺時間。」疲累的瑪麗安說：「馬上進搖籃睡覺。」愛麗絲號啕抗議。「妳安靜！」瑪麗安說著甩她一耳光。她強硬地將愛麗絲放進搖籃，用羊皮將她裹緊，然後重新坐回老圓木座。小彼得此時已經上下兩半門都關上，屋內的光源僅剩爐火。屋內暗得不能紡紗，不能製作木塞，什麼都不能做，只能盡可能靠近爐火坐著，想辦法保暖。

「最好也上床睡了吧。」彼得說，幾乎每晚都是同樣的對話。「來吧，孩子，出去尿最後一泡了。」

待父子兩人從外面回來，瑪麗安已理好火，在床上躺平。彼得摸黑小心翼翼爬過她。

「你們重新扣上門了嗎？」她問。

「當然，還用說。」他答。

她知道兩人現在火氣都很大。她知道自己的病好了些，但是很餓，因為幾乎二十四小時沒進食了。她清楚不過，飢餓的夜感覺格外漫長。這晚天又冷得不留情。過了一個鐘頭，瑪麗安仍清醒地躺在黑暗之中，雙腳凍得像冰磚，感覺寒氣一路爬上她的小腿和雙膝，對於彼得和兩個孩子還能睡著感到羨慕又不可思議。對她而言，這會是漫漫長夜。

# 四月

汝之曠野提供暖寢如此
羔羊得以小憩
徜徉汝之綠丘沐於日光之下
如徘徊不忍離去之雪

這天又是一個偽初春日，然而即便瑪麗安知道在真正的春天到來前，寒氣與霜雪還是會再回來，今日似乎仍為冬日帶來了緩解。傍晚延長，鳥兒啁啾，公有地隱約飄來一股香甜的氣味。

前一天彼得終於完成羅洛要的犁具，並一次次修改到符合羅洛吹毛求疵的標準。所以今天就像個非正式的假日，他待在家裡打理菜園。小彼得順瑪麗安的意跟著爸爸，因為她知道這能讓父子關係緊密，她將之視為小彼得成年訓練裡的一部分。過去幾星期，小彼得每天不分晴雨在天亮前出門，去到新播種的田裡，拿石頭

丟擲和高聲斥退烏鴉，返家時這體弱的孩子已精疲力盡，臉頰紅通，手指紅通，耳朵紅通，連聲音都啞了。

這日一切靜好，瑪麗安感到滿足愉悅。由於上下半門都敞開著，屋裡光線明亮。瑪麗安讓自己投入家裡的收拾整理，將紡好的羊毛卷軸堆疊好，把木材拿進屋，清掃火爐四周的地板，清空該處的一些麥稈，用手推磨研磨一些曬乾的豆子，但全程留半隻眼睛看顧愛麗絲。愛麗絲安靜坐在地上，用肥嫩的小掌把灰塵掃成一座座小丘。外面陽光燦爛，但掠過油亮新草的風依然冷冽刮人。瑪麗安走到屋外，拉起衣服，蹲到糞肥堆邊緣。她專心如廁好一會兒，接著注意力被一隻青蠅吸引，似是剛被溫暖的陽光喚醒，降落在她腳邊的枯葉上。她盯著牠燦爛閃亮的藍色身體瞧，看著牠同步划動一雙前肢。接著飛向附近某個鮮綠色的東西。那是一塊雄綠頭鴨的頭部殘段，很可能是去年他們拋給家裡的貓小虎玩的，而牠最後丟了。儘管時間已久，那些翠羽在陽光下仍以詭蹁神祕的顏色閃耀著。瑪麗安看著那個亮藍色珠寶般的小點走在翠綠的羽毛上，每一根都如此細小，多奇特，多不像自然界的顏色。如果追究起來，瑪麗安會說綠頭鴨頭和青蠅都是大自然的一部分，然而這些顏色之奇異又讓她不禁懷疑，它們該不會是某種超自然，某種天使遺落的珠寶或惡魔的陷阱。一瞬間，她對這些罕見耀眼色彩照亮她內心所帶來的喜悅洪流感到驚奇。

這不是她平常會試著表達的想法。意識到自己已如廁完畢，她抓過一把旁邊的酸模嫩葉揩拭屁股，她從小就被教導這樣清潔。

彼得在菜園底部鋤地，小彼得則來來回回用小獨輪車運來糞肥，讓父親埋進土裡。一如村裡所有的孩子，小彼得對於人們排便的景象司空見慣，完全沒留意瑪麗安。他無法保持獨輪車筆直前進，他顛晃的步伐也使得這不可能，但男孩都必須分擔父親的工作，而彼得想趁沒雨的時候翻鬆這塊地。

家裡的母山羊不久前才生產，生了一隻健康的小母羊，此時正在吸奶。瑪麗安補滿羊圈的飲水桶，再拿一些乾草放到她嘴邊高度。她輕撫母羊，但沒碰牠的寶寶。瑪麗安已經盤算好，她會讓小羊盡情喝母奶幾周，然後等到草較豐美的時候，讓牠斷奶，這樣待夏天到來，這隻小羊就長成一隻能獻給大廳的完美獻品了。一隻健康的小母羊會是一件頗具價值的獻品，能免除瑪麗安好一段時間的大廳義務。小羊一斷奶，瑪麗安也會定時幫母羊擠奶，如此一來數月都有充足的羊奶和起司可享用。屋前的草看起來已經很豐美，假使彼得能幫忙拴母羊，也許她明天會放牠到外面去。一切都令人滿足。

羊欄上方是一排沿牆的寬層架，約至瑪麗安肩膀高度，是彼得許多年前搭的。層架隔成很多小格，母雞會在上面鋪了麥稈的地方孵蛋，這也是所有家禽住的地方，晚上不用擔心狐狸。層架底部的外牆上有扇小門，每天早上瑪麗安會將小門撬開，因為它的皮革鉸鏈經常因結霜僵硬，接著立起外面的母雞棲架。那是一根短柱，兩側有分支岔出，將頂端架在敞開的小門上，底端放地面，母雞就能跳上跳下自行進出蛋巢和棚屋，不用麻煩任何人。母雞帶小雞則會被安置在下方平地的雞舍裡，但那裡不大安全，因為有時小雞會跑太遠而被山羊踩到。此時瑪麗安有兩隻母雞和一大群小雞在雞舍裡，吱吱咯咯叫個沒完。其他母雞多半已經從棲架下來，在菜園裡啄食咯叫著。瑪麗安聽到兩三次宣告下蛋的得意叫聲，喀喀喀喀喀喀呱咯，所以她沿著架子把手伸進蛋巢，撿走六顆溫暖的蛋。兩隻母雞仍等著下蛋，坐在麥稈堆上用金色的圓眼盯著瑪麗安。

瑪麗安盤算著，她知道這星期輪到她奉獻一打新鮮雞蛋給大廳，也知道六月的小母羊未必能完全免除她此時繳蛋的義務。她知道這是一年當中母雞產蛋最多的時節，村裡每個人都知道。但她不喜歡放棄溫暖新鮮的蛋。屋內籃子裡有八顆昨天的蛋，她打算拿這些繳給大廳，或許等後面下了再追加一顆，但現在她和家人要先來享用這些新鮮雞蛋。

瑪麗安將蛋拿進屋，用食指從一只罐子裡刮了點豬油到淺陶碗，打了六顆蛋進去，把碗放在火爐邊緣的石板上。接著她掰開一些硬梆梆的白麵包，將每塊都塗上一點豬油，放在陶碗旁烤熱。她瞄一眼坐在屋內地板沐浴在陽光中的愛麗絲，她還在堆灰塵小丘，自言自語一些童言童語。她坐得離爐火夠遠，瑪麗安不用擔心。

瑪麗安往下望向菜園。菜園是一片緩坡，彼得和小彼得在靠近底端處鋤地。右邊的樹籬布滿銀色的梣樹細枝，綴有黑色芽苞，挺直於油亮綠草上方。菜園底端的溝渠後方，林地陡升而起，一片光禿——高大平滑的山毛櫸、粗糙的橡樹、有波浪紋路的梣樹，一棵棵聳立在赤棕色的落葉腐土上，此時節的腐土是由多汁的風信子葉和當令的狗山靛葉鋪成。點綴於這片陡峭樹林的尚有深色的紫杉，偶爾還有野櫻桃，綻放的花苞一片白濛濛。不遠處，老樹下發育不全的灌木和金銀花，垂覆著黃色長花絮的榛科灌木，有時會被一陣強風使勁橫吹開來，在風的解放下四處飛舞。瑪麗安望向左側，看向菜園圍籬和她含苞待開的蘋果樹後方，再一直望向公有地的樺樹。今日覆蓋它們的綠意昨日還未見蹤影，而樹籬上覆雪的黑刺李也長厚了。她從草叢裡摘下一朵報春花，聞其溫和的淡淡香氣，然後喊彼得和小彼得回家吃飯，自己也進屋，將報春花給了愛麗絲，給出前先教她怎麼品聞花香。

全家享用了烘蛋，在帕羅萊特家的兩個孩子出現時，也幾乎快吃完熱麵包。帕羅萊特家孩子很多，都很安靜，又瘦又髒，性別難辨。瑪麗安經常懷疑他們有沒有名字，既然那些受洗過的名字顯然很快就會被遺忘。

「我們可以討一點點麵包嗎？」較高的孩子細聲說。

瑪麗安感到惱火，彼得也大力皺眉。

「你們的爸爸沒給你們東西吃嗎？」

「沒有。」那孩子答道，把一隻細瘦如柴的裸腿伸進門檻暗示。瑪麗安給他們半條麵包，再小心掰成兩半，一人一半。

「就這樣，沒有了，知道嗎？和其他人分著吃，別再回來要了。」她知道，自己的嚴厲掩蓋了同情。她再度懷疑，帕羅萊特家聖誕節前夭折的嬰兒是否並非單純死於飢餓。兩個孩子回答：「知道了。」然後離開。

彼得嘆氣道：「昨天我才看到他們家的一個孩子試圖撿垃圾堆旁的老空心菜莖吃。小莎拉實在是個糟透的女人。」

一點沒錯，帕羅萊特一家很悲慘。傑克，瑪麗安覺得他還可以，在田裡工作勤奮，播種、耕作、收割，但他是個陰沉寡言的男人，而且太常賴在大廳的釀酒房蹭一杯麥酒喝。他的妻子莎拉有張歪曲的嘴，是個小個子沒見識的女人，經過如此多年的生育，孩子存活或夭折，她再也應付不來。她成天坐在屋裡無所事事。沒有人能和她對話，因為沒人聽得懂她說什麼，只聽她發出令人費解的聲音。她有兔唇，鼻子扁得古怪。她生來如此，從沒能正確發音。這使得人們懷疑她是不是精神錯亂，而她的舉止也沒法讓人不這麼想。有時候瑪麗安和希爾達會進到她家，盡可能幫忙打理家務，帶一點衣服給小孩，鼓勵小莎拉下床活動，但終歸徒勞。不消幾天，瑪麗安便發現爐火已熄，起司裡有老鼠，麵包發霉，孩子啕哭。曾有一兩次，約翰神父在休爵士的催促下，蹣跚走下公有地去找小莎拉談談她的職責，但她只是坐在那，發紫雙腳踩在灰燼裡，用充滿血絲的空洞雙眼看著神父，不做回應。瑪麗安知道帕羅萊特家已經沒救了，再多的勸告都無法給予小莎拉身體的力量和精神的解方，拯救她和其家庭脫離如此悲慘的貧窮。

瑪麗安心想，換作是我大概也會那樣，倘若我沒了健康。而且她很慶幸自己不用在十年內生養一打甚至更多小孩。要是傑克能夠不碰小莎拉就……但她不大敢讓自己有這樣的想法，因為村裡普遍認為，除了生產前後，男人任何時候想要自己的妻子都可以。

彼得站起身，在束腰罩衫上擦擦吃得油膩膩的雙手說：「我中午前能為豌豆翻完那塊地。」瑪麗安知道這預測太樂觀。

瑪麗安說：「你會看好愛麗絲，對吧？我得趁這些雞蛋還新鮮拿去大廳，而且我告訴希爾達，小彼得會去她那拿一袋食物送上去給迪克和男孩子。」

彼得說：「好啦，但盡快回來。來，愛麗絲，和爸爸到外面玩。妳麵包吃完了吧？」他一手撈起愛麗絲，抄起鐵鍬和其他工具，踏著重步往菜園走去。

瑪麗安把昨天撿的八顆蛋放進鋪了點麥稈的籃子裡，叫小彼得到隔壁去拿希爾達的一袋食物，然後兩人一起往村子出發。她看著小彼得獨自跛行於前面的小徑，一記關於這孩子的懊悔擊向她，這時常發生。他扭曲的左手搭在束腰罩衫的皮帶上，手腕上掛著希爾達袋子的提把，隨著他扭曲的左腳碰到地面，每一下都步履蹣跚。

悲劇發生在小彼得兩歲時，經過那個冬夜他能倖存很不容易。當時他們點了一小盞燭火，爐火也很明亮，小彼得坐在地上，光著的小腳朝向爐火（瑪麗安還清楚記得他那圓潤的嬰孩體態）。當時彼得臥病在床已有數日，疼痛、咳嗽，進食困難，盜汗發抖，一直呢喃他快死了。正因為他病倒，劈好的木柴存量才會剩那麼少，瑪麗安使不動他放在屋裡的那把沉重的老鋸子，只好把長樹枝拖進屋裡，將一端放進爐火中，等燒盡了再往前推一點。她知道自己一定得隨時記得沒燒的那一端躺在屋裡半暗的地面上。瑪潔莉當時還是小女孩，沒效率地在手推磨上捶豆子，胖呼呼又自得其樂的諾利坐在搖籃裡。然後瑪麗安忘記了，或絆倒了，或是……她現在記不得了，但她的腳踢到地上沒燒的那段長枝，燃燒端上一只盛滿熱湯的大鐵鍋因而打翻，熱湯淋到小彼得腿上。他尖叫用左手把熱鍋從腳上推開，左手也燙傷了。瑪麗安抱起他，將斗篷一角浸到水桶沾濕蓋在他手腳上，他尖聲哭叫不止。瑪潔莉此時已經跳起，驚恐看著一切，然後抄起一隻棍子，伸進鐵鍋的提把將鍋扶正，保住了一些湯。

「怎麼了？」彼得在床上含糊問道，孩子的尖叫聲讓他頭痛欲裂。

「湯打翻在小彼得腳上。」瑪麗安說，然後轉向瑪潔莉：「去找希爾達薛波，帶一點她的藥膏回來。」

瑪潔莉很怕摸黑走在外面，但意識到情況緊急，便藉小徑上熟悉的石頭一路摸到薛波家。直到希爾達從層架拿下一只牛角，隨她一起趕回家，她才放鬆下來。

小彼得還在尖叫。諾利在搖籃裡坐起，也嚇得大哭了。藉著火爐上忽明忽滅的光線和一支小燭的微弱火光，希爾達將她的藥膏（不純的羊毛脂混和一些無害的草藥）敷在小彼得傷口上。小彼得哭叫更劇烈了。她餵他一匙自己調製的另一種藥汁，說能讓他睡一下。這是瑪麗安人生最漫長的一夜。小彼得躺在她腿上（她當時懷著六個月孕肚，剩餘的空間也不多），號哭扭動，一直用沒受傷的那隻手摸自己的腳，使傷口惡化。她完全無能為力。彼得呻吟發抖地拖著身子起來，為她蓋上毯子。她要他帶著瑪潔莉和諾利一起回床上，順便將燭火熄了，以免晚點需要用到。終於，一小時又一小時慘烈地過去，連小彼得也有了睡意，躺在瑪麗安的臂彎裡嗚咽發抖。天光照進來時，她幾乎動不了，全身又冷又僵。她把小彼得放進搖籃，打開大門上半，在冬日的晨光下看得到小彼得的傷口。她輕柔地將整晚試著為他冷卻手腳的濕布拉開，結果他小腳上的皮膚居然襪子似地成片脫落。在他躺著尖叫時，她再次覆蓋好傷口。接著她眼前一黑，昏倒在地。

不可思議地，小彼得活下來了。他的腳幾乎沒有化膿，新生的皮膚逐漸覆蓋傷口，但肌纖維已損，那隻腳自此長不直。他學會怎麼走路，大一點甚至還能爬樹，但跛得厲害，得用跳的才能跟上村裡其他男孩子。他的左手沒有腳燙傷得那麼大片，但拇指固著在前兩指的根部，使得這幾隻指頭幾乎動不了，成為一隻不能抓握的手。

瑪麗安看著他一路跳行在前面，告訴自己，他可能永遠不會好了。一個跛腳且只有單手能使的男孩是負債，而非資產。一個這樣的男孩要怎麼操作犁具，或是鐮刀？子承父業當個木匠更是別想。但天生我材——他長得像媽媽輪廓分明，一雙深陷的灰眸視力良好，而且他的右臂能擲石頭打中鴿子，那不只要計算鳥的位置，還要算準石頭的軌跡穿過樹枝，才能不打草驚蛇。本身近視的彼得對小彼得的擲石能力感到驕傲又佩服。

瑪麗安和小彼得在過橋之後分開，小彼得穿過村裡的羊圈再往上走入山裡，瑪麗安則走上小徑前往大廳。她在大廳門廊遇到瑪格麗特夫人。

瑪麗安說：「我拿蛋來，要把它們拿到院子嗎？」

但瑪格麗特夫人很精明：「只有八顆？妳不是該帶一打來？」

「我目前還沒有一打可給，我想你們會想趁新鮮先拿到這些。如果母雞再下，我明天會再帶過來。」

「我會告訴羅洛。」瑪格麗特夫人說。瑪麗安知道她真的會，而且羅洛會記得任何芝麻蒜皮的事。「好吧，把蛋拿下去製酪房給瓊安。」正當瑪麗安要拿去，突然聽得一陣吼叫哭喊，一個狀似瘋癲的女人跌撞著來到大廳門口，披頭散髮，鼻子有一大塊擦傷流著血，鮮血從口中湧出，淚水從腫脹發紫的一邊眼瞼隙縫冒出。她的斗篷半覆著抱在手上的嬰兒。嬰兒安安靜靜躺在她臂彎裡，任憑女人口中湧出的血滴在頭上。她嚎叫哭喊要找瑪格麗特夫人。

「天使庇佑我們，吉兒！」瑪格麗特夫人哭喊道，「發生什麼事？」

接下來是撕心裂肺的嚎啕和顛三倒四的哭訴。他又喝多了，把小孩趕到暗處，毆打她，敲破穀物盆，推倒她，翻倒搖籃，可憐的孩子滾到地上，反覆毆打她，她逃出家門，但他抓住她，把她拖回去。他喝醉了，爛醉，比之前都要更糟。她把他推倒在麥稈堆上，他頭撞到柱子，安靜躺在地上，她帶著嬰兒逃到大廳尋求庇護，尋求憐憫，尋求正義、同情、保護……這全部都是在尖叫號哭中述說的。

瑪格麗特夫人收留吉兒，帶她在起居平臺邊一起坐下，示意瑪麗安也坐，吩咐站在一旁看好戲的米莉拿來一桶水和一塊布。一如瑪麗安久聞的，瑪格麗特夫人向來對處理這類危機很在行，冷靜又務實。她從吉兒手上抱過嬰兒，交給瑪麗安。

「看看妳能做點什麼，瑪麗安。」她說著一邊拿布為吉兒擦臉。「弄點光線，米莉，把百葉窗拉回去。我需要用上這裡全部的光線。然後叫湯姆去把達賓帶過來，最好帶羅洛一起，達賓可能還在發酒瘋。還有別讓洛皮來攪局。」

吉兒在瑪格麗特夫人的照料下平靜下來。冷水緩解了擦傷的疼痛，隨著斷齒從下頜被取出，流血也減少了。瑪格麗特夫人也擦掉她下巴和脖子上早先的血漬。同時瑪麗安為那安靜的嬰兒擦拭，將它母親的血清乾淨。嬰兒本身好像沒受傷，但似乎嚇傻了。她把手滑進嬰兒的束衣，發現還有心跳。她將嬰兒翻過身，洗去另一邊頭部更多的血。

「孩子還活著，瑪夫人。」她低聲道：「孩子沒在流血，頭上流下的血是母親的。」

吉兒勉力起身看孩子，想起惡劣殘酷的丈夫，又爆出一陣嚎哭。瑪格麗特夫人命米莉在火爐邊熱一碗麥酒，取一些掛在牆上的乾草藥，依序將草藥加入麥酒，吉兒一飲而盡，然後她們讓她躺在其中一張鋪了麥稈的長凳上，濕布敷在臉上，她靜躺休息。

瑪格麗特夫人回過頭來查看瑪麗安這邊，她仍把嬰兒放在膝上坐著。她再次把嬰兒翻過去，在脖子上發現新的血，血是從其中一隻耳朵流出的。瑪格麗特夫人和瑪麗安對望一眼，彼此眼中只見絕望。瑪麗安再次摸嬰兒的心跳，此時已變慢且微弱。瑪格麗特夫人將嬰兒抱回來，「怕是撐不久了。」兩人都低聲說。

羅洛和湯姆出現在大門口，羅洛說：「我們把達賓弄到外面了，拖過來的，爛醉依舊。我們把他雙腳綁在橡樹上。」

「先別理他。」瑪格麗特夫人說：「醉到不省人事的時候揍他沒用。」

屋外又傳來大吼大叫，抱著嬰兒的瑪格麗特夫人、羅洛、湯姆都出去查看。達賓的母親，老寡婦安妮使勁要接近酒醉的兒子，愛德吾兒阻止她。

瑪格麗特夫人以其一貫的威嚴，大步跨過草坪到橡樹下命令道：「寡婦安妮，別插手！」

愛德吾兒退下，安妮也從跪姿起身。她兩眼泛紅，嘴唇顫抖，話都說不出來。

「別插手。他痛毆吉兒，一顆牙都打掉了，天曉得他還對這孩子做了什麼。其他孩子呢？」

「在他們農舍裡，瑪夫人。」

「妳今天見過他們嗎？」瑪格麗特夫人已達其最冷硬嚴厲的姿態。

「沒、沒有。」

「回他們農舍去。」瑪格麗特夫人命令道：「找到孩子們，一個都不能少。把他們帶回妳家，讓他們吃飽穿暖，告訴他們媽媽很快就返家。馬上去，妳明白嗎？」

她隔著大草坪指向通往磨坊田地的小徑。

休爵士從果園現身，安妮抬眼寄望他，畢竟他是終極權力所在。瑪麗安看著他疲憊的長臉，充滿厭倦的憂傷。

他說：「哦，去吧。照瑪夫人的話做，去。」於是安妮舉步蹣跚地離開了，一小群村民也散去。休爵士、羅洛、抱著嬰兒的瑪夫人回到大廳，湯姆向愛德吾兒擺個頭，示意他跟上他們，然後一臉疑惑望著瑪麗安。

「那孩子活不久了。」她告訴他。「我得回家看我自己的孩子了。」帶著巨大的疲憊感，她緩步穿越公有地回家，黑刺李的灌木叢在左邊如鑲邊蕾絲，金鳳花成簇地沿著溪流生長，明亮的金盃藤在她右邊，今年的第一隻杜鵑優美地在森林裡高聲啼叫。萬物和平靜好，騷動與苦難只存於人世。

瑪麗安走到家門轉角時，一群麻雀吱喳狂叫，在老灌木叢飛進飛出。她隔著半邊門瞄一眼棚屋，母羊和牠的小羊都很好。往菜園看下去，她可以看到彼得鋤地時弓著的背。愛麗絲一定在他身邊。一切平安無事。相反於自己原來的決定，她擠了一點羊奶到小桶，捏碎一些麵包進去，再拿一些麵包切點起司塊夾進去，帶下菜園。

「媽麻、媽麻、媽麻、媽麻。」愛麗絲高舉沾滿泥巴的雙手喊。

彼得問：「妳這麼久上哪去了？妳看，到這往前的土我已經翻好了，我明天會種一些豌豆。」

「我們可能還是會遇上結霜。我帶了一些麵包和起司過來。」彼得已經把頭巾拿下來掛在蘋果樹的枝條上，瑪麗安看得到他束衣低領上方的脖子和鎖骨有多麼消瘦多筋。

「幾司。」愛麗絲說。

彼得說：「這孩子每天都多學會一些單字。愛麗絲，這是什麼？」他伸出鐵鍬。

「塔鍬。」愛麗絲說，轉頭尋求掌聲。

瑪麗安往一片大草叢坐下，把愛麗絲抱到膝上，開始用湯匙餵她吃麵包和溫羊奶，自己也不時嚼幾口麵包和起司。彼得坐在一株梨樹的樹墩上，這棵梨樹之前長在樹籬的位置，毫無用處。瑪麗安把在大廳目睹的戲劇性事件說給他聽。

「他們今天傍晚會對達賓鞭刑，如果他清醒過來。如果他沒醒，他們會把他綁在橡樹下過夜。」她說。

「打有什麼用，對像他這樣的酒鬼？」

「如果那孩子死了，他就是殺人凶手。」

「沒錯，而他不是唯一的一個。妳不認為帕羅萊特家聖誕節前後死去的嬰兒也是被謀殺的嗎？沒有人談到要給傑克鞭刑，但似乎更像是小莎拉讓孩子餓死的。蠢女人。」

「把嬰兒砸向爐底石撞碎頭骨，難道沒有比只是不餵奶來得嚴重嗎？」

「我不知道。」彼得承認。「但對那可憐的孩子是一樣的。」兩人陷入沉默，思考這個兩難困境。

「這次他們不會放過達賓，大廳的人全都很憤怒。當然他之前就常揍吉兒。你覺得她是自找的嗎？老是激怒他？」

「不曉得，她給我的印象就是個平凡的女人，不大聰明，但不是個嘮叨的人。醜得像魔鬼。」彼得說。

「噢，彼得。」瑪麗安對彼得隨便就拿魔鬼比喻感到緊張。「我晚一點會再跑一趟大廳，看看事情的發展。愛麗絲，妳整個膝蓋沾了什麼？」她把愛麗絲的粗布洋裝往上拉，查看膝蓋，硬土殼底下是發紅的腫塊。

「她爬進剛長出來的蕁麻裡。」彼得大拇指往樹籬方向一擺，「刺痛得厲害，又哭又叫，浪費我好多時間安撫她。不過還好，我們找到了一些酸模葉，不是嗎，愛麗絲？現在好多了。」

「酸模。」愛麗絲說。撇除認為照顧愛麗絲是浪費時間，彼得是一位慈父。屋子傳來喊聲，然後他們看到小彼得搖晃走下菜園找他們。

「有東西吃嗎？」他問。

「薛波家沒分你吃東西嗎？」

「有，但不多。」

「這裡有塊麵包和起司你可以吃。」瑪麗安說。

「迪克幫我剪了腳指甲。」小彼得脫下他的舊靴子展示給父母看。「用的是他留著為綿羊剪耳的小剪子。」

瑪麗安檢查小彼得的腳。他右腳的腳趾是直的，迪克把那些指甲剪得整齊又乾淨，但扭曲的左腳是個問題，因為小彼得老是用大拇趾、四拇趾、小拇趾著地，所以這三趾都向內扭曲，指甲嵌進肉裡，變得很難剪。

「剪會痛嗎？」

「會。他讓我坐著，腳浸在一個水坑裡好久。冷得要命，但他說這樣能軟化指甲，他才好剪。」

「真希望我們也能有剪刀可以剪指甲。」彼得說。

「為什麼愛麗絲臉上黃黃的？」小彼得問，一邊穿回靴子。

瑪麗安檢查，發現愛麗絲在吃蒲公英。她把蒲公英拿走，愛麗絲抗議。

「她不可能喜歡的，蒲公英苦到不能再苦，我吃過。」小彼得說。瑪麗安彎身從愛麗絲口中挖出一整指嚼爛的蒲公英。

「傻女孩，先是蕁麻，然後是蒲公英。不過妳也學到教訓了。」瑪麗安知道這些話她之前已經對小孩說過多次，可能還有很多次要對之後的小孩說。她的人生就是由許多這樣的小迴圈組成（她母親和祖母也是這樣過來的），再過個二十年，愛麗絲自己可能會站在同一個地方，把蒲公英花瓣從某個嬰孩口中弄出，如此無限循環。

瑪麗安和彼得趁日落前走回村子。瑪麗安將愛麗絲托給希爾達。希爾達的大女兒，圓臉橙金鬈髮的梅格招呼愛麗絲玩「顧小孩」的遊戲。

風勢稍微減弱，天空烏雲密布，他們過了橋看到大部分的村民站在橡樹下方一帶或圍著大廳門廊，他們動作放慢，交談壓抑。眾人後方朝上通往教堂的小徑上，瑪麗安看到一小列隊伍，由約翰神父領頭，後面的羅洛抱著一小包物件，再下去是井然有序的十二個孩子，都不滿十二歲，各拿著一小束枯萎的植物，毛茛、黃花九輪草、含苞的蒲公英、碎米薺、野櫻花苞的枝枒。她可以看到既非小孩也非大人的洛皮蘭伯特不在隊伍裡，但躲在紫杉旁目不轉睛地偷看著。

「快看。」瑪麗安指著隊伍低聲對彼得說，但她很快意識到這對他的視力來說太遠。「是達賓家的小孩，都拿著花跟著約翰神父去教堂，羅洛也在，他抱著嬰兒。所以孩子死了。」

他們在橋上停住，瑪麗安目送隊伍進入教堂。明天應該會有葬禮，到時候這些孩子手上拿的不管是什麼野花，在教堂裡都會被擺在屍體周圍，是給夭折嬰孩的慣例儀式。

更鐵石心腸地，瑪麗安加入橡樹下的人群。被嚇到酒醒的達賓背抵樹幹站著，湯姆手上的繩子還綁在他腳上。周圍的村民滿懷敵意。羅洛從教堂返回，與休爵士和瑪格麗特夫人一起站在小徑，目睹寡婦安妮衝破人群，推倒兩個孩子，衝向達賓。他被越過大草坪而來的工人霍奇箝制住。

瑪格麗特夫人威嚴如初，往前一步命令道：「回去。」

安妮開始哭訴，同時怒吼掙扎著想接近達賓，究竟是想保護他還是攻擊他，沒人知道。

「回去。」瑪格麗特夫人重複道。「回家照顧那些還在的孫子。」寡婦安妮掃視一圈。那些之前在隊伍中的孩子現在不安地站成一小群，手上已沒了花束。安妮知道他們剛剛去了哪，知道該隊伍意味著什麼，她臉上的痛苦與恐懼相當。

「回去！」瑪格麗特夫人態度更決斷地喝道。安妮驚恐看著四周村民一張張冷峻的臉。

「回去吧。」霍奇的妻子賽希莉也說。「孩子死了，這次我們不會再放過達賓。」在眾人的噓聲中，霍奇放開安妮，她倒退離開，消失在大草坪之外。

瑪麗安悄悄上前找瑪格麗特夫人，關心吉兒的狀況。

「她睡著了，幸好。瓊安陪著她，她甚至不知道孩子死了。」

與此同時，湯姆和羅洛已經把繩子套在達賓手腕，把他拉往橡樹，臉壓在樹幹上，拉著他的手臂環抱半側樹幹，在另一側將繩索合綁。羅洛將達賓的帽兒放下，他們用有彈性的樺樹長枝鞭打他的頭背，以及赤裸的雙腿。

達賓吼叫出聲，村民站在周圍緊張圍觀。瑪麗安看見羅洛打他時的表情，平靜、冷漠、不帶情緒，只是毫無感覺地依法行事。這本身就夠讓人懼怕他了。達賓家的孩子，受到把枯萎花束放在死嬰周圍的祭壇儀式約制，此時仍站在一起，目瞪口呆地看著平日高大強壯、令人生畏的父親如此正式遭受鞭笞。

打完之後，湯姆和羅洛將他的雙手解開，各自握著一端繩索帶著呻吟的達賓遊行示眾，一路往上走到教堂庭院，他的脖子和雙腿都在流血。到了頂端在一排紫杉前，羅洛放開他。最後剩下的懲罰，要他徒手為死去的孩子在樹根錯綜的土裡挖一個墳。他無可逃避，湯姆會站在上方盯他。

村民看著他出發，終於鬆一口氣。休爵士叫來愛德吾兒，低聲對他說了什麼。

愛德吾兒用他最近才變聲的啞嗓宣布：「休爵士說，今天對我們大家都是個悲傷的日子，所以現在釀酒房有麥酒供應給所有人。」休爵士再次低語。「休爵士說不許唱歌，降低個人音量，以免吵醒大廳裡的吉兒。」休爵士又說什麼。「休爵士說，這不是慶祝。」這是第一次愛德吾兒公開代理父親的職務，這讓他覺得自己像個大人，他幾乎高興湯姆在上面的墓地看管犯人。

這天的麥酒並不特別濃烈或令人滿足，因為米莉預期到酒水供應這件事，擔心酒不夠，一個半小時前摻了水進去，但還是夠讓人恢復精神。喝過麥酒，低聲交換意見之後，村民開始往自家移動。

一陣細雨開始飄落。瑪麗安瞥一眼天空，雨朝西邊她家移動。森林上方夢幻的橘紅色被烏雲擋下了，而天空其他部分都沉鬱陰暗。她抬頭看向山丘，在教堂背後的愁雲底下，她可以看見達賓坐在泥土裡，腳踩在自己剛挖出來的小淺坑裡。這雨或許混合了眼淚，從他的鬍子流下，滴在滲血的膝蓋上。瑪麗安充滿厭惡感，或許也帶點憐憫，但厭惡感壓過一切。她挽起彼得的手臂。

「我們得去接愛麗絲。」她說，拉過斗篷罩在身上擋雨。

「妳覺得他們會記得扣牢教堂的大門嗎？」彼得在他們沿著公有地小徑走的時候說。「記得洛克威爾家的孩子那次，狐狸跑進去發生什麼事吧？」

「湯姆在場，他會看著的。」瑪麗安說。

「真高興我在下雨前翻了不少土。」彼得稍後說。兩人都試著想把這天的可怕事件揮出腦袋。

「不知道瑪夫人有沒有把我的雞蛋放在安全的地方。」瑪麗安的思緒飄回悲劇出現之前。「不知道她有沒有真的向羅洛告狀。」

# 五月

牧人頭上的白色荊棘林木
梯蹬以上的枝條彎折低垂
盛滿假冒之雪
交以嬌弱嫩紅的蘋果樹花苞
為其繁盛花枝所窒

這天早晨寒冷風強，日光明亮加上白雲快速飄移，在在使得瑪麗安頭痛起來。彼得和小彼得黎明就出發去村子了，小彼得提了一大籃紡好的羊毛紡軸。

「千萬要讓羅洛數出來。」她叮嚀小彼得：「大聲數，你跟著唸數字，一共有十七綑，滿滿的。記得提回籃子。」

瑪麗安很緊張。紡羊毛幾乎是上個冬天的工作，經認可的上繳額應能確保他們家有需要時能多配給到一些毯子或鞣好的皮革。

「別在路上給掉了。」她又囑咐，但想想自己是有點緊張過頭。

留著愛麗絲單獨在屋裡，瑪麗安繞到屋側堆放木柴的地方。整個冬天這些木柴靠著籬笆往上堆，使得這面牆較為防風，但現在柴都燒得差不多了，她得讓剩下的用在刀口上。她昨天做麵包用掉很多，這讓她擔心。她想知道她能不能現在走上森林，看到掉落的樹枝就拖回家。她不被准許這樣做，但很可能沒人會看到。她希望自己沒有感到如此疲倦，這也讓她憂心。

她掀開實沉的蓋子看進橡木麵粉箱。這個麵粉箱是他們結婚時彼得做的，她知道自己很幸運擁有一個幾乎防鼠的容器。箱裡麵粉所剩不多——她早就知道，對自己再次打開快見底的箱子查看這種自尋焦慮的行徑感到懊惱。她重重蓋上蓋子。一陣風從下半門吹進來，捲起爐火上的灰燼，有些灑落在寬口木桶的羊奶裡。她上前關門，卻把頭靠在門柱往下看向菜園，再順著往上看向其後的陡峭森林。

在此時葉子尚小的榛樹和石楠之上，地勢往上過去是一片片紫濛濛的風信子，隨著陣陣風吹，香甜清新的花香就飄到她鼻子裡。這景象如此短暫，無邊無際，如此熟悉，然而每年卻仍如此令人感到驚奇，她站在那裡看得目不轉睛。她認為風信子是某種特別的賜福，降臨下公有地的佃農身邊——洛克威爾區儘管擁有各種優勢，但他們的林子裡沒有風信子。她焦慮的心情得到片刻緩解。

她漫步走下菜園的草徑。公有地樹籬的蘋果樹此時花期正盛，厚圓的花朵沿著樹枝長得滿滿的，內純白，外嫣紅。儘管風大，蜜蜂仍很多。彼得之前翻土和播種的地方，現在豌豆冒出躺著一排排小綠芽。但她注意到，有些被蛞蝓吃了，這景象讓她一陣噁心。

她會這麼累可能和昨天一整天的積極行動有關。她答應兩位鄰居希爾達和莫莉，要協力清出一條通往舊麵包窯的小通道，生火，各自做一批麵包。她們每年會這樣做個一兩次。

靠近公有地邊緣，從瑪麗安家出來有一條小路，坐落著一座他們所謂的「老穀倉」。老穀倉在瑪麗安母親和阿姨年輕的時代就已經是被遺棄的狀態，所以沒有人知道它到底多古老。老穀倉大部分是以橡木為梁，以板條或木片搭牆，如同大廳，但頭尾兩端牆面以光滑的石磚砌成，這點則像教堂。其中一面石牆上有一座小麵包窯，現在鮮少使用。許多年以前在一次傳奇性的暴風雨中，連樹都被連根拔起（包括洛克威爾那些暗示春至的樹），一棵山毛櫸倒下砸在穀倉上，將屋脊的橫梁砸成兩半，毀了一端的石牆，也幾乎把剩下的屋頂破壞殆盡，因而多年來都是一座廢棄穀倉。多年下來，山毛櫸被鋸下劈開，堪用的橫梁和椽木被拖去其他建築當裝潢木料，年復一年廢墟裡爬滿了常春藤和金銀花，蕁麻和接骨木花也蓬勃生長，貓頭鷹在腐爛梁木間築了巢，從下公有地農舍群落來的半野貓在這些陰暗的綠色洞穴裡繁殖。瑪麗安有時會走下去偷瞄陰暗的內部，裡面淡綠色的卷鬚植物因渴求陽光懸掛在厚窗簾上，她腳下軟綿多孔的地面因貓頭鷹糞便和貓尿發出酸臭味。那是一處令人走避不及的怪異廢墟。

但麵包窯這樣一個罕有的資產實難抗拒，在另外兩位女伴的陪同下，瑪麗安打算利用它。她們得用鐮刀在峨參和酸模植物間砍出一條小通道，然後從穹型的屋頂扯下常春藤、老旋花植物、牛筋草、荊棘等植物的藤蔓。接著三人當中目前最敏捷的希爾達得爬上去，把蔓生植物從短煙囪扯下來。她們還得清理石窯本身，移除原本是窯門的鬆脫拱型石塊，把石窯內部掃乾淨。然後希爾達和瑪麗安得回家拿柴，瑪麗安用一只舊鐵鍋搬來劈好且燒炙的木柴。她們將麵包窯填滿燃料並生火，然後回到莫莉家，莫莉在門邊一個結實的大樹墩上，用她們三人各自貢獻的麵粉揉出一個大麵團。把麵團運到麵包窯用的是瑪麗安的桶子，她家的桶子最新。麵團很重，她和莫莉將一根長棍橫穿過靠近桶緣的兩個側洞，合力扛著麵團在兩人中間。窯燒熱後，她們盡可能將灰燼耙出，然後把麵團分成小塊，給瑪麗安的割出十字記號，給希爾達的割兩條平行線，給莫莉的割三角。她們用鐵鏟將麵團滑進窯裡，再三人合力將門石推回原位。

瑪麗安腳邊溫熱的灰燼堆讓她靈機一動。她把身上灰褐色緊織羊毛料的連衣裙外衣脫下，上面有乾硬掉的嬰兒分泌物，然後只穿著不再淨白的鬆織內襯衣，走到農舍群落底下的溪流邊。她將連衣裙攤放在淺水域踩踏，一雙赤足盡可能把髒水擠出布料。溪水冰冷至極，寒風吹著她的光膀子和頸部以下。她將溼透的衣服拉起平放在溪岸，沒入野薄荷和水芹的嫩草之間，再次盡可能將水分踩出，然後再沿著溝渠走回去，看到較低的梣樹樹枝幾乎橫擋住路，她索性將衣服掛上去，用僅有的力氣死命擰乾。

回到麵包窯，希爾達和莫莉坐在草堆裡無所事事，在餘燼上暖腳閒聊。她們對瑪麗安說她瘋了，但還是幫她把衣服掛上餘燼上方的一根樹枝，等到開窯麵包出爐，又幫著她把衣服攤在窯頂尚有餘熱的石頭上。現在，回顧昨天的所有行動，她擔心為這次烘培用掉那麼多木柴是否太愚蠢，而且為了這些只能供三家人吃幾天的美味麵包，也幾乎用完他們的麵粉存糧。但另外兩位女伴激勵她，也彼此打氣，三人都很有成就感。她們從多年的經驗知道，自己從前一批收成省吃儉用存下的麵粉或穀物，到五月有時發現已經長霉，就這麼浪費掉了。

她們早先曾討論要不要約小莎拉加入這次的烘焙行動，但莫莉曾假借其他名義進入她家窺看麵粉箱，發現半滿的受潮發霉麵粉，還有老鼠屎。「那些麵粉加任何一點都會壞了我們的麵包。」她說，最後三人一致同意放棄那無可救藥的一家人。

昨晚瑪麗安回顧當天的行動，現在她的防鼠麵包盒裡有四大條麵包，衣服也洗淨了。她躺在床上時，還能聞到一股潮濕羊毛的薄荷香氣飄散開來。

假使昨天是有成就感的一日，今天和愛麗絲獨處，瑪麗安間歇的不安又重返了。當她站在菜園，無益地糾結於蛞蝓吃掉新生的豌豆芽時，她看見希爾達肩上扛了一支帶鈎的長棍，身後跟著她橙黃髮色的兩個稚齡女兒，緩緩走上一條荒草蔓生的小徑進入森林，覺得這像是對她的一記鞭策。向來通情達理的希爾達，因為昨天的烘焙用完了柴火，現在要在四下無人的時候去森林撿枯枝回來補充快見底的柴堆。我也該這麼做，瑪麗安心想，但惰性卻像壓住雙腿一般。

遠方村裡傳來一陣歇斯底里的狗吠。狗吠聲很尋常，只是這次久得不尋常，惹惱她。她知道今天稍晚她會需要用水，於是提起一只桶子，另一手抱起愛麗絲，走下小徑到溪邊。

汲水處在莫莉的菜園下方。溪水在這一段形成特別深的水塘，而且有一棵老柳樹的樹墩斜長出去。彼得用幾塊大石蓋出岸石，又做一組小滑輪，安在插進樹墩頂端的橡木榫上轉動，用一條繩索綁著一只水桶的把手，在輪上滑動。人跪在岸石上，就可以在溪裡傾斜水桶直到盛滿沉入水中，要拉起時，就拉下繩索直到水桶能輕鬆移動到岸石上，接著再以自家水桶接水。瑪麗安多年來每天都這樣取水，溪水結冰時除外。這樣取水幾乎不可能不弄濕腳。

她才剛走到柳樹墩，就聽到對岸有人喊她，然後看到對面岸邊站著佛萊徹家其中一名為彼得工作的男孩。

男孩大喊：「嘿，彼得叫我帶話。他說狐帽克里斯來了，請妳帶那袋彎釘子給他，就掛在穀物盆底下的層架上，裡頭一共有三十七根釘子。」

她追喊男孩，但他已經蹦蹦跳跳跑掉了。這消息改變了瑪麗安這天的計畫，取水可以等。她在小徑頂端遇到莫莉。

「狐帽克里斯來了。」瑪麗安說。

「猜到了。」總是事後諸葛的莫莉說。「我聽到狗叫聲時就這麼對自己說。聽起來不是一般的狗打架，那些狗聽起來發狂了——」

「我得馬上拿東西去給彼得了。」瑪麗安插嘴道，說著再度將愛麗絲抱起走回家。

那只皮革袋一點不差地掛在彼得說的地方，沉實實地裝著彎釘子，全是從腐爛或燒毀的橫梁裡拔出來小心保存的。瑪麗安坐下，將釘子倒在腿上數。一共三十七根，和彼得記得的也一根不差，她把釘子裝回袋子。愛麗絲打斷她：「要嗯嗯——」

瑪麗安說：「去外面，兩腿張開，裙子拉高，蹲下去。」愛麗絲照做了，一如這類例行需求出現時這年紀的孩子會做的。

瑪麗安不喜歡狐帽克里斯來卻無物可修，多可惜。所以她從母雞蛋箱下的鈎子取下一只會漏的舊鐵鍋，就是她昨天用來運木柴的那只。舊鐵鍋底部有條裂縫，雖然肉眼看不出來，但液體會滲出去，不只浪費湯汁，也有將爐火澆熄的風險。

「愛麗絲，過來，坐進鐵鍋裡。我們要進村了。」

搖搖晃晃坐在鐵鍋裡對愛麗絲很新奇，她很享受，對瑪麗安卻是礙手又沉重的負擔。她過橋時見許多村裡的狗被綁在橡樹下，害怕發抖或彼此齜牙裂嘴。小徑另一邊，村裡多數主婦繞著水槽聚集成一個半圓。她們中間站著狐帽克里斯，他的貨驢在喝水，他那隻有雙發狂黃眼睛、陰晴不定的虎斑母獵犬則不安地在他腳邊打轉。

狐帽克里斯是一個浪人修理匠，有時一年來兩次，有時兩年來一次。他總是從洛克威爾上方的陡峭森林下來。除了他沒有任何人打那方向來，或往那方向去——那路徑通往山谷下的其他世界，通往赫赫有名的盧瑟福村子，再一直下去到世界彼端的盡頭。但是來自未知的森林之丘，本身已為狐帽克里斯增添了奇異感。村人幾乎沒認識誰不是在村裡出生的。他是個外來者，一個陌生人，令人著迷又恐懼，但也同時具備娛樂性。

對瑪麗安而言，人類是土地大自然的一部分，一如住在森林裡的小鹿，在田野追逐的野兔，在樗樹上吟唱的畫眉鳥，躲在農舍屋頂茅草裡的蜘蛛。所以在她的認知裡，人類作為土地的產物，活著仰賴大地維生，死了亦回歸大地。在她心裡，她周圍這些特定的田野和林地，滋養出特定的這群人，這群她認識並朝夕相處的村民。在此之外，皆是混沌與未知。

狐帽克里斯衝擊了這些統一的認知。他居無定所，分不到任何收成，不欠任何稅賦，這幾乎令人害怕。他沒有任何責任義務，不受任何群體保護，在世上漂流，像個天地孤兒，最奇特的是，他不以為意。他總是愉悅地出現，工作時哼歌。瑪麗安對他帶有一種混雜著厭惡、同情、好奇的異常情緒。

生理上，他令人不舒服。他有一種特殊的慢跑步伐，既非跑也非走，但適合在荒山蔓草的森林裡輕鬆穿過野生的石南和蕨類，還帶著他小跑步的驢子，這讓他從步履艱難的村人裡突顯出來，這裡人的步伐早已調到與他們的耕牛同步。他的臉已熏黑，皮膚是有無數疤痕的麻子臉，都是給炭火鼓風時被飛濺火星燙的。他亮棕色的鬍子，也是那樣被燒得不規則。他的深色眼珠是銳利的，掃視村裡圍觀群眾的眼神熱切而有所盤算，和村民平靜如牛目般的凝視完全不同。他將斗篷甩過肩膀罩住背上捆背物的方式如此俐落明快，相較於駝背低頭才拉過斗篷披上身禦寒的村民，他也顯得特立獨行。

他說話也不一樣。瑪麗安還記得，許多年前她還是個小女孩時，他曾在一個燒火般炙熱的收成日來到村子，用吟唱般的腔調說：「看在上帝博愛的份上，給我啤酒。」那模樣至今仍受一些洛克威爾的男孩模仿。當沒人聽得懂什麼是啤酒，他做出一個喝酒的手勢。大家都覺得那樣講話頗為滑稽。他散發出一種奇怪的氣味，部分來自扭結編成他帽子的幾條半乾狐狸尾巴。人的體味不大容易引起村民的注意，但他們覺得這股動物氣味令人退避三舍，這個氣味連同黃眼母獵狗，讓全村的狗陷入狂吠。

像這樣的外人翻山越嶺來到村裡，在這無親無故，輕易就會引發不安的敵意，然而狐帽克里斯卻出人意表地以宣稱自己是基督徒平息了一切敵意。多年前的一個星期六傍晚他抵達村子，在大廳度過一晚，睡在一張長凳下的麥稈堆裡，狗睡在腳邊。隔天早晨當他開始拿出工具，有人告訴他當天是星期天。

他說：「星期天嗎？那麼這也是蒙受祝福之事，我要和大家一起去參加彌撒，可以吧？」有人驚喜地問他是否為基督徒。

「我想當然是基督徒，出生在聖克里斯多福日，就是那位背著神聖的小孩過河[3]的聖人。我父親那天就在教堂發現了剛出生的我，他是這麼說的。」

「所以是在哪呢？」神父得問他。

「我所說的都是父親告訴我的，我自己沒有記憶。你記得自己在哪受洗嗎，神父？嬰兒不會看看四周，然後說：『這裡是萊伊』或『這裡是佩文西』或『這裡是……盧瑟福』，會嗎？」

這些關於外部世界的廣博知識，為這些困惑的腦袋增添了羨慕與恐懼之情。但總之克里斯參加了當天的彌撒。他在教堂門口拿下狐尾帽跪下說：「阿門。」然後加入眾人的行列。他真的是基督徒，他們不得不承認。但仍有某些神祕感，讓他們不安。當天稍晚，一名村裡的男孩問他在哪出生。

「在樹籬下。」

「什麼樹籬？」

「喏，孩子，樹籬都長得差不多，特別是當你第一次睜開眼睛，從來沒見過樹籬時。所以他們告訴我，他們將我帶到教堂，讓我受洗。我認為那是盧瑟福的教堂，因為那是一座聖克里斯多福的教堂，一如你們這兒的是聖保羅的教堂。我想應是在很久很久以前，聖保羅曾帶著你們的十字架石行經此地，使得這座教堂興建起來。同樣道理，聖克里斯多福來到盧瑟福，在當地遇到神聖的小孩，背他過了河。盧瑟福的教堂牆上有一幅關於他的畫，畫中他的姿態你們有些人一定見過，非常高大的男子，束腰長衫上提，裸著雙腿站在水中，膝下的漩渦裡有一兩隻魚。男子有一張寬大的臉，毛茸茸的鬍子，轉頭看他肩上的小孩——耶穌所扮的俊美小傢伙。聖克里斯多福拄著一根頂端冒著枝葉的木樁，撐在水裡穩住自己。這就是聖克里斯多福在盧瑟福所做的，這是何以那裡有一座他的教堂。」

這樣的述說讓村裡一些老者帶著敬畏聽著，他們有些人去過盧瑟福，對壁畫的描述有印象。

「聖克里斯多福真的在盧瑟福背耶穌扮的小孩通過我們這條河嗎？」一個孩子曾如此問道。

克里斯答：「那是當然的，孩子。畫中在他的裸腿和木樁之間，你可以看到他身後的河岸，岸上有柳樹，正如同盧瑟福的河岸，所以那裡就是他背小孩過河的地方。當然，那是在他們蓋石橋以前的事。」

但今天狐帽克里斯是來村裡工作的。他討好每個人，掌控情勢，他將柳編馱籃

3 譯注：傳說中那小孩重得「有如將全世界背負在肩上」，實為耶穌假扮，作為對聖克里斯多福的試煉。

從驢子身上卸下，湯姆也幫忙。

「開始囉，小心點，再來是這個，哦——停，凱撒，再來。那裡有水槽，凱撒，所以盡情喝吧。然後湯姆，你的馬廄裡不知有沒有一點燕麥在食槽，甚至是一張稈床呢？凱撒很久沒有好好休息了。」

克里斯拿出他的長鐵鉗、鐵鎚、長柄鼓風器、鐵火盆，以及一袋木炭。休爵士和瑪格麗特夫人也來了，瑪格達不情願地抱著她不安分的梗犬跟著。克里斯對他們鞠躬的方式令人發笑，像是一下子沒了自信。

「早安，爵士，上帝庇佑您。夫人，早安。小姐，鍋要好就要修，鍋要好就要修，您也曉得古調是怎麼唱的。」（他們不曉得）當瓊安拿出一壺上好的麥酒，他喝了之後讚美她的技術（讚美在瓊安的生活裡少有），又稱讚米莉把她的鐵鍋內部保持得如此乾淨（其實不然），在場每個人都不禁拜倒在他的異國情調下。

瓊安用鏟子從大廳爐火中運來一塊燃柴丟入火盆，克里斯的木炭往其上堆，在愛德吾兒規律地鼓風下，木炭逐漸燒紅。村民帶來的鐵鍋一個接一個地被放上火盆燒至灼熱，用長鉗夾至旁邊的托石上敲打，再回到木炭上重新加熱，如此反覆數小時，多數的時間裡克里斯話沒停過。

「繼續鼓風，愛德，火還不夠烈啊——後退一點，孩子，你們不會想把臉弄成我這樣的，你們想嗎——開始囉……」一陣敲打，「這樣應該就行了，鼓風要穩定——不，還不夠……別讓那隻狗靠近，瑪格達小姐——不行，那個鍋子沒救了，這位女士，那可不是裂縫，它整個底都要穿了，抱歉，沒辦法，我可以修理，但沒法重做。小心火花，爵士，後退點，您不會想燒到您那件好斗篷吧。呦，還能再來一點上好的麥酒嗎，瓊安女士？是了，你是彼得卡本特，對吧？我記得你——一堆彎釘子？這不難處理，拿過來——是的，女士，我下一個就修妳的平底鍋……」如此叨叨絮絮，偶爾停下來專注於手上的工作，或是喝酒或吹口哨。

過了一會兒，瑪格麗特夫人和瓊安往庭院走，回來時帶了一只木托盤，上面放了麵包和起司塊，以及一大碗新鮮牛奶。在鼓風和敲打工作之間，他們休息片刻，圍坐在托石旁吃點心。米莉從碗裡將一只長陶壺裝滿，傳下去給大家，所有的婦女和小孩都喝到了新鮮牛奶。這為他們日常的勞苦生活帶進愉快的變化，如此坐著聊天，和自家孩子一起觀賞難得一見的修理匠工作實況，還有人送上麵包和牛奶。

瑪麗安的舊煮鍋已經修好，或至少處理過了，現在只等著看它冷卻之後底部的裂痕是否真的密合。愛麗絲變得很不安分，所以瑪麗安一手拿著溫熱的鐵鍋，一手抱著愛麗絲，向彼得說她要回家了。

「好啊。」他回答，仔細盯著克里斯用快速俐落的一錘將他的一根釘子敲平。

她知道他心不在焉，於是離開。

她在橋上停步回望，這些聚集的人群，這些穿著暗沉褐色衣服的村民，都還圍著托石站著。他們的對話回到了平日緩慢的速度。那些狗則因為厭煩被管束，多數都躺下了，在橡樹的樹蔭下睡覺。克里斯的鐵鎚在石上敲打熱鐵的聲音依舊響徹，充斥整個山谷。

瑪麗安回到下公有地時遇到希爾達。

「狐帽克里斯來了。」她說。

「是啊，我聽到打鐵聲了。我和兩個女兒在上面的林子裡。妳記得我們去年看見的大橡樹吧，頂端都死掉的那棵？接近大空地後面？現在頂端死掉的部分有一大截掉下來了。我盡可能拖了一些回家，真希望我的女兒年紀大些，但若是你們家小彼得上去，應該可以拖不少回家。」希爾達說。

瑪麗安問她有沒有任何鐵器要修理。

「沒有，但我倒是用得上一兩把新刀子。我不知道迪克聽見打鐵聲沒有，他沒下山。」

瑪麗安進了家門，將愛麗絲留在屋外。她想知道爐火到底熄了沒，於是探下一隻手，感覺灰燼隱約還有點餘溫，但累到不想理會。她抬頭看了看爐火上方燻黑的橫梁，知道自己應該弄把刀子把那些煤煙刮乾淨，讓煤煙掉進……什麼？某道菜餚嗎，要是有就好了——再把煤煙拿出去埋在菜園的豌豆株四周。「我太累了。」她對自己說出聲，然後坐在一截在屋外垂簷下用來充當座椅的圓木上，往下看向菜園及其後高起的森林。櫸木現在長了新葉，較低的枝幹交錯，寬大的葉面層彼此交疊，使得微風吹動時陽光忽隱忽現。

瑪麗安心想，這是我的住所，我的土地孕育出我的豌豆，我的蘋果花為我結了蘋果，我的農舍讓我棲身入眠，我的孩子坐在我腳邊挖出不帶土的小石子，在滴雨的屋簷下把小石子排成一列；之於我的孩子，所有這一切也是她的。而現在村子裡這位陌生的克里斯卻一無所有，無以為家，孑然一身。他的驢子很老了，他的母狗壽命也不長——而牠們之於他又是什麼呢？他沒有歸屬之所，從來沒有。

瑪麗安依然疲倦不已。她往後靠著農舍的板條牆面，不適未減，她思忖著自己這等不尋常的虛弱，該不會又懷孕了吧。不過她的思緒飄開，來到眼前更迫近的事情，等小彼得回家，她要差他帶條繩子上去森林，到老橡樹那帶回希爾達留下的枯枝。

想到希爾達，很快將她的思緒帶往在山上某處荒原顧羊的迪克。她從未忘記自己曾愛上迪克，或許只是有一點動心，但那是如此新鮮的體驗，即便已是陳年往事，且她無疑是彼得忠貞的妻子，回憶迪克向來只是她的祕密消遣。回憶將她帶回他紅潤的寬臉、天空般湛藍的雙眼、橙黃鬈髮的模樣，總是她平淡勞苦日子裡的一點慰藉。她清楚知道他一直都想娶希爾達為妻，她腦子裡回顧起多年前他們特別的求婚往事。

村裡年幼孩子間的指婚都不會太正式（早夭嬰孩的人數就已造成實行的徒然），但是母親們在閒談當中，或會同意假使小奈德和女嬰小吉莉能活下來，兩人成婚也是美事一樁，當然得先徵得休爵士同意。對那些真的活下來的，到青春期這事就會被再拿出來討論一次，這次父親也會介入並和對方父親商談。而這類事情會被公開談論，等孩子到了婚齡，誰嫁娶誰基本上都已有共識。年輕夫妻都是在知道自己對象的情況下長大，也鮮少反抗。他們都清楚不過，選擇多麼有限。

如此鬆散但公開的婚約便存在於希爾達和來自下磨坊田野區的威爾佛瑞迪之間。威爾佛瑞迪是寡婦安妮存活下來的孩子中最年長的兒子，暴力達賓的哥哥，是個在村裡持有肥沃土地的男人。他當時與母親同住，並且來到了適婚年齡。他是個瘦長的黑髮男子，有顆蒜頭鼻和一副大歪嘴，和弟弟一樣個性陰沉，喜怒無常。希爾達當時年約十六，是鰥夫豪爾唯一的孩子。豪爾住在大草坪，自喪妻便很依賴希爾達照顧起居。他原就是個安靜的男人，鰥居後變得更退縮寡言，在田間和菜園裡不停工作，冬天則以驚人的強度和整齊度編些柳籃。

當迪克向他提親，豪爾曾以幾個單音節詞便默許了，且沒談到與威爾佛瑞迪的協議。村裡沒人知道迪克和希爾達的戀情究竟如何開始，甚至何時開始的。迪克當時已經是領頭的牧羊人，在山裡一次會待上幾天，從未有人注意到希爾達從金雀花叢間溜去與他私會。無論如何，他們做了如此的安排，兩人昭告結婚意願的事在村裡引起軒然輿論。

「她不能這樣做，她父親會怎麼樣？她已經許給威爾佛家了，不是嗎？」

「沒媽的女孩就是會出這種事，豪爾都沒留意他眼皮底下發生的事。」

「她是個安靜狡猾的女孩，無庸置疑。」

「不管怎麼說，豪爾和寡婦安妮安排了這門親事，休爵士想必也同意了。你不能讓年輕人這樣自作主張。」

「假使人人都這樣，大夥會成什麼樣子啊？」

「安妮告訴他時，威爾佛臉黑得像打雷。」

「她對他說些什麼？」

「說明原因。說迪克如何先去找休爵士，表示他想娶希爾達——想不通他怎麼會想娶個雀斑臉。他如果能等個一兩年，洛克威爾會有更好的女孩出落。當然休爵士很看重迪克，如此善於牧羊和各種工作，但他知道希爾達已經許配給威爾佛。米莉從紡織間溜出來偷聽，聽到休爵士說他得想一想，他老這麼說，意思是他得問問瑪夫人。而她，我指米莉，跑去告訴安妮，安妮衝到大廳——哎啊，又是一陣騷動。她想找休爵士訴苦，但他進了森林不在家，於是她一股腦兒把苦水都吐給瑪夫人。」瑪夫人面不改色，沒有笑容，也不帶輕蔑，但你知道她向來受不了安妮，只說休爵士才是做決定的人，莫再多言，我會和休爵士談談，她這麼說。

流言就這麼傳開，由耳尖的米莉時時回報——關於瑪格麗特夫人如何告訴休爵士，迪克是多麼有價值的勞工，保持他心情愉快、可靠忠心多麼值得，他愛上希爾達又有多明顯，她雖然有點雀斑但是個好女孩，以及威爾佛又是多醜惡粗鄙的愚人。一樁違背妻子意願的婚事（瑪夫人會知道是因為她已經私下找希爾達在果園談過），不容易生出強壯的孩子，家庭也經營不易。讓那樣的婚姻成真，除了威爾佛，對誰都沒有好處，壞處卻一堆，因此應該成全這對情人。對太太的口才已稍感疲乏的休爵士同意了。眾所周知，他隨時準備被瑪格麗特夫人說服。所以當安妮喧鬧著前來聽取她所謂的正義與法律時，只聽到休爵士同意迪克可以娶希爾達為妻。

於是他們結婚了，在下公有地瑪麗安一家隔壁的農舍安頓下來。老安妮感到鬱悶，但也沒比平常糟到哪去。一年後更戲劇性的來了。威爾佛已經咒罵抱怨數月，甚至在迪克人在山上時埋伏在下公有地。瑪麗安和彼得抓到他好幾次，要他離開，在其他村中女孩裡另尋對象。但他只是一逕詛咒他們，誓言有朝一日要迪克付出代價。

流言傳到迪克耳裡，一天傍晚他從山上下來，發現威爾佛躲在大梣樹下的樹籬邊，便喝斥他，接著威爾佛持一根大棍棒揮向迪克，但沒揮中。迪克從肩膀將威爾佛架起，用一雙大手將他的雙臂固定在他兩側，使勁搖晃他，像狗抓到老鼠那樣，然後把他甩到一小塊蕁麻上，高聲吼道，要是他敢再接近希爾達，他會打斷他身上的每一根骨頭。威爾佛咒罵著爬回村裡，當天傍晚迪克將那根棍棒砍碎當柴燒。

之後威爾佛又造更多謠，多半在安妮的協助下，說希爾達當時懷的是他的孩子，看迪克愛信不信。這個謠言屢有人提及，到村民開始懷疑莫非為真。然後梅格出生了，一頭蓬鬆的橙金鬈髮，威爾佛淪為全村笑柄，這對他的脾氣可沒幫助。

這些回憶逗樂了坐著休息的瑪麗安，她在圓木座上放鬆姿勢，背再度靠回屋子。此刻如此平和，她如此享受這難得的閒適。

迪克女兒的橙金鬈髮和他本身的黃銅色亂髮，將瑪麗安的思緒帶到她自小熟悉的故事，關於這樣的金髮如何抵達本村。她幼時經常聽母親說這個故事，之後不時用母親迴響在她記憶裡的措辭和腔調，在腦子重述自娛或講給孩子聽。那是關於金髮艾賽的故事。

很久很久以前，瑪麗安的母親會以這句開場，在我們任何人出生前，休爵士祖父的年代（有時說是他曾祖父，或甚至是休爵士的遠祖），莊園的領主生病了。他有兩個兒子，大兒子克里斯平說他會看顧農地，照顧母親，照料父親至病終，一如所有的孝子。但小兒子高個威爾是個狂野不羈、不安於現狀的孩子，他們都認為他終會離家去追尋自己在廣闊世界的未來。（故事到了這裡通常用來詆毀浮躁愚蠢的年輕人。）在一個美好的春天早晨，他穿上直接從皮革匠那裡來的新靴子，帶著母親給的一條麵包和半塊起司，在對村內老人或哥哥幾乎未掀半點波瀾下，他沿著溪走下通往盧瑟福的小徑徒步離開。（所有從村裡出發的旅程都是通往盧瑟福，不選這條就得走入森林，然後在夜幕降臨前迷路。）

該年未再聽聞他的任何消息。

隔年春天再度降臨時，他的母親再次為他憂傷，父親頭髮也更花白了，而他的哥哥在田裡毫無怨言地不停工作，沒有人注意到他變得多麼消瘦疲倦。隔年冬天到來時，老父親不敵酷寒，在聖誕節前不久離世，葬在教堂庭院，就在往東靠近小徑的地方，全村都為他哀悼。

隨後而來的一月是任何人有記憶以來最冷的一個月。冬雪下如冰刃，落在何處都立刻結冰。綿羊凍死在地面形成的雪坑裡，鳥腳和樹枝凍在一起，風吹過柳樹時，每根枝條上的冰雪團塊便一起崩落，那種聲音你從未聽過。一天早晨，尚在為丈夫哀悼的領主夫人，發現克里斯平中午沒回來，於是全村都冒雪出去找。他們找到橫躺在溝渠裡的他，鬍子和帽兜凍在一起，確認死亡。唉，村裡又是一片哀嘆。

當春天再度來臨的一個晴朗早晨，繞行果園的小徑傳來馬具的匡噹聲，各有一名騎士的兩匹馬出現，第一名騎士在大廳門口跳下馬大喊：「爸！媽！克里斯平！是我，威爾，我終於回來了。」當只剩母親出來迎接，告知父親和哥哥的死訊，他哭了。

但他沒有哭泣太久。「媽，您看，我帶了可愛的妻子回家。」他將她從馬上抱下，而她真的很可愛，無可否認。她幾乎和威爾差不多高，穿著一襲著地的綠色禮服，如此柔軟的羊毛質料，這裡沒人見識過。她手指上的金戒指在陽光中閃閃發亮，臉龐甜美如樹籬玫瑰。當她將帽兜放下，一頭金色鬈髮流瀉到腰際，如此美物，這裡也沒人見識過。

另一匹小馬上坐的是威爾的侍從，一名面容清秀的男孩，之後證明是這裡有史以來最好的弓箭製造者。另一位是這位年輕妻子的小妹，年約十二、三，留著同樣美麗的金髮，金雀花般的亮黃。

在所有人瞠目結舌的圍觀下，威爾執起這位高眺女孩的手說：「媽，這位是我的妻子艾賽，我和她將會打理莊園和大廳，也會照顧您的餘生。小的這位是她妹妹伊迪絲，您可以把她當成自己的小女兒。」這點他說對了。

他的母親說：「威爾吾兒啊，這兩年的時間你都去哪了？你又在哪找到這位金髮女孩呢？」

在所有村民圍繞下，他娓娓道來，述說他如何走下山谷到了盧瑟福，在哪裡幫了點忙建造跨河的一座石橋，接著繼續南行，保持日出在左手邊，穿越一個叫做威爾德[4]的國家，一個有森林、田野、農場，繼續走還是森林、田野、農場的地方，接著繼續往南，他來到一大片平滑的山丘，沒有樹，只有一兩棵山楂樹在山谷裡，整片的短草，到處都是綿羊。那裡的土壤只有一掌深度，往下的土質堅硬而色白。這個部分，村民不相信，但他堅持是白色的。他走到山丘頂端，在山丘另一面他能看到海——水，你前所未見的水，一直到視線所及，結束於碰到天空的一條直線，那是世界的盡頭。當然，你能想見村民連白色土質都不相信，也不會相信有水延展到世界邊際這回事。他從平滑草原的山丘下來，直到碰到海——你們知道，當風吹過來而貯水池是滿的便會出現漣漪，當漣漪濺向石頭或草叢會如何？村民說他們看過貯水池的漣漪，但威爾說，海裡的漣漪大的和屋子一樣高，並以雷般的巨響往下擊在岸邊的卵石上。這他們也不信！

他繼續描述他如何沿著海濱走到一處河口，即河流入海的地方，河岸邊有些房子和綁在柱子上的船，一個男人在一艘船上修理繩索和船帆。他上前和男人搭話，長話短說，總之他借宿於男人河邊的房子數月之久，幫忙修船一類的工作，男人的妻子也待他很好。

男人曾行船出海，仍是南行，然而他說，不是的，那條線不是世界盡頭，過了海是另一片陸地，那裡也是白堊岩層，有草地和羊隻，人們種植穀物，一如其他地方的人，只除了他們說話腔調滑稽。水手想要威爾陪他出海，他要運去一船羊毛貨物，帶回一桶桶海魚。但當時威爾已經與他眾多女兒中的長女艾賽相戀，所以他不想離開。最後水手帶了一兩名當地的男孩出海，威爾則留下來陪他的妻子、艾賽及其他女兒，他幫忙她們犁田、菜園翻土、劈柴、修理牛欄、抓魚，那裡的魚這麼大……（比出手勢），家家戶戶都喜歡他。等到夏末水手和他的船返航，他們滿載回一桶桶的鹽和海魚，麻織品和繩索，以及一些金戒指。威爾請求娶艾賽為妻，帶

4 譯注：威爾德原文 Weald 為當地方言，古英文「森林，多樹之地」之意，指由盎格魯撒克遜人建立的威塞克斯王國（West Saxon），約在今日南英格蘭一帶。

她回自己老家的村莊，與年長的父母和哥哥團聚。艾賽有意願相隨，於是父親給了她一枚金戒指。她想帶一個妹妹作伴，但只有最小的伊迪絲夠有勇氣，於是他們一行人這就來到了村裡。

村民總是覺得艾賽講話有點腔調，伊迪絲和那位叫佛萊徹的男孩也是，但後來兩人很快就學會講得和大家一樣，除了艾賽終生都有口音。

艾賽來時雙臂抱了一個柳編的籠子，裡面裝滿小雞，最後長成一批肥胖豐腴的母雞和兩隻斑斕的公雞，比我們那在之前甚至現在仍飼養的白毛小母雞體型都要更大。艾賽紡軸捲線是一流的，她教這裡的女孩編織是當她們從沒學過，即便看來如此蒼白苗條，她實則強壯健康，不久即給老夫人添了長孫，一個健壯紅潤的嬰孩，滿頭金色細髮。可惜，老夫人不久便離世，但有威爾將莊園照顧得宜，莊稼增產，她含笑而終。

多年下來，他們生了許多孩子，順利長大的有五男三女，當中多位承襲了母親的金髮，個子高大；伊迪絲後來也嫁給一位自由人，同樣生養了幾個小孩，多數亦與村人通婚，這是何以即便到了今日，村內仍時而有孩子生來一頭金色鬈髮。

隨故事氛圍和母親聲音記憶的淡出，瑪麗安才意識到時間的流逝，以及倚著板牆而來的背疼。彼得出現在屋子轉角，手上抱著愛麗絲。

「我在莫莉家門前發現她。你不該讓她自己出門，瑪吉的老狗對小孩不安全。」他語帶指責。

瑪麗安接受指責，也接手了愛麗絲。她重振自己，鼓旺爐火，放更多磨好的豆子到爐火上的鍋子裡，聽著彼得說狐帽克里斯做了些什麼，他的故事和手藝，一邊將整袋敲直的釘子掛回層架下方。村中無人真的能不受陌生人的來訪觸動。

當晚稍後，小彼得回到家，他們享用熱豆子湯和前天培烤的美味麵包，而後一起走下菜園察看豌豆，看看蛞蝓幹的好事。

彼得說：「刮一些煤灰下來，每一株旁邊都撒一點，通常管用。」

之後他們就寢，一如往常彼得倒頭就睡著，連屋子上方椤樹的畫眉鳥都還沒來得及唱完晚安曲。瑪麗安清醒躺著許久，身體不適與疲倦依舊，再次令她懷疑自己是不是懷孕了。鳥鳴停歇好一陣子之後，全然的黑暗爬入屋內，瑪麗安這才睡著。

夜裡她猛地醒來，感覺自己只睡了片刻。彼得在她身旁打呼，兩個孩子都安靜睡著。她突然腹部一陣劇痛，像是有一把燒得炙紅的小鉗子，如同狐帽克里斯那把的縮小版，正在拉出她的小腸，將她痛醒。

她想，至少這表示沒有新生兒要到來，但這些念頭是她的祕密。她知道大家期待她再生一胎。不過才上星期的事，波莉佛萊徹在大草坪叫住她讚賞愛麗絲，說：「什麼時候再生一個呢？除了這個女兒，妳現在只有一個跛腳的兒子，不是嗎？」

瑪麗安一如往常，經常意識到一個暗藏的兩難局面。每次懷孕都意味在生產中賭上她的性命，也等於賭上前幾個孩子的幸福。一個人能信任一位父親或繼母，或某些個一時發佛心的鄰居，養大自己的孩子嗎？人該為一個新生命犧牲數個孩子的充分養育嗎？她曾試著向彼得解釋箇中兩難，但他僅以「婦道人家瞎操心」駁回，自那時起這份擔憂只能埋在她心裡，無疑也埋在其他許多女人心裡。

# 六月

微如塵土的昆蟲永不停歇
閃閃發亮旋舞於太陽底下
綠如青木的蠅和糾纏花兒的蜂
永不倦乏於生命的旋律

對剪羊毛日而言，這個早晨甚好，無風而空氣香甜，瑪麗安打開農舍大門往下面菜園及其後升起的森林望去，這個季節整片都是精巧的嫩葉，山毛櫸的翠綠，楊樹的深綠，橡樹的古銅金，此刻都呈現如此濃密的綠意，深色的紫杉幾乎快看不到了。風信子花期已過，但其多汁的綠葉仍在山坡上大片大片地滿布於平滑的山毛櫸下。

近一點的菜園，一排排豌豆和蠶豆整齊有致，因為是彼得種的，這時大部分都發芽了，在擊敗蛞蝓後快速生長，明年要吃的抱子甘藍也每天都在變大。蘋果樹現

在枝葉繁盛，花期已過。

瑪麗安滿心歡喜地期待這一天。剪羊毛日是一個慶典，天冷或下雨都可能掃了大家的興，也經常如此。如大家所言，這天是休假日，傳統上如此，但沒有哪個假日對瑪麗安來說比較輕鬆，就這天而言，連對彼得也是。

彼得天沒亮就起床，把小彼得也拉下床，兩人前往村子將大草坪所有的圍欄搭好，為當日聚集羊隻所用。按過往經驗，圍欄似乎永遠不夠，所以過去兩星期以來彼得都在製作新的，為此差遣兒子進灌木叢多砍些梣樹苗回來。

愛麗絲乖巧地坐在老圓木座旁邊拽草，唱歌自娛，於是瑪麗安提一個水桶，走到汲水區打了一桶水。莫莉家靜悄悄的，她想她和兩位老太太會不會已經在大草坪了，但又覺得那兩老不大可能走得了那麼遠。連她們那隻壞脾氣的老狗都安靜坐在門口搔癢。希爾達和迪克家裡沒人，但瑪麗安知道他們和彼得起得差不多早。帕羅萊特家沒傳出任何動靜，看起來很像廢墟。

瑪麗安為母雞的飲水桶斟滿水，那只老舊木桶已經半陷入土裡。她撒下一些粗穀粉餵牠們，然後用皮帶將門固定，抱起愛麗絲。她們經過家門而不入，繼續往下坡走，通過往公有地的小柵門。小徑土質堅硬，因人來人往而被踏禿了，但兩側布有峨參植叢、頂端呈淡紫小簇的薊花、帶紅穗的酸模植物。瑪麗安看著愛麗絲一路搖搖晃晃光腳走著，伸小手拍拍兩側豐富的綠色植物。等她們走到小樺樹區，小徑兩側轉為長草，底下一片茂盛翠綠，交雜以藍色的野豌豆和粉紅的旋花植物，往上一層是長草開的花，顏色較白或棕，隨著微風吹拂略微彎下。少數幾簇瑪格麗特雛菊和長毛茛交雜於長草之間，花托呈空心橢圓且白綠相間的白玉草則隨長草搖曳。

「呃─呃─」愛麗絲指著毛茛想要。瑪麗安摘了一朵給她，教她：「毛茛。」

「毛克。」愛麗絲跟著唸。

瑪麗安糾正她，但愛麗絲的注意力已經轉移，正專心破壞花朵。她用纖小的手指小心翼翼拔掉每瓣花瓣，直到長莖頂端最後只剩那小小綠色、像大力神棍錘的突刺部位。愛麗絲很自得其樂，小跑步在前頭。不遠處她們遇到家裡的山羊，被用長繩索拴在一棵樹旁，在那能親近溪水和豐富的植物嫩芽。瑪麗安對牠說話，揉摸牠的肩部。此時小羊已經斷奶，母羊變得溫馴許多。

接近橋的時候瑪麗安抱起愛麗絲，抱她走上圓木階梯，橫越棧板橋。她在橋上停步低頭看底下的靜流，再次欣喜於天候和煦，對慶典活動滿懷期待。她也知道自己會與洛克威爾的幾戶人家再度聚首，除了星期天彌撒後的短暫照面，她不常見到他們已有好一陣子，自從去年來自磨坊的姪女麗莎嫁給馬丁洛克威爾後便是如此。她知道那兩家人都會從洛克威爾農場穿過田地徒步下來，高個瓦特帶著妻子南西，馬丁洛克威爾當然是偕麗莎前來，還有他們的另一個兒子，瑪麗安希望他能娶她的另一個姪女愛倫。同行還有他們家其他孩子，多數是強壯且面容姣好的年輕人。再來還有另一家人：瓦特的弟弟愛德華帶著妻子紅髮瑪麗，她是迪克的妹妹，無論如何不會錯過剪羊毛日，還有兩人全部的稚齡孩子。也很可能他們會帶上洛皮的父親老蘭伯特，假使他們張羅得到一輛馬車讓他乘下小徑。瑪麗安希望如此，因為她父親和老蘭伯特總喜歡一起閒聊。

一旦她加入大廳眾人，就得投身準備食物的大規模活動，所以瑪麗安繼續停在橋上，低頭看著靜水的另一側，想著洛克威爾的種種。她一生中不斷聽聞洛克威爾農莊起源的許多故事，此刻令她陷入沉思。

+

村裡的故事老是始於超級暴風雨。那場暴風雨來襲於金髮艾賽的到來之後，所以關於它的傳說並未具有和艾賽傳說同等的深度和力量。此外，儘管暴風雨可能多強烈和具破壞力，終究只是個暴風雨，而艾賽的故事在所有奇特的背景下造就難得的羅曼史，那也是與風相關的故事永遠無法企及的。但無論如何，那仍是場暴風雨，狂暴的程度前所未見。這場暴風雨影響最劇的不是在村子裡，而是村外各處，包括上方的森林和所有田地。現在假使你步行穿越村子，讓大廳和接下來的葡萄園保持在左方，繼續走直到經過大穀倉（它本身部分以大草坪連根拔起的橡樹搭建而成），讓乾草堆和開放棚屋保持在右邊，你會來到一塊空曠的土地，此時大廳區在左，磨坊區在右。整段路程地面是緩緩的上坡，小徑不斷走會往上穿過大田野。當時的大田野還說不上是田野，只有部分區域開墾過，而且隨著地勢益發陡峭，成為在蔓草中交雜著山楂樹、金雀花、野玫瑰的荒地，一處耕犁未至之所。然後到某個尖角形的區域一塊極為陡峭的土地銜接此荒地，這塊尖形岩滿覆高大的森林樹種，如橡樹、梣樹、山毛櫸等，但沒人在乎，因為此處地勢陡峭到不可能開墾為耕田或成為牧場。但那場超級暴風雨過後不久，艾賽其中一位高大年輕的兒子曾往上步行至該處，發現一棵長在這陡坡上的巨大橡樹被吹倒了，在坡上橫躺於山楂樹和榛樹之間，但是當男孩檢視這棵倒樹末端根部垂直面的巨大樹盤時，他發現一個不尋常的景象，樹倒使得一塊光滑岩面暴露出來，高過他的頭部，寬度甚且超過高度。從這塊岩面的所有裂縫中，以及從幾處橡樹殘根突起處，一道乾淨的水流汩而出，滲入倒樹底下潮濕而蕨類繁盛的土地。如此的暴風雨過後，經過連日連夜的豪雨，本就到處是水，但過了一個多月，甚至一個無雨的月份過去，那道甜美乾淨的水仍繼續從岩石縫中汩出，男孩帶了眾兄弟去看。他們都發現當中所代表的意義：有水泉之處，就是人與動物能安居之地。

當然，回到大廳，此時已是老人的高個威爾一直以來都在思考該怎麼安排所有的兒子。長子修伯特會留下來管理莊園，他本來就差不多在做了。另外四個兒子都是高大強壯的青年，便上去那片陡坡著手開墾。他們花了一年劈解那棵倒樹，淨空地面，全程觀察那道湧泉。它從未讓他們失望，在大雨過後流得更急，即便在七月旱季仍甜美汩出。所以他們蓋了一間穀倉，使用倒下橡樹的主幹做屋脊材料，也為自己蓋了幾間農舍。一位姊妹加入他們的行列，幾個兄弟姊妹多數都在那裡成家立業。這些

新的農舍就蓋在岩石表面，坐落於其他巨大橡樹的樹蔭下。其中一個兒子帶了一根長鐵釘和一把槌子，在岩石底部的表面鑿出一個石槽盛接涓流。石槽設計成動物能輕鬆喝水的高度，一側還有一個寬廣平滑的岩架，好讓婦女取水時能把水桶立在那裡。大家都說這樣比打井水或汲溪水輕鬆許多，不必把水桶拖上來。自此他們的用水總是乾淨新鮮，沁涼地汩汩流入水桶。沒人知道是誰先將此區命名為洛克威爾的，但這名字保留了下來，這裡的農場也一直以洛克威爾廣為人知。

洛克威爾是個特殊的地區，具威望而富裕。該地的法律地位是如何且何時升抬的，無人知曉也無人在意，但到了瑪麗安的年代，洛克威爾人生而為自由人已是確立的傳統（可他們不是莊園領主的後裔嗎？），他們對大廳無勞動義務。他們只須於每年冬天上繳十二隻肥美的豬，而這對洛克威爾人完全不成問題，因為該區還遍布許多成熟的橡樹，每年九月會掉落大量成熟橡實到豬圈裡。村裡人人都公認洛克威爾的培根特別肥美軟嫩。另一項洛克威爾提供給村裡的（這項在瑪麗安眼中是如此存在已久而不容置疑），是洛克威爾隨時備有一隻公牛、一隻種馬、一至兩隻雄山羊、幾隻種豬（公羊為大廳牧羊人所索取），所以大廳農場和村民可以自在食用或閹割自家的雄性牲口，因為他們可拿一至兩籃雞蛋或一桶奶油，換取母牲口在洛克威爾配種。

洛克威爾是個迥異的地區，離大廳遠得能感到一定程度的自由獨立，但也近得足以取得村內工匠的資源。大家都覺得，在洛克威爾過日子比較輕鬆，村裡多數的女孩都希望能嫁給洛克威爾的男孩。當然，如願者不多，且有幾次洛克威爾的長者派兒子下來確立他們在村裡的地位。他們經常會說：「洛克威爾石槽有足夠充沛的水源供給如此多的人口和牲口，如果你在冬天將之飲乾，你要等兩三天待其再度滿水，但你若在夏天將之飲乾，你可能要等兩三個星期才能等到再度滿水，而現在有婦女和牲口只為喝一口水，來回各走一英里去溪邊嗎？」

所以洛克威爾保留了他們的穀倉和幾間農舍，而比起村裡，那裡的家庭成員似乎都較孔武有力、身體強健。他們的小孩遊蕩到農舍後方的陡林玩耍，發現了其他岩石，包括兩根像高聳柱子的東西，其中一根頂端平穩立著一顆大石球，直徑四至五英尺。大家都說一定是魔鬼放在那裡的，否則如此巨石怎麼到得了如此高處？因而洛克威爾的母親都告誡孩子遠離那個顯然是魔鬼存放玩具的地點。

一年年過去，大田野的耕地每季都往洛克威爾的上坡前進一些，山楂樹和野玫瑰消失，牧場和穀物田地於稜線分明的尖角岩區兩側增加。如今耕田幾乎已經拓及到陡坡坡腳，即沁水仍涓流至石槽的地方。

瑪麗安望著眼前的村莊，她熟悉的村莊。大廳這座巨大陰暗的建築及其長滿地衣的百葉窗，高處窗臺向外大開，發白的茅草屋頂，其後一排排勉強可見的棚屋，這一切對她而言都是太尋常的景物，吸引不了目光。但右邊大草坪立著一棵枝葉繁盛的大橡樹，古銅色的小葉此時轉綠，看著就賞心悅目。一群灰鵝嗅聞她前方的綠草，毛茸茸的笨拙雛鵝蹣跚跟著，給了她一種豐饒可期的預感。大廳和教堂後方的大廳田地勢緩緩上斜，分為慣有的帶狀，一排排細條形的青蔥綠草之間是犁過的土地，此刻覆滿新抽的麥子。再往右看，大草坪和磨坊田野斜坡上，半圓形的農舍群落後方，此時是休耕期，等待割落為乾草。這裡的綠草包含豐富的毛茛、高莖雛菊、碎米薺、車前草、白玉草、琉璃苣。瑪麗安知道自己若是跪下，撥開長草還會看到矮小的婆婆納花、繁縷花、金露梅。

視線右移，只見地勢高起，溪水蜿蜒，山楂樹籬每根新枝都厚厚覆著帶狀的白色花苞，深綠老灌木叢開的花則像鑲了大片大片的白蕾絲，半隱於這些景色後方，勉強露出了磨坊屋頂——她出生的地方，也是她的兄長賽門和家人現在住的地方。磨坊後方和部分排水至磨坊水池的沼澤區後方，是一片更大的貧脊土地，碎石遍地，長著稀疏的野草如石南、金雀花、野玫瑰、荊棘等，偶爾會出現一棵被風吹歪的山毛櫸，雜枝茂密，或一棵彎曲的山楂樹。遍布柔軟豐草的小山谷裡，則零星散布草皮頂的小棚屋，是牧羊人的住所，他們與成羊和初生羔羊同住在這些低矮的柵舍裡。

磨坊的少女時期，瑪麗安有時會遊蕩到那些牧地，假裝在找走失的山羊，但其實是為了看迪克一眼。一如所有同齡的女孩，對瑪麗安而言，擁有鬈曲金髮和湛藍雙眼的迪克是眾人矚目的焦點。她不知道當時迪克眼裡已有了年紀比瑪麗安小，嬌小黑瘦又有雀斑的希爾達，其他村民也不知道。瑪麗安偷偷暗戀著迪克，但不久後，父親鼓勵木匠彼得追求她。他告訴瑪麗安，彼得是通情達理又工作勤奮的好人，她不可能嫁得比這更好了（當時彼得剛為磨坊完成重大的修繕改造工程）。所以她嫁給了彼得，不曾後悔，也將迪克淡忘，至少她是這麼告訴自己的。只不過偶爾當她看著迪克，會希望他當初愛的是她。

瑪麗安嘆一口氣，一方面感慨往事，同時享受這甜美的夏日氣息。「來吧，愛麗絲。」她說，然後母女倆走上小徑前往大廳。

湯姆和愛德吾兒一定雞未啼就起床了，因為此時麵包窯底下的火早已升旺，瓊安背對烤窯，站在屋棚下的桌子上揉麵。她滿手麵粉向瑪麗安揮手，將帽子從汗濕的臉往後掀，留下一塊麵粉印在前額。

「才做到第一批。」她微笑道，一邊盤曲編織一坨麵團，直到做出像編好的馬尾的樣子。「這裡面用的是真格的酵母，下一批還在那裡醒麵。」她用手肘指指靠烤窯的一只寬口陶盆，「愛德吾兒正在搬長桌出來。」

愛德吾兒從門廊底下倒退出來，手上抬著一塊長板的一端，那是半邊的大廳餐桌。洛皮蘭伯特隔一會兒拖著腳步抬著另一端出現，抬著長板的雙手凹凸紅腫，淋巴結核疙瘩破裂處有血漬，但他那總是半張的嘴微笑著。

「放下來。」愛德吾兒指揮道，聲音聽來耐著性子：「快點，我們還有另外一塊桌板要搬。」他推擠洛皮蘭伯特到門廊，兩人很快帶著第二塊長板出現。

「快──點，馬上！還有腳架，洛皮。」愛德吾兒催道。他們終於把兩側的三腳桌架都拿了出來，連哄帶騙才讓洛皮完成他的部分，將桌板橫跨在兩人之間。在桌腳下墊石頭讓各處等高對洛皮太難，愛德吾兒得自己來，每一次調整都要輕搖桌板，直到瓊安說夠穩了。

「妳不能在搖晃的桌板上揉麵或分切麵團，那會讓人自信全失。」瓊安朗聲說道。

米莉從庭院來到旁邊，揚頭帶著一種虛榮的表情，這緩和了她平日的愁容。接近慶典的情緒連她都感染了。

她將帶來的桶子放在擱板桌上說：「這是酸奶。瑪夫人現在在製酪房，把乳脂從昨天的牛奶裡撈掉。恐怕有些糞肥從把手掉進去了。」她從帶來酸奶的頂部舀除一些農場麥稈，即從發綠乳清上漂浮的凝乳團塊上舀。「但那可以增添風味呢，哈哈。」這類插科打諢就是米莉對慶典的貢獻了。

見到桌子固定，酸奶也備妥，瑪麗安往下走往庭院，經過紡織房，見一張尚未完成的毯子掛在裡面，梭子卡住光裸的經線。瑪格麗特夫人在製酪房門口與她相遇。夫人戴著一頂乾淨的白帽，底下的頭髮整齊滑順地往後梳，另外別了兩朵粉紅色的狗薔薇，雙耳各一。瑪麗安說：「早安，瑪夫人。」順便稱讚她的打扮。

瑪格麗特夫人慣常緊繃的表情放鬆下來。她微笑問起桌子架好了沒，如果好了，麵粉拿出來了嗎，湯姆人在哪，問瑪麗安覺得這天氣能維持下去嗎，還有，瑪麗安得給帽子找朵花才行，既然瑪麗安要忙烘焙，她會指示瑪格達帶花給她。她最後說：「鮮奶油讓妳拿，我去告訴湯姆要把麵粉拿出來給妳。希爾達在路上了嗎？」

瑪麗安捧著躺在碗裡層疊如毯子的鮮奶油，回到擱板桌邊。桌子已經被移到橡樹的樹蔭底下，休爵士正在指揮他們讓桌子站得平穩。

瑪麗安放下鮮奶油時，聽到愛德吾兒低聲咕噥：「在他插手前站得很穩。」

「不到一小時，天氣就會熱到不適合在太陽底下做事了。」休爵士朗聲為自己的插手辯護。湯姆出現時肩上扛著一袋麵粉，一副它是被折彎的嬰兒，甚至不時用空出的另一手輕拍它。

「接下來呢？」他把麵粉在桌上放下問。「瑪格達忘了拿盆子出來嗎？」他離開往門廊走，在門口遇見手上拿花的瑪格達。瑪麗安看著兩人爭吵，但一個字都聽不清楚。瑪格達拿著一些金銀花和毛茛走近瑪麗安。

「母親要我帶這些給妳。」她以此為自己忘了盆子辯解。「好啦，父親，別小題大作，我這就去拿盆子。」她在休爵士靠近時，壓低聲音說：「為什麼不叫米莉那個賤婦拿？」

除了瑪格達沒人敢那樣和休爵士說話，但不少人暗自高興這孩子這麼做。她對瑪麗安說：「這是金銀花，因為妳要做蜂蜜麵包，毛茛是因為我們將有奶油可吃。[5]」隨即就往大廳方向跑掉，不讓父親有機會訓斥她丟三落四。

瑪麗安從裙襬拉出一條線，纏繞在兩支花莖上，將繩子兩端圈綁在從帽子捏出的一小角上，然而花束倒下，毛茛亦已枯萎，但她不會辜負瑪格達的心意。

她開始做司康，用一支彼得做的大木勺從袋裡舀出麵粉，在大盆裡加入酸奶與之混和，將麵團輕拍下來到撒了麵粉的桌面，再分割成一個個厚圓餅，用的是她放

5 譯注：金銀花的英文為 honeysuckle，毛茛的英文為 buttercups，分別與蜂蜜和奶油有字面上的連結。

口袋帶過來的一個中空木質切具，那是多年前彼得為她特製的，以他的作工加上使用多年，現在已經磨得非常光滑。

村民三三兩兩越過大草坪抵達，站在彼得這幾天立的圍欄邊談天說笑，偶爾猛地喝斥一下自家的狗兒或孩子，人人都感染了慶典的氣氛，享受著這甜美的夏日早晨。彼得將人群推離圍欄，對想試探圍籬在土裡堅固度的男孩子喝道：「不准碰！」

瑪麗安繼續做司康，將它們分割好，鋪排在旁邊的一張大鐵網上。希爾達帶著兩個女兒梅格和瑪麗出現。兩個小女孩都帶著小帽，胡蘿蔔色的鬈髮從底下蓬出，上面裝飾了雛菊花環。小彼得也來了，抱著愛麗絲。瑪格達也幫愛麗絲掛了雛菊和毛茛花環在脖子上。

「妳幹嘛？」梅格問。

「幫這場宴席做司康。」瑪麗安說，仍舊低著頭。

「想看想看。」瑪麗歡叫道，她個頭沒到桌面。梅格環抱她的肚子把妹妹舉起來，讓她瞥一眼司康的製作。希爾達噓聲把兩姊妹趕到一旁，拿起另一只碗也開始製做司康。小彼得讓愛麗絲滑至瑪麗安腳邊，以他特有的歪斜姿勢溜走，加入其他在圍欄旁的男孩子。愛德吾兒過來看網格滿了沒，而後將網格抬走，順便帶話這裡需要蜂蜜，還差點被瑪格達的狗崔佛絆倒，牠一直在瓊安桌邊四處嗅聞等待下腳料。

瑪麗安和希爾達繼續做她們的司康。一陣熱麵包香飄到大草坪的人群中。瓊安的第一批小麵包此刻在桌邊放涼，她有力的手指正在揉第三批。公有地搖曳青草的氣息，混和橡樹嫩葉的氣味不時飄來，冷卻瓊安熱紅的臉，也讓瑪麗恢復精神。一隻鴿子高棲在橡樹上發著牢騷，狗群偶爾會開咬，一隻布穀鳥如常啼叫卻時而口吃，庭院裡的麻雀吱喳不停，在這所有聲音之中，夾雜著一陣陣村民站在圍欄邊的低語和笑聲，帶著他們難得的閒散和期待心情。

「綿羊來了。」梅格以刺耳聲音尖喊道，隨著人聲靜歇，每個人都能聽到遠方傳來焦慮憂愁的咩叫聲。村民把自家的狗喊回身邊，在牠們脖子圈上繩索。休爵士按照慣例大步四處走動趕人以淨空圍欄周邊，高喊瑪格達綁好崔佛。賽門和妻子貝西站在大草坪遠端和彼得談天，他們向瑪麗安揮手。

從所站之處瑪麗安能看到，越過大草坪，往下接近尼克和瑪莎家的小徑區段，順著小徑一路到放羊的小牧地，有一隊羊群抵達了。

第一隻綿羊出現時村民一陣歡呼，吆喝自家孩子保持小徑淨空。牧羊犬「喜樂」揚頭小步跑在第一隻羊旁邊，男孩奈德肩上架著曲柄杖，在羊隻相互推擠前進時在另一側跟著隊伍。一片灰茸茸裡點綴著毛色較白的羔羊，一顛一顛跑姿笨拙。在羊叫聲、狗吠聲、群眾歡呼聲當中，傳來迪克和喬尖銳的笛聲。接著羊群來到附近，最後押隊的是牧羊犬「忠實」。

小彼得仗著是自己父親搭起這些圍欄，便雞婆地幫忙打開入口。奈德守在柵門邊，羊隻開始湧入圍欄。待迪克抵達大草坪時，所有羊隻都已經被安全圈在場中。迪克之後進來的是喬，兩人誰也沒片刻停止演奏笛子，還開始帶著兩隻牧羊犬繞場。迪克的帽兜已掀到背後，橙金色的頭髮和鬍子從他紅潤的臉發散開來，讓他看來像顆漫畫版的太陽。這是屬於他的日子，他是天生的藝人，更清楚自己的羊值得展示。他穿著短版的束腰罩衫，袖子捲起，雙腿光裸，足蹬羊皮靴，步伐自在有力，充滿自信。喬跟在他身後，是一名黝黑寬臉的瘦男孩，幾乎是跳著步子走，吹著一支小笛子，有技巧地放肆吹奏卻毫不落拍。兩位牧羊人脖子上都掛了焰黃金雀花的花束。當他們經過彼得、賽門、貝西所站的木匠鋪，瑪麗安聽到貝西以清亮的高音跟著唱和，其他人也在迪克遊行到附近時跟上調子加入。這首剪羊毛曲的旋律人人耳熟能詳，瑪麗安也放下司康切具，抱起愛麗絲好讓她能看到迪克，還舉著愛麗絲的小手臂隨節奏揮舞。

瑪麗安看向希爾達，知道她沒有美嗓，絕不會試圖開口唱歌。她站在那凝視丈夫，他在經過她時投以微笑，從笛子空出一隻手對他們的孩子揮手，仍沒落掉半個音符。希爾達只是眼神閃耀、笑容滿面地看著。

來到橡樹旁瑪麗安和希爾達所站之處時，迪克已演奏到曲子的最後一節，結束時正對休爵士和瑪格麗特夫人。他從口中取下笛子，做一個誇張的手勢說：「您的羊群在此，爵士。」

大家都笑了，因為他們見迪克以魁武如王者的身材，帶著自信和一頭金髮，顯然是當日的英雄，此時卻向害羞怯懦的休爵士扮演他實際的僕人角色，這招投群眾所好，引人發笑，而休爵士自己也樂在其中，這使他更為害羞。

迪克是村子裡的英雄，擔任牧羊人十多年，期間羊群數量顯著增加，羊隻都很健康，羔羊鮮少死亡。大家一致公認他具備養羊的本能。綿羊對村裡很重要，雖然牠們都歸休爵士所有。綿羊提供村子唯一能販售的財富，唯一是指他們可以拿羊毛去交換幾樣村內少數無法生產的材料：鹽、鐵、亞麻、陶器。所以村民對羊隻的增加會歡欣鼓舞，一半也是連結了某種喜悅，可期的滿足感，知道對他們生活如此重要的四樣外來材料將供應無虞。

迪克和休爵士開始緩步繞場，迪克用曲柄杖尾端指出特定的羊隻。休爵士分辨不出每隻羊的不同，對迪克來說很奇怪。他用一種沉靜權威的語調向休爵士介紹每隻羊，像內行的經理人耐著性子，禮貌地向相對無知的物主說明。奈德和喬帶著靦腆的微笑，站在圍欄入口隨時開關柵門。喜樂和忠實雙掌交疊趴坐著，眼神仍處於警戒看守，牠們氣喘吁吁的模樣幾乎也像是微笑。瑪格達走近喜樂，此時幾乎已完成繞場的迪克提高嗓門對他主子的女兒喝道：「別招惹我的狗。」

瑪格達說：「我只是要幫牠調整花，都滑下來了。」她震驚於一個區區牧羊人居然在父親面前這樣吼她，彷彿她不過是個村裡的賤婦，但看到喜樂掀起的嘴皮和長尖牙，她很快後退，對迪克做了個鬼臉。她父親完全沒有要護女的意思。

官方的視察結束後，群眾開始四處走動親身檢視這些羊隻，和奈德或喬交談，偶爾也彼此交談。瑪麗安繼續做她的第二批司康，愛德吾兒帶來一個柳編的托盤，她把司康排放上去，取下夾在耳後的母雞尾羽，浸到鮮奶油內再刷塗到待烤的司康上。

愛倫蹦蹦跳跳過來的時候，瑪麗安正忙得不可開交。愛倫是她的姪女，她兄長磨坊主賽門和貝西的女兒，一個外型健美紅潤的女孩，淡橙金的頭髮從帽子底下蓬出，神情愉快。她插了一枝艷紫色的蠶豆花在緊身胸衣的線孔上，而且是鑲了蕾絲的緊身胸衣，她知道約翰神父視之為「淫穢的緊束」。

「姑姑，是真的嗎，我們會有鮮奶油可吃？」

「鮮奶油?司康上會塗一點就是了。」瑪麗安回答。

「瑪格達說瑪夫人正在吃奶油以及鮮奶油。」

「瑪格達說很多事都只是想假裝她是包打聽,今天的鮮奶油只夠拿來塗。」瑪麗安說,給愛倫一絲戲謔的微笑。愛德吾兒前來取走柳編托盤去烤窯。

「瑪夫人說,如果妳司康做完了,就進大廳幫她。」他說。

「噓—噓—」愛麗絲拉瑪利安的裙子喊。

瑪麗安將雞羽夾回耳後,拉著愛麗絲到大廳外一角,幫她拉高連衣裙:「腿開開,再開一點。」愛麗絲尿了,然後被帶回希爾達那側桌下梅格和瑪麗坐的地方。她們被囑咐看顧愛麗絲。看到愛麗絲尿尿,提醒了瑪麗安自己的生理需求,所以她走到菜園,走進牛棚一處臭氣沖天的角落,那裡有個供婦女如廁用的坑。

即使兩側的百葉窗都已打開,從室外陽光下走進大廳,還是覺得裡面很暗。大廳少了擱板桌顯得寬敞許多。瑪格麗特夫人站在平臺的高桌旁,桌上是第一批小麵包,現在涼得差不多了,前方有一小桶奶油,她正一個接一個地將麵包切片。

「噢,瑪麗安,真的,妳得幫忙,否則我們中午前別想準備好。好多麵包要切,抹匙在這裡,每一片都塗一點奶油。」

奶油聞起來真美味,溫熱的麵包也是,兩者都是美味。

「我和米莉好幾天才存到這些奶油。雖然天氣熱，但我想奶油沒壞。」瑪格麗特夫人語帶滿足地說：「應該每個人都能分到不小的一塊，或許不只。」她們繼續做事。瑪格達來到門廊邊，梅格和瑪麗跟在她身旁。

她用質疑的語氣說：「母親，每個人都吃得到奶油，不是只有我們，對吧？」她母親回答：「是的，參加宴席的每個人都分得到。」手上繼續切麵包。

「好吧。」梅格輕蔑地對瑪格達說，然後三顆頭就消失了。瑪麗安不曉得愛麗絲的下落。瑪格麗特夫人嘆口氣咕噥：「這些小女生。」

湯姆拿來另一籃小麵包。

「瑪夫人，這是第二次出窯的份，涼得差不多了。」他說。

「我可不希望奶油融化流掉，那就浪費了。」瑪夫人手上一條接著一條切著麵包。這批她切完一條說：「放得夠涼了。」說著將麵包遞給瑪麗安。

「第一批司康已經好了，看起來真是美食，應該說就是了。瓊安正將下一批放到網格上。」

「別忘了希爾達的方形司康。」瑪麗安手上繼續塗著奶油說。一塊脆屑掉下來，她抹上奶油吃掉。休爵士的小白狗吉克斯被拴在一根竿子的掛鉤邊，哀鳴哭訴。湯姆將他要拿走的籃子隙縫卡的一塊麵包碎屑丟給牠。

休爵士進來詢問這裡的進度，但可能是為了躲避人群。

「還可以。」他妻子手上切得更加勤快，「中午前應該可以好，得趁著還有遮陰。看到沒，湯姆已經備好麥酒。吉克斯，別吵。外面開始剪羊毛了嗎？」

「可憐的吉克斯，錯過所有好玩的事。」休爵士輕拍牠說：「如果你能不去招惹羊，不要老吠牠們，你就可以和大家一起待在外面了。」瑪麗安經常觀察到，比起和妻子談天，休爵士還比較容易對他的狗說話。

「你應該待在外面。」瑪格麗特夫人對休爵士說，「你應該像往常那樣站在階石上俯視全場。快出去吧，我們很快就會把食物備妥。」

休爵士不情願地出去了，站到庭院入口飲水槽旁邊的階石上，兩者都是用三塊巨石堆鑿出來的。這三塊巨石是從溪對岸的斷崖岩壁裁切拖過來的，當時是為了蓋教堂運來，也就是在村內任何人有記憶之前的事。從洛克威爾運石頭過來也可行，沒有比較遠，且都是下坡，運送會輕鬆得多。但是沒有人，至少沒有任何洛克威爾的住戶，會同意在他們水源湧出處的岩壁上鑿一個大洞。一方面怕造成這股神祕的泉湧轉向，一方面也怕觸怒賜予他們這股生命之泉的神祇。然而也沒人敢碰洛克威爾農莊後方山林裡的其他岩石。該處岩石屬於魔鬼的概念根深柢固，因為傳言多年前一個昏暗的傍晚，一群洛克威爾的孩子從那撿柴回家，目睹了魔鬼飛在天空，降落在那顆平衡石塊的頂端，孩子嚇得尖叫竄逃回家。只有當時才八歲的馬丁站在原地觀察，事後向大家澄清那只是貓頭鷹（他承認是隻巨鷹），他看見牠背對天空餵一隻死老鼠之類的東西給也在岩石上的小鷹。這說法不足以安慰嚇壞的孩子，而懷疑貓頭鷹和魔鬼某程度同掛的想法也深植村民心中。

待瑪麗安出了大廳，太陽已被過去一小時合聚起來的滿天亮雲遮蔽。她回到橡樹下，聽出愛麗絲的喊叫聲。她被梅格的小手臂抱著，瑪麗往上伸長手撫拍她的背。

「她跌倒了。」梅格為她的疏失請求原諒。愛麗絲的前額撞了一個包，一隻軟嫩的手臂有擦傷。

「看呀，看呀。」瑪麗安對愛麗絲說話，一邊輕搖她：「看呀，看呀，妳現在好多了。看看妳的皮帶沒繫，妳被它絆倒了。」她將愛麗絲安撫過來，重新將皮帶繫在她腰間，將裡面的連衣裙往上拉。這件連衣裙對愛麗絲太長了，但瑪麗安想也不敢想著要剪短它，她知道愛麗絲多快就會長到合身。瑪麗安抱起她，走到橡樹下坐，希爾達也在那裡坐著休息。愛麗絲終於放鬆下來，在她懷裡打起盹。梅格和瑪麗靜靜坐在母親腳邊的地上，希爾達也安靜坐著，目光隨著和奈德在場上四處走動的迪克，用曲柄杖指向特定羊隻，指示奈德工作。然後他走向階石，他在那事先放了磨刀石，開始仔細磨他的剪子。

會場的其中一個閘口設在靠近階石的地方，喬站在場內，在迪克喊聲時讓綿羊一次一隻地出來。綿羊蹬跳出來時焦慮又警戒，迪克會抓住羊，將牠拉向自己，此時羊會掙扎咩叫，但當他讓羊坐在尾巴上撐立起來，羊背抵著他的雙腿時，羊會突然放鬆下來，他接著就將剪子滑進羊毛裡，一路滑至胯下。迪克的手指富有節奏地按壓剪子，一手流暢地上下移動輕撫，內白外灰的大片厚羊毛便層層交疊落於草地。當他以羊臀為軸轉動羊體時，羊還在恍神狀態，兩隻前足在身前交疊成祈求之姿。當羊毛盡落，他放開羊讓牠站穩，他施予於羊的魔法破除，接著瘦了一圈、彷彿穿著有脊線白色內衣的羊會更強烈咩叫著猛然蹬走，隨即被奈德抓住，引導到場內另一區。

迪克用腳將羊毛推到一旁，彷若他這一年工作的收成無足掛齒，馬上叫進下一隻羊。當階石周圍羊毛堆高至六、七隻的份量，他就會喊人來移除。湯姆拉一只大柳籃至羊毛旁，指導洛皮蘭伯特。

「看這裡，洛皮，把這些羊毛撿起來，像這樣放進籃子裡。」湯姆示範，洛皮發出他好奇的喉音，開始慢慢拿羊毛填滿柳籃。

過一會兒，羅洛閒晃到附近，瞥一眼太陽在天空的方位，示意湯姆。

「差不多該準備麥酒了。」

「好的，先生。」湯姆應道，然後帶著愛德吾兒一起走到釀酒房，很快就出現一桶酒放在低底獨輪車上，愛德吾兒推車，湯姆穩住桶子。他們把酒帶去給休爵士。

「愛德，上去教堂搖鈴。」休爵士說。

隨著「噹—噹—噹」響聲傳開，村民紛紛斷了交談，移往橡樹，孩子跑在前頭。瑪格麗特夫人站在擱板桌旁，發放塗滿奶油、表面閃著金光的司康，孩子一人一個，領了就走開。然後她再發給每位婦女一片新鮮的麵包厚片，尚存餘溫，奶油柔軟地被吸進麵包裡，若婦人家中還有老殘成員再多給一片。

瑪格麗特夫人說：「多發一片給男人回去孝敬老母親，他會迅雷不及掩耳吃下肚。交給女兒你能確保老人家得到照顧。」她說這話時有些人露出難為情的樣子，但沒人敢頂撞瑪格麗特夫人。米莉站在夫人旁邊，招牌的沉重怒容也因融化的奶油閃閃發亮，一邊從手邊的寬籃補充桌上的司康。瑪麗安先前工作時就聽過瑪格麗特夫人爽利的評論。

「你是尼克的兒子，對吧？來，這是你的，不行，一人一個。去叫你的姊妹來領她們的份。瑪格達，從大廳裡拿出那只空的馬克杯——交給湯姆斟滿。賽希莉去哪了？我整個早上都沒見著她。米莉，給洛皮一片完整的麵包，聽到沒有？不准拿燒焦的麵包殼呼攏他——來，洛皮，這塊你拿去。噢，波莉——會的，我會拿一些讓妳帶回去給老人家。老佛萊徹現在還好嗎？愛德吾兒，這一籃拿去給約翰神父，他在某棵樹下和老莎拉還有那個叫什麼霍奇的在一起，確保他們都拿到足量——洛克威爾的人都哪去了？米莉，再多做一點司康，洛克威爾的人要來了。瑪格達，把吉克斯繫好，我說過了……」如此這般，一切和藹可親，沒有一絲提及未付的稅捐、規避的勞動日、夜裡從大廳草地捉走的野兔、缺席的彌撒、被發現醉倒在田邊一類的事情。慶典之日不談正事。

湯姆將一只長罐浸入酒桶，再用它斟滿屬於大廳的三只綠釉壺。這三只壺在村民之間傳飲，米莉追蹤每一壺的飲用進度，叨唸她覺得喝太久的人。瓊安帶來一籃塗好奶油的新鮮司康，許多上面有西洋菜或薄荷的嫩枝，是從溪岸摘採壓進奶油裡的。

瑪麗安看到哥哥賽門一家人，從接近彼得工作室的地方走向橡樹，洛克威爾的幾戶人家也慢慢穿過大草坪走向他們。太陽明亮炎熱地照著他們紅潤或已曬傷的臉頰，瑪麗安帶著一種踏實的滿足感看著他們所有人。賽門是長她多歲的兄長，敦實的男人，在磨坊工作所以黑髮和鬍子上總是卡著白色粉塵。賽門向她揮手，眼睛因為笑意而瞇起來，一如他平日的模樣。他的妻子貝西也揮著手。貝西令人羨慕，身體總是強壯健康。

瑪麗安還記得貝西新婚時的模樣，豐腴的女孩，淡金銅色的秀髮傾瀉在粉紅白晰如蘋果花苞的臉龐兩側，聲音總帶著歡笑，走路輕快有彈力。現在生了五個孩子，金銅色頭髮落滿灰塵，臉上有紅潤的紫斑，身體僵固了些，走路的輕快彈力轉為蹣跚，但那股歡笑仍在，健康強健的氣息未曾消失。她是來自洛克威爾的女孩，在瑪麗安認為，她的結實健康就是因為生在那裡。他們其中兩個孩子也來了——次子吉伯是個笨拙且曬傷的金髮男孩，穿著至短的束腰罩衫，凱特則是老么。瑪麗安心想，十五歲的女孩長大真突然，上個聖誕節還是個黝黑害羞孩子的凱特，此時已長成一位纖長少女。瑪麗安注意到，她說話時眼睛瞇起來的神情多像賽門，笑起來的模樣更是溫柔。她以一截白色羊毛紗線將黑髮向後綁起，脖子上戴著粉酢漿草編成的項鍊。

賽門說：「羅傑會慢慢走下山來，他用獨輪車推老頭過來。我們三個合力把他抬進去，父親說每一下顛簸都要散了他的關節。」

瑪麗安問父親的近況。

貝西回覆：「還可以吧，我覺得。他抱怨不少，說他的雙腿和雙腳，特別是膝蓋，都很腫，還喊手痛，他的手扭曲頗嚴重。他講事情經常重複三次，很健忘，但此外他吃好睡好。」

洛克威爾的人家加入眾人，接著又是一陣招呼寒暄。這些洛克威爾人，不分老少，個個走路挺直，即使是在最難熬的天氣，其他村民都寡言、處於忍耐退縮之際，他們依舊能量滿滿，依舊是自己人生的主人。或許這就是不同之處，瑪麗安思酌：他們是自己的主人，他們的田地是自己的。奴隸制度的枷鎖，即便如賽門米勒或迪克薛波這樣因著自身無可取代的技能而承受的較為輕微，枷鎖終究是枷鎖。最終大廳擁有他們。然而沒有任何洛克威爾家庭的成員，即便是婦女，看來能體會何謂身而為奴。瑪麗安很高興賽門的大女兒麗莎嫁給了馬丁洛克威爾，並觀察著史帝芬洛克威爾，希望他能娶愛倫為妻。當然，她認為愛倫是村裡他同齡人當中最好的女孩。

高個洛克威爾找賽門說話。

「你父親在這?哦，坐獨輪車來是吧?哈，沒辦法讓老蘭伯特坐獨輪車來，坐馬車或騎驢還有可能，不，他也沒法騎了。他完全不喜歡舟車勞頓，只想坐在太陽下，如果我們幫他帶回一點美味的奶油麵包，他就心滿意足了。」

此時，迪克持續規律地剪羊毛，兩位牧童也一直忙著幫他帶進羊隻和引導剪完的羊離開。希爾達帶了新鮮的奶油麵包和新斟的一壺麥酒給迪克，他放開上一隻剪好的羊，和她一起在草地坐下，享用麵包和麥酒。瑪麗安也在橡樹下滿地老橡實殼的草叢坐下，彼得坐她旁邊，背靠樹幹，兩人吃著美味的麵包，瑪麗安剝幾小塊餵愛麗絲。綠釉壺從米莉手上傳到他們這裡，兩人暢飲了一番。小彼得在大草坪某處，和其他男孩在驕陽下四處奔跑，個個因吃飽喝足精力充沛。

霍奇一家就在附近，於是瑪麗安喊賽希莉：「你們家哈迪呢？你們全家怎麼就沒看到他。」

賽希莉回答：「哦，他啊，我都不想說他了。波莉佛萊徹今早在大草坪抓到他用石頭砸她的雛鵝，揍了他一頓，帶到我面前，被我又揍一頓。」

「好吧，他得嘗點教訓。」瑪麗安敷衍回應道。

「他明明分得出雛鵝和烏鴉的不同，他就只是喜歡砸石頭，男孩子就這樣。」賽希莉馬上分心到別處，因為她的另一個兒子又欠管教，她便離開了。

瑪麗安她從坐著的地方能看到在艷陽下的帶狀草地，一直到大廳前方的裸土，再看往階石和飲水槽，還有波浪般的羊毛堆，灰中帶有白邊，躺在被迪克剪落的地方。休爵士一家和約翰神父都入席擱板桌。眾人忙著吃喝，都很安靜。空氣中充斥著羊群的咩叫聲。

擱板桌席間，講理能幹且總是很嚴肅的莫莉，收集塗了奶油的麵包堆捧在手上，小心緩慢地拿到大廳門廊邊，給坐在一截圓木上的老艾格妮絲和老瑪吉。瑪麗安不知道她們還能從下公有地步行那麼遠過來。我不認為她們曾錯過任何一屆的剪羊毛宴，今年也不想錯過，她心想。她看著瓊安領著近乎全盲的母親老瑪菲斯坐到自己身旁。瑪麗安的另一位鄰居傑克帕羅萊特，也帶著幾個小孩坐在擱板桌邊。

瑪麗覺得這些孩子好像從不會長大，你永遠不知道他們是男是女，只看得到枯瘦的小臉，披頭散髮，張嘴露出歪牙，肩上披著隨便的破布或什麼都沒有，細竿似的雙腿滿布瘀紫和汙穢，腳指甲捲曲至此——更有甚者，你永遠不會聽到他們吐出乞討外的字眼。也許他們沒學會說話，也許他們都和小莎拉一樣愚笨。無論如何，以她說話之含糊，她永遠無法教會自己的孩子說話，而傑克根本不在乎。

瑪麗安看著他們拖著步子圍在父親身邊，彼此緊靠，彷彿緊密依偎是他們唯一的保護。他們用一雙雙髒手領取司康，安靜而麻木。小莎拉沒和他們在一起。

瑪麗安發現，健康的孩子才會使你精疲力竭。健康的孩子才難帶，他們精力太旺盛。那些餓昏頭的孩子一點都不麻煩，但也永遠無法成為有用之人。

她坐回去享受當下的平靜和難得的滿足感。處於溫暖是多麼酥鬆的感覺，全然的溫暖，享受偶爾捲落頭頂橡樹葉子的清新微風。處於乾爽是多麼舒服的事，沒有小孩吐過的濕肩頭，沒有溢奶的濕前胸，沒有嬰兒漏尿的濕膝蓋，此時也沒有不受控經血流下的濕大腿。她看著愛麗絲滿足地拿樹枝挖著橡實滿地的乾土，欣慰她現在幾乎大到能保持乾爽了，然後想到女人一生中能保持乾爽的日子多短暫多稀少。

當天還有其他讓瑪麗安滿足的事。一堆堆順迪克的剪子從綿羊身上滑下的羊毛，下半日還會再剪更多，代表全村有多少未來財富。羊毛本身還有很多工作等著，多半是婦女的工作：清洗、分類不同種類的毛、梳毛、紡紗，紗線則留在村裡將用於編織。可見的大量工作在眼前展開，但此時此刻她擁有的是悠閒、溫暖、豐盛美味的麵包，全身乾爽，彼得平和在她身邊，日漸茁壯的小女兒愛麗絲在她腳邊，熟悉的鄰居都在，這一切都被包圍在這個她無比心愛的山林圈中，這裡是她的家，她的存在，這就是現實本身。

瑪麗安和彼得打了個盹，後來被突來的狗叫聲吵醒，休爵士對瑪格達大喊，要她別讓崔佛靠近羔羊，她則抗議吉克斯也在。這陣騷動讓村民一下子活了過來，開始走動或閒晃回自家農舍或菜園，多數的太太則站著閒聊八卦，想等等看是否有多的奶油麵包能施捨下來。

彼得撐起身，咕噥著該回去工作了，踏著重步往工作室走。

接著是瑪格麗特夫人召集婦女的聲音，要她們把羊毛集中起來，拿到溪邊。喬還在幫迪克引導羊隻進出剪羊毛，但他突然大叫一聲：「我的笛子！」然後彎下腰將一隻已剪畢的綿羊推到一旁，撿起羊蹄下的笛子殘骸。他震驚看著手上乾燥鐵杉的笛身殘骸，拿給迪克看。

「笛子一定是掉了，本來一直掛在我脖子上的。」他檢視還晃在胸前的斷裂皮帶：「噢，我的笛子。」他哀號。

「你可以再做一支。」瑪格達說。

「我花了好幾天才做好這一支的。你得讓上面開的洞分毫不差，大小、位置都要正確，還要固定頂端的小半塞子，才不會掉出來。噢，我的笛子！我好不容易都做對了，它吹起來——」他一時找不到形容詞，「它吹起來如黃鶯出谷。」

「別太在意，孩子。」迪克試著安慰他：「它一直美妙到今天，今天是我們美好的一天。等我們回到山上，你可以再做一支。彼得卡本特會借你刀具，幫你找到一塊勻稱的冬青木料做塞子。」但喬仍不停用手指扭著半截皮帶，為粉碎的笛子傷心，直到迪克討喊下一隻羊將他喚回工作。

瑪麗安過去抱起她該拿的羊毛，帶著一股酸味，這味道如此熟悉，她以雙臂環抱盡可能拿多，然後緩步跟隨愛倫和凱特穿過大草坪。愛倫一手抱著愛麗絲，另一手抱著份內的羊毛。

年輕的西姆金和新婚妻子喬伊絲，站在自家柵門處與霍奇和賽希莉談天，旁邊都是他們家的孩子，表情慎重，亞麻髮色，都因難得的奶油司康滿嘴油膩。臉頰粉嫩紅潤的四歲哈迪在旁邊抓著母親的裙子盪來盪去。賽希莉則焦慮地重複抱怨，說她的長子喬多倒楣失去他的笛子，還不時敲哈迪的頭叫他停下來，當然他不理會。

瑪麗安和兩個姪女向他們招手後繼續走，走上通往幾間農舍最後會到達磨坊的小徑。小徑上的每顆石頭、每片草叢，都像是瑪麗安熟悉了一輩子的景物。但接近農舍群落的地方，小徑下傾至淺灘，銜接沿溪岸生長的寬闊雜草帶，帶她們通往溪水放寬之處，淺灘上有因教堂建石留下的碎石。

淺水區的這些石頭上到處鋪著羊毛，十來個村裡的女孩四散其間。她們將連衣裙提到膝上，來來回回踩這些羊毛，將羊毛踩入水中，叫喚彼此的名字，嬉鬧不休。愛倫和凱特加入他們，愛倫將連衣裙正面繫的束繩拉出來，當皮帶使用把裙子提高。灰石上滿覆一團團白色的羊毛，女孩白裡透紅的雙腳踩著羊毛，午後陽光在水面閃耀。照村裡慣例，這是不需要技巧的女孩差事，瑪麗安覺得沒有義務幫忙。她在岸邊坐下觀看欣賞，看著她們踩上踩下，晃來晃去，談天嘻笑。一如往常，這對這些女孩子來說不算工作，更像玩樂。但有個女孩弓著身子坐在岸上。

「妳不下去踩羊毛嗎？」瑪麗安問她。

「我痛得不得了。別告訴瑪夫人，我就是沒辦法。」女孩說。

「我不會告訴她的，親愛的。每個月的這種日子冷水對女生不好。」瑪麗安說。

愛麗絲正值愛冒險的年紀，已經搖搖晃晃走到溪裡，站在兩英尺深的水裡，開心地拍打溪水。瑪麗安走下去到她身邊，將她的連衣裙從頭上脫掉，鼓勵她坐在溪裡的一塊平石上用雙腳打水。瑪麗安心情輕鬆地從岸邊看著她，對著愛麗絲胖嘟嘟的粉紅小身體發笑，她很少見她身子光成這樣，淡黃色的頭髮遮住眼睛垂到肩膀，脖子上仍掛著瑪格達用雛菊和毛茛幫她編的花環。她拍打濕泥沙堆，灰色泥斑濺在皮膚上。不一會兒，彼得沿著小徑走過來，下來瑪麗安坐的地方。她指著愛麗絲給他看，他走下水喊她。愛麗絲停下拍打往上看，喜悅得意地高聲笑，她以前從沒像這樣玩水過。

「毛茛。」愛麗絲用力拉扯花環告訴他。當他彎身抱起她，瑪麗安看見一抹和緩的微笑從他鬍子底下漾開。這讓瑪麗安高興，村裡一直認為父親和孩子關係美好，是好妻子和好母親的功勞；父親和孩子間不睦，則是母親失敗的證明。她將彼得在小女兒身上得到的喜悅，視為對自身的讚美。她不曾想過，光著身體、濕淋淋又滿手泥巴的愛麗絲，她短短的生平中，這是彼得第一次聞到她是香的。

「她的屁股太冰了。」彼得說，瑪麗安從他懷裡接過愛麗絲，重新將她套回原先的臭衣服裡。

+

「拜託快點。」沿著公有地回家途中，彼得對拖拖拉拉的愛麗絲說。「照這速度我們永遠回不了家。」

「她累了，一整天跑來跑去的。」瑪麗安說。

「我抱妳。」他說著單手將她一把撈起，他的另一手提了一袋沉重的工具。愛麗絲大呼小叫。「妳現在閉嘴。」他在她耳邊吼。

「要騎肩膀！」愛麗絲尖聲喊。「不行，我還有袋子要提。」

「要騎肩膀！」愛麗絲怒吼。這對父母不予理會，愛麗絲繼續怒吼。

「她很快就會玩膩的。」他們繼續走路時瑪麗安說。

「在我們被惹毛之前不會。」他說，卻被愛麗絲的怒容逗笑了，結果她停止尖叫，也回以笑容。

他們經過莫莉家的柵門往上坡走時，聽到憤怒的女聲，在屋側附近遇到了老艾格妮絲和老瑪吉，兩人都倚著門柱，看來精疲力竭，而莫莉正激烈斥責面前的小莎拉，後者看來比以往都還要骯髒濕透，但一如以往的膽怯鬼祟。莫莉一見到瑪麗安和彼得便請兩人來評理。

「你們怎麼看這事？我們剛到家就發現這個賤人在我們家菜園裡，站在雞棚旁，所以我問她，妳在這裡幹嘛？我這樣說著抓住她手臂，她藏了六顆雞蛋在斗篷下，從我的蛋巢裡偷東西，結果她失手把蛋掉到糞肥堆上，這下全破了。姨媽進去屋裡，發現兩條麵包不見了，一桶剛擠好的牛奶打翻滿地，尖叫著跑出來告訴我。她說牛奶全糟蹋了，虧得我們昨天才拿了麵包和起司給你們那一窩兔崽子——妳有什麼話要說嗎，小莎拉？我們的兩條麵包呢？」她滔滔不絕怒罵下去，小莎拉只是一如往常張嘴呆站，一言不發。

莫莉稍微冷靜下來，對瑪麗安說：「妳最好去看看她是否到過你們家，她很可能偷了所有的東西，狡猾的賤人。我們大家都在外一整天。我猜她也去了薛波家。」小莎拉此時抗辯說她沒有。

「喔，妳沒有？」莫莉繼續說：「搞不好是他們家的母狗和牠的狗崽把妳嚇跑了。瑪麗安，她很可能到處找食物——」

瑪麗安沒等她把話說完，就和彼得快步越過高地回家。小虎在屋簷下的柴堆上睡覺，在他們進門時慵懶地伸展。附近幾隻母雞剛滾過泥巴浴。農舍的門仍緊閉著，瑪麗安打開上半門，裡面似乎一片平靜。

「我不認為她到過這裡。」她告訴彼得。「我去檢查一下雞蛋。」她走進羊棚，沿著蛋巢的麥稈堆摸過去，數了八顆蛋，然後拿籃子把蛋撿出來。

「我如果遇到傑克會和他談談。」彼得說著一面將愛麗絲放下。「但我們能做些什麼呢？這是一籃不錯的蛋，妳要拿一些給莫莉和兩位老太太當晚餐嗎？」

「我現在就拿一些過去。」瑪麗安說，雖然她沒想到可以這麼做。「以她們的損失，這些不無小補。」

「妳覺得莫莉真的如她所說，平常會給帕羅萊特家的孩子食物嗎？」他問。

「我經常看到她給他們一些，我也會給，兩天前才給過，半條麵包和每人一杯羊奶。我現在可以擠的羊奶多過桶子，等你有空做，我需要一只新的羊奶桶。我現在只是不想幫那個賤人。」

彼得說：「她精神不大正常，可能根本腦袋空空。我會找傑克談談，但他又能做什麼？他打她，只會讓她繼續惡化。他根本不該娶她。每個人都知道她好轉無望，但生這麼多孩子只會讓她更糟。他若娶的是莫莉，一切會好得多，她長得不比小莎拉難看，而且明事理得多。」

彼得搓揉鬍子，重重嘆口氣。他抬頭看著天空說：「現在涼爽多了，我會在菜園做點翻土的工作，如果小彼得回來，叫他下來幫我。」

瑪麗安開門帶愛麗絲進屋，餵她喝一杯羊奶，把她放進搖籃裡。放進去時發現愛麗絲的腳已經抵著搖籃的床尾板，即便頭也已頂著床頭板。她心想，愛麗絲下個冬天前可能就要和全家一起睡床上了。愛麗絲慣常地在被放進搖籃時掙扎，但很短暫，瑪麗安猜想她累了。

「要搖搖。」愛麗絲說。瑪麗安在床邊坐下，一腳放上搖籃推桿，有節奏地推壓。

「唱有兔子的歌。」愛麗絲說。所以瑪麗安含糊哼唱一些適合幼兒的內容：

有一條河呀，地上有沙沙，天上有太陽。
住著大媽媽兔和小孩兔。
「跳！」媽媽兔叫。「我們跳！」小孩兔叫。
於是牠們快樂跳在沙沙上，曬曬太陽。

「還要。」愛麗絲說，於是瑪麗安心不在焉繼續唱。

有一條河呀，地上有沙沙，天上有太陽。
住著大媽媽鴨和小孩鴨。
「跳！」媽媽鴨叫——
「游游。」愛麗絲說。
「游！」媽媽鴨叫。「我們游！」小孩鴨叫。
於是牠們快樂游在沙沙上，曬曬太陽。

應該是水上，而不是沙上，這歌謠都唱了幾百遍瑪麗安才第一次想到——不能在沙上游泳。但愛麗絲沒有提出質疑，她已經睡著了。瑪麗安坐在她旁邊安靜不動。

彼得從菜園拖著鐵鍬回來。

「記得這個嗎，瑪麗安？」他給她看一個小小木雕的牛。她從他沾滿泥土的掌中拿起木雕牛，悲傷的回憶霎時湧上。「我在挖肥料堆的時候發現它，記得嗎？某一個星期日傍晚我雕刻了這隻給諾利。這塊柳木有點軟，沒想到能留存到現在……」他們看著這隻小木牛，而後直視彼此，彼得的聲音就飄遠了。

「真奇妙。」他頓了一下又說：「我撿到它之前才正好想起諾利。」

瑪麗安感覺到和彼得之間一股意外的連結。「你經常想起他嗎？」她手指轉著帶土的玩具問。

「偶爾吧，不禁會想到，妳呢？」

「一天不會超過一兩次。」她回答，不知彼得是否能注意到她話裡難得透露的親暱。

他再次望進她眼中。「沒錯，瑪麗。」他緩緩地說：「我們的諾利，所有孩子裡最棒的。」然後更難得地，他雙臂環抱住她，親了她的臉頰。她抬頭望著他，看見他溫和的眼神，感到自己在女人中是幸運的。彼得伸伸懶腰，提起鐵鍬拿在手上，像是準備要繼續翻土。

「你不能休息一下嗎？」瑪麗安問。「你從清晨已經工作整天，幾小時接著幾小時沒停過。」

「我知道，但現在是夏天，我要趁有日照的時候盡量做。」他說完闊步走回菜園，瑪麗安倚著木柱目送他。

盛夏就是這樣，極長時間地工作。無論你的工作是坐著紡紗還是鋸木頭，有日照的時間絕不能浪費。這些需要長時工作的日子，也正好是食物短缺的時候，去年的每袋穀物都作數，麵粉箱裡的麵粉得用得斤斤計較，去年收的豌豆和其他豆類所剩無幾，而新的莊稼還沒成熟到能採收，甘藍菜還是細長的幼株。傳統來說，大家都認為盛夏是一年最好的時節，但瑪麗安卻只聯想到一切的耗竭。秋天可不同，較短的白日使得大家日落就回家，才剛收成不久，看著一袋袋糧食堆起，火爐邊煙燻著肉，保障未來的溫飽，絕對是更感富足的季節，焦慮在成就感面前也會敗陣下去。

瑪麗安坐在屋簷下的一截圓木座上，朝下方的菜園望去。天空現在已呈金黃，夕陽在她眼前將山丘的樹頂都鍍上金色。她往右邊山谷看下去，一直望向溪流兩岸深色樹木密集的深幽之處，再看向薛波家菜園下方的沼澤區，密密覆著深色的燈心草和野鳶尾花的寬葉子。往左她無法看得很遠，因為公有地末端的樺樹生長濃密，此時枝繁葉茂，其帶著黑色斑點的白色樹幹充斥於淡綠青草的波浪之間。天空此刻變成了紫藍色，一種極具深度的藍，永恆遠方的色澤。突然間她看到一顆星，靜止且明亮，彷彿固定在天穹無窮遠處。介於星星和瑪麗安眼睛之間的還有雨燕，飛很高，體型小，時而疾飛時而旋轉，相互追逐，飛翔時會側身滑行，接著隨翅膀一振，牠們再次高飛，從頭至尾皆微弱地鳴叫著。

或許是夜光天色的寂靜感，小鳥從如此高遠處俯衝，又或許是無形天穹的浩瀚，使得瑪麗安從她慣常直接而實際的思路，轉往永恆與未知。她想，這是我的生活，我僅有的生活。眼前這一切就是我僅存的了。為何母親懷的是我，而不是別人？很快的，可能隨時，我就將死亡，冰冷地躺於教堂庭院之下，將不再有知覺，很快被人遺忘，就像那位……但她又怎想得起任何遭遺忘之人的名字？她知道那個故事，上帝終有一天會降臨審判這個世界，屆時墓地的墳都將打開，亡者跌撞爬出，困惑於那不尋常的光。但這只是個故事，瑪麗安一生聽過不少故事。雖然故事給了她思考浸淫的空間，它們不是真的，不像打水或搬柴那樣真實。歷史是已經發生過的故事；預言是可能發生的事情；還有那些關於村外世界的描述——都是故事，但對瑪麗安而言也僅只於此。在她生活和村子以外的時間地點都不具任何現實感。她抬頭望向那顆明亮的星，望著仍在她頭上鳴叫的燕鳥。她心想，當我不再看也不再聽了，牠們都還會在那裡，颼颼作聲。未知的日日夜夜會繼續到來，也將永保未知。

彼得再次從小徑蹣跚走上來，在她身邊坐下。

「小彼得跑哪去了？」他問道，而此時小彼得剛好從屋子轉角出現，手上提著一只平籃。「快看看瓊安給我什麼。」他秀出好幾個塗了奶油的司康，麵皮金黃、邊緣酥脆。「這是多出來的。她說迪克要她把這些給我，因為我在剪羊毛日幫忙。」

「別以為你做了很多。」彼得說。

「有的，我有，她說這全部的圍欄我都幫上了忙，還有籃子我明早得還回去。」

「好吧，那我們趁還沒壞趕緊吃了。」彼得說。

「你和薛波家一起走回來的？」瑪麗安滿嘴司康問道。

「不是，他們還在大廳，和休爵士一大夥人坐在外面，吃剩下的食物，像我們這樣。」小彼得再拿一塊司康。「我在旁邊閒晃，看看他們會不會分我一點，然後迪克看到我，便告訴瓊安，後面就像我說的。然後他們都在聊綿羊，沒別的，一整天只聊綿羊。」

於是，他們一家三口坐在古銅色的黃昏中，享用完這些宴席餘下的美食。

# 七月

草原楊柳樹蔭之下
柳葉閃耀如此沁涼消暑之色
白日濕熱色調之中
卻如清晨濛霧面紗
於淡色樹蔭裡流連未去

瑪麗安忽地驚醒，如同有一記悶痛砰一聲重擊心上，伴隨而來的是擾亂悲傷的焦慮。她昏沉的頭腦將這種感覺連結到年輕樹幹被鋸倒時的巨響，倒地時灰塵和木屑飄揚空中。這個意象揮之不去，她夢裡的思緒無法將悲傷的倒木和焦慮的木屑分離。閉著雙眼，身體放鬆靜靜躺著，瑪麗安發現自己已經完全醒來，夢境只是夢境，但那股悲傷既真實又可怕——因為迪克薛波死了。

他的死帶給瑪麗安和村裡每個人的震驚非比尋常。大家對死亡如此習慣：那麼

多嬰兒夭折，那麼多孩子生病不久隨即死亡，冬天可預期老人的離世，還有相對較不常見的年輕婦女死於分娩——即便如此，大家仍因迪克之死受到極大的震撼與驚嚇。他正值壯年，是個強健如王者的男人，眾人的父親形象，即便他只是休爵士的僕役。瑪麗安處於震驚的麻木狀態，一直試著習慣這可怕的失去。她清楚記得，自己曾經愛慕過他。

她在腦中將他的死亡事件回放一遍。那是剪羊毛活動結束不久的事。當時羊群沒有回到山上，而是放牧在休爵士的果園裡，因為當時決定大牧場上的長草差不多可以割了，天氣也再適合不過。休爵士還猶豫不決，羅洛建議多等一個星期，休爵士還是猶豫，直到瑪格麗特夫人要他去問賽門米勒的意見，他也問了，最後頒布了全體割草的命令。這表示全村每個身強體壯的男子都要貢獻己力，鐮刀在手地出現在大廳。那一整個星期天氣都很乾爽，不熱且時而多雲，但雨呈積累未下的狀態，有賴村裡每一把鐮刀都投入工作，經過三天不斷的努力，完成了大半的乾草製備。只有男人需要割草，婦人和小孩負責耙草和扔草。這是瑪麗安童年很熟悉的景象，一排男人，多數戴著醜不啦嘰的草帽，許多人只穿纏腰布，但還是都穿了鞋，因為雜草殘株即便對粗硬的腳都嫌太刺。他們揮鐮刀會慢慢地左右搖擺，齊聲唱一段反覆的歌謠：

達賓、羅賓、巴克、喬
走上牧場我們割草，割牧草
走上牧場我們來割草
今日收割地，曾經播種地
上牧場我們割草，割牧草
上牧場我們來割草

只有偶爾會有割草的人停下來，拉起用繩子掛在腰際的磨石，打磨鐮刀刀片的尖銳聲音切入歌謠的韻律中。然後這人再跟上節奏和歌詞，重新加入眾人搖擺和歌唱的行列。

接下來則是數日的耙草、扔草、將乾草堆得像高高的公雞頭。天空還是積雨不下，事實上變得悶熱潮濕，到了第十五天意外發生時，幾乎大部分的磨坊大牧場和四分之三公有地的長草都已割下，曬乾堆放在殘株之上。那是個如此不起眼的意外，以致沒有人留意。

迪克一直和瑪麗安、彼得及其他幾個人在同一個小隊，在大田野遠方一角耙草。他們當時停下工作，在橡樹的樹蔭下休息，躺在還沒長到值得割的短草上。希爾達帶了一桶淡麥酒，在橡樹後方一處溝渠的清涼草叢裡放了一早上。瑪麗安則帶來兩條麵包和一些硬起司，她看著彼得把麵包抵在胸前，刀子下刀後朝自己喉嚨方向拉，她整段婚姻生活都看他這樣切麵包，也不曾見他失手，但仍希望他別這麼做。希爾達將她的小獸角杯浸到麥酒桶，再讓大家傳喝，口渴的耙草者將清涼的麥酒一飲入喉，飢腸轆轆吃著硬麵包。他們將麵包皮從齒間剔出，將起司塞進已經滿口食物的嘴裡，喊著希爾達要再喝一杯。瑪麗安還記得現場的細節：希爾達盤腿坐在她的麥酒桶旁，帽子脫下，黑髮往後綁在脖子上，袖子捲起來露出細瘦的雀斑手臂，她將獸角杯浸到桶裡時會扭身過去，再扭身回來把杯子遞給某隻伸過來、手指被扎紅的粗手。迪克則平躺著，橙黃的頭髮在他揉成一團來墊頭的草帽上散亂開來，他看著上方這棵橡樹的樹枝，鬍子上卡著一些麵包屑，鬍子長及下巴但剛好能露出他隆起的紅潤喉結。蚱蜢呼呼響，偶爾有鴿子在附近森林發牢騷，或有松雞尖聲啼叫。但沒人說話，因為沒什麼話好說。做了那麼多個小時的粗活，他們都只是很高興能躺在這片涼爽不刺眼的樹蔭下，吃點東西，消解口渴。

瑪麗安帶著小彼得和愛麗絲。小彼得也做事，幫忙耙草扔草，愛麗絲則由薛波的兩個小女兒照看。他們大家多多少少都吃完東西了，此時小彼得問：「爸，誰是巴克？」

「什麼巴克？」

「歌詞裡的巴克，沒有人叫巴克啊。」

「不知道，歌就這麼唱，一直都是這樣。」彼得說。

「說不定村子裡曾經住過叫做巴克的人。」迪克仍盯著上方的樹枝喃道。

「毛克。」愛麗絲說，為了自己的機智吃吃笑倒。瑪麗安看著這個扭來扭去的小女兒，想著她多麼不同於其他孩子。沒有其他村裡的小孩（尤其沒有瑪麗安的小孩，包括諾利）曾讓他們發笑。我想多數的母親某個階段都認為自己的孩子與眾不同——但她仍不是我的諾利，瑪麗安心想。

彼得向來盡責，當了第一個起身的人，開始重繫靴子，其他人也接著一個個僵硬爬起，找到自己的草帽，走到樹後撒尿，爭論哪一把耙子是誰的。有人把迪克的耙子留在地面的殘株上，橫過一個窪地。想必有人踩了上去，因而稍微踩裂了把手，當壓力移除它又直回來，裂縫於是看不見。迪克抄起耙子，看看沒什麼問題，但是當他的右手往耙柄上移的時候，耙柄附近一塊幾乎看不出裂處的尖長裂片，深深刺入他的拇指指腹。他叫一聲手猛然抽開，裂片斷了，留下一英寸長的木片插在手上。希爾達在他旁邊，一瞬間他抓住寸長的尖銳木片，緊抿著嘴「呃咿」的一聲將它拔出。

「沒事。」他說著把手放進嘴裡吸吮傷口。「拔出來了，希爾達，拿點什麼布讓我包一下。看，甚至沒流血。」

瑪麗安看他拔出來的碎片超過兩英寸長，想必扎得很深。她和任何人都沒想到，那一截頗長的尖端已經斷在傷口裡面。迪克不當一回事，用希爾達從酒桶布撕下的一小塊布纏住大拇指，用磨石將耙柄磨順，就和其他人回場上工作了。當天下午有一兩次瑪麗安看到他只用左手單手耙草，猜想應該出乎意料地疼，只是他不想承認。

他們繼續一小時接著一小時地長時工作。瑪麗安遇到牧場中段區域小隊的愛倫，雙方的耙草線相接時，她倆暫停休息了一下，聊聊天氣，瑪麗安提及迪克的倒楣事。兩人繼續回去工作。

天空依舊清朗湛藍，但大家都開始覺得真的不勝負荷。場上還有三排長長的乾草等著一再的拋草和耙草，但希爾達說她這時就得帶孩子回家，她也會順便帶走愛麗絲，讓她喝點牛奶。她抱著坐在空酒桶裡的愛麗絲，後面跟著懇求也坐坐看的兩個小女兒。一待她消失於牧場下方，迪克便對彼得說，他得去察看果園裡的兩隻綿羊，他懷疑牠們生病，然後就走了。瑪麗安很清楚他和所有其他人是怎麼找藉口離開乾草場的，腳扎到了，背痛犯了，過度磨損的肩膀就只能忍耐這麼久——而七月的幹活日遠遠長過忍耐極限。「妳也走吧，去大草坪休息。」彼得對她說，她於是高興地往下漫步至草場邊的小徑，往村子方向走回去。

她在小徑盡頭遇到迪克，她十分驚訝，他坐在一棵倒下的梣樹樹幹上，頭枕在左臂上，右臂曲在裡頭。他沒聽見她走近。

「迪克，你人不舒服嗎？我以為你要去果園？」

他抬頭一臉難為情說：「我一定是打瞌睡了。」他露出微笑，但她看到他多麼小心翼翼地移動右手，緩緩伸直那隻手臂。「可能我不習慣這個工作，耙草這類的。牧羊靜態很多。」

他站起身，兩人一起走完剩下的路程至大草坪，一路無語。然後迪克繞過大廳到果園去，那天瑪麗安就沒再見過他了。他一定直接從果園回家了，因為彼得和其他耙草的人回來與瑪麗安會合時，大草坪不見迪克蹤影。婦人都先各自回家過，帶來幾籃麵包和小桶牛奶，還有顯然不情願的羅洛從大廳出來，要湯姆打一大罐麥酒出來。眾人吃著晚餐，金色天空閃閃發亮於他們曬傷的皮膚上，一張張安靜嚼食的臉。待瑪麗安和彼得走剩下的四分之一里路回家，小彼得已累到說不出話，一跛一跛跟在後頭，天空僅剩幽暗的微光。農舍上半門開著，但暗得什麼都看不到。瑪麗安摸向搖籃，把手滑進去摸到愛麗絲溫暖的身體。希爾達已經盡職地餵過她，把她放在搖籃裡，她睡得很熟。

經過這樣筋疲力竭的一天，瑪麗安睡得很好。凌晨天有點轉涼，她將羽毛被拉過來蓋住自己，靠向彼得溫暖的身體。她在天色灰白的破曉時分起床，從上半門往外瞄，外面還是散落著雲朵，涼爽無風無雨的天氣，意味著耙草還得繼續。

稍晚，彼得和小彼得離家去乾草場，瑪麗安正將麵包放入籃子也準備出門時，希爾達從上半門往內看。

「迪克的手很痛，他說沒什麼，但痛到夜裡呻吟。」希爾達說。

「妳塗點什麼了嗎？」

「有，塗了浸泡過的草藥，梅格踩到鏽鐵釘時瑪格麗特夫人給我的。塗完傷口癒合快很多，我幫他包紮起來，但他仍痛得厲害，最初甚至不讓我碰。」

「他人呢？」

「照常去乾草場了。妳準備出門了嗎？等兩個女兒準備好，我就要出發了。」

「我們好了。」下半門外傳來稚氣的聲音。於是她們一行前往乾草場，做扔草的工作，看著天上的雲，對雷之將至的空氣感到焦慮。迪克在遠處耙草，瑪麗安遠遠看他在一排乾草底端，她注意到，他雖然在耙草，但只用單手握耙子，另一手垂落在束腰罩衫外面休息。眾人停下來在橡樹下歇息時，瑪麗安注意到他吃很少，一個女兒在他俯臥的身子旁跳來跳去並拉扯他右臂時，他痛得大叫，所有人都嚇一跳，那孩子表情木然地躲到母親身後。

當眾人打起精神準備回去工作，迪克喃道：「我需要再休息一下，我覺得不大對勁。」他躺在原地，頭枕在橡樹根上躺了許久。

下午希爾達來找瑪麗安幫忙，顫著唇說：「我覺得他走不了了，能否請彼得和霍奇送他回家？」

最後彼得和霍奇半扶半扛地將迪克帶上小徑，穿過村子。到橋上的時候，迪克昏倒了，意識不清。他們取來一片圍欄，將他扛上去，費好大一番勁才和希爾達一起越過公有地將他運到家，兩個嚇壞的女兒跟在後頭。此時，在上面乾草場的瑪麗安用最快的速度做完自己今天份內的工作，揹起愛麗絲趕回家。走到梣樹下時，她腳步一停，然後轉向離開自家，走向希爾達家。希爾達家的大門朝西，此時全開，所以裡面是亮的。希爾達坐在床邊一截圓木上，迪克閉眼躺在床上，呼吸紊亂。希爾達在瑪麗安的身形遮住光線時抬頭看了一眼。「妳看。」她低語，聲音裡都是恐懼。

瑪麗安走進屋內。迪克的右臂平放在身側，光裸無包紮，嚴重腫脹到幾乎看不出是一隻手臂，處處有紫斑和紅斑，拇指的指腹周圍呈黃綠色。

「他們把他從圍片上放下來時，他大叫了。」希爾達此刻的說話聲和迪克的呼吸聲一樣刺耳。「他從那時就一動不動，也不說話。」她沒再說下去，彷彿想壓下自己逐漸升高的歇斯底里。

瑪麗安說：「那裡已經壞死了，那些黃色的都是惡膿。」她看著希爾達肯定地說。「這裡沒有別人，也沒時間了，我們得自己來。我們得割開傷口，把惡膿弄出來。妳最利的刀子在哪？草藥汁在哪？」

瑪麗安用門口的石檻磨刀。她不敢等待援兵，因為天色隨時會暗下來。希爾達打算用全身的力氣固定住迪克的手臂，讓瑪麗安沿著木頭碎片的傷口切。想當然，希爾達的手一碰，迪克就吼叫扭動掙脫，但希爾達堅持壓住，瑪麗安在他拇指上割了大大的兩刀，擴大傷口好讓黃色的惡膿流出。她們再試一次，但壓不住他，在這個折磨愛人的過程，希爾達的眼淚模糊了視線。她們被迫放棄。她們希望大部分的惡膿都已流出，但十分懷疑，因為整隻手臂腫成那樣。她們能做的只有滴一些草藥汁在傷口上。

迪克意識不清地躺著，兩個女人看著他。兩個女兒坐在漸深暮色中也一起看著，不敢動也不敢說話，兩人之間抱著睡著的愛麗絲。到幾乎要天黑了，瑪麗安才抱起愛麗絲，告訴希爾達夜裡有需要就來找她，然後回到自己家中。

彼得和小彼得剛到家，一如往常在大廳吃過麵包，喝了麥酒。她告訴彼得事情的經過。睡前兩人站在門口，往外看向迪克家，沒聽到什麼動靜。

瑪麗安說：「可能他睡著了。可能惡膿都讓我給弄出來了……」可能──可能──可能一切安然無恙。

彼得看向天空說：「烏雲沒了，天空現在很清朗。明天應該還是可以趁著沒雨搶收乾草。」

破曉時分瑪麗安醒了過來，她聽見門口的腳步聲。她睜開眼睛，在夜裡保持開啟的上半門光線中，出現希爾達頭部和肩膀的輪廓。

「我想他死了。」她低聲道。即使以低語來說，她的聲音仍屬不能辨識的。瑪麗安馬上陪她回到她家。屋裡暗得不見五指，但瑪麗安還能想起希爾達顫抖的手抓著她的手腕往前，拉她坐到床邊，引導她的手碰向屍體。她記得在她的手被引導至他身體前，先不小心碰到了他腫脹手臂的緊繃皮膚，那可怕又鮮明的觸感。他的束腰罩衫敞開著，她能感受到他鬈曲胸毛下潮濕而毫無反應的肌膚。她感覺不到一絲呼吸或心跳。

「妳有蠟燭嗎？」

「我沒有火。」

瑪麗安了解，他們屋裡也好幾天沒生火了，因為過去幾天人人都在乾草場上。

「那麼打開百葉窗吧。」她說。

推開小百葉窗後，模糊的微光從東方天空照進來，使得屋椽勉強可見，屋內的東西帶著蒼白的色調也緩緩在瑪麗安的視線變得可見，掛在釘子上的羊毛帽，在乾淨木桶裡的牛奶，兩隻半大不小的雞擠挨在圓木上，但在床上陰影處，她什麼都看不見。

「他出聲求救嗎？」

「沒有，從妳離開他就整晚都在呻吟喘氣，沒說話，似乎也說不了話。」希爾達啜泣說的話語帶走瑪麗安本身說話的力量。過了一會兒，她更低聲繼續說：「我不認為他有意識，只是躺在那裡，呻吟之間呼吸愈來愈粗重——然後——就——停了。」

瑪麗安回到自家，叫醒彼得和小彼得，送了封信到大廳請休爵士和約翰神父來一趟。她試著說服希爾達離開她死去的丈夫不果，但兩個嚇壞的小女孩，整夜坐在層架下方打瞌睡，喜樂趴在她們之間，瑪麗安將她們帶回自家餵了羊奶和麵包。

小彼得帶回休爵士和瑪格麗特夫人，都氣喘吁吁且神情焦慮，約翰神父帶著一些蠟燭走在後面，惡劣地拿這麼早被吵醒說笑。當他抵達薛波家，他還得差遣小彼得回村裡，用一只舊鐵鍋帶一塊燒紅的柴來，因為忘了下公有地沒火能點蠟燭。也因此等到天已經全亮了，兩支蠟燭才在床頭和床尾點著，小心翼翼地推進木燭臺的結瘤洞裡，瑪麗安很擔心哪支被打翻，會害迪克躺的麥稈堆著火。她放了一點鹽在一片常春藤葉子上（因為沒有多的盤子），放在迪克胸膛上。約翰神父開始吟頌那些他慣常在死者床前唸的拉丁禱詞，儘管意思令人費解，大家都跪了下去。然後他們都得離開，只留希爾達和約翰神父坐在屍體旁的圓木座上。

屋外，休爵士說他得馬上回去找湯姆張羅墓地。瑪格麗特夫人想多留一會和瑪麗安談談此事，但瑪麗安不想讓她進家門，知道屋裡到處散著舊羽毛被，可能會被質疑這麼多羽毛哪來的，雖然那是他們積攢多年才有的。但惱人的瑪格麗特夫人硬是徘徊不去，最後瑪麗安還是請她進來家裡，坐在屋簷下的圓木座位上，說她會幫她弄些早餐。她很快大步進屋，從搖籃裡抱起汗濕又很難吵醒的愛麗絲，丟到夫人腿上，心想這應該能鎮住她幾分鐘。她一把抄起大羽毛被和搖籃裡的被子，塞到床鋪的麥稈堆底下，正好與彼得對上眼，兩人相視一笑，也是他們當日唯一的笑容。接著她為瑪格麗特夫人弄了麵包和一碗羊奶，吃完瑪麗安也轉述完希爾達對這次死亡事件的描述了。彼得和瑪格麗特夫人一道走回村裡，並在她的勸說下，前去協助湯姆挖墓穴。

彼得事後告訴瑪麗安，村民是如何在昏昏欲睡中被這個消息給嚇壞的，他到的時候他們全站在大草坪，被休爵士憤怒地命令上乾草場工作。焦慮使這個平日憂鬱的男人脾氣暴躁起來。他甚至命令羅洛，這個不時都在逃避體力活的男人，要他也上乾草場工作。

「我們至少損失了一雙手幹活，而且這種沒雨的日子可不會太久。」休爵士說。

休爵士接著便帶著湯姆和彼得去選一塊墓地。他不理會湯姆的建議，選了一塊太靠近紫杉的地點，接下來一整天，他們都在與夏天的乾硬土質和堅硬如鐵的紫杉根系搏鬥。到日落時分他們才剛掘到夠深，過程中還弄壞一把鐵鍬。

瑪麗安再次去希爾達家探望，見她和約翰神父仍靜默坐著。她問有沒有什麼事能為他們做的，答案是沒有，所以她回家，帶著三個女孩和半條麵包出發前往乾草場幫忙。當日稍晚回家，她問希爾達，約翰神父有沒有安慰到她。

「安慰？」她用一種飄忽的聲音問：「他怎麼可能？」

「他沒有提到迪克在天堂的靈魂？什麼都沒說嗎？」

「什麼——都沒有。他經常打哈欠，一直在斗篷上抓蝨子，乾坐在那。我不想聽他對我說任何話。」希爾達頗為冷靜，但臉色蒼白，兩眼無神。她沒哭泣，幾乎不說話，且像是忘了自己還有兩個女兒在瑪麗安的照顧下。

迪克隔日下葬。奈德、湯姆、愛德吾兒三人很早就到，將那日抬迪克回家後就靠著屋子外牆放的圍欄平放在地，再將屍體抬到上面，因為圍欄太寬過不了門。蠟燭已經燒完。幾個男人低聲抱怨這屍臭味用可怕都不足形容，一邊輕彈腫臂滲液引來的蒼蠅。彼得加入他們，一人一角地搬運屍體穿越公有地。一行人抵達木橋的時候停步，小心同時彎身將圍欄放下，拉拉肩膀，鬆鬆雙手。希爾達彎下腰將覆蓋屍體的毯子重新理一理。眾人沉默無語，瑪麗安清楚記得那個片刻。當天早晨多雲無風，天色陰沉。圍欄平放的小徑已經被踩禿，只有幾株單調的車前草苦撐於多石的土質上。小徑兩旁是枯草交雜一些甘菊複葉，也都被踩扁了，因種子穗而色澤暗淡的長草後方，四處點綴著酸模植物以及藍綠色的薊花，後者淡紫色的花朵散成絨毛狀。鋪設來通往木橋的石頭旁，有一小株的旋花植物掙扎求生，以粉紅花錐裝飾枯草。

經過幾聲咕噥和幾個手勢溝通，彼得抬起圍欄的頭端，湯姆抬起腳端，兩人小心將之抬起運過橋，因為木橋的兩片長板容不下兩人並肩通過。奈德和愛德吾兒在橋的彼端接過手，幾經換手，一行人一路前進到大草坪。

這是乾草收成重要性與對逝者敬意需求的對峙時刻。結果是村裡所有的婦女帶著幼齡孩子，加上少數的男人，壓抑而焦慮地四散在大草坪。他們集合起來跟著送葬隊伍，喜樂和忠實二犬也在其中，眾人安靜站在墓穴周圍，雖然儀式集隆重之能事，仍是以翻倒圍欄的方式讓迪克的屍體滾入樹根盤雜的狹槽。約翰神父再次念誦古怪的頌詞，重新安排他身後四名相當緊張的男童助手，他朝他們揮揮自己帶雀斑的紅潤手臂以示鼓勵。男孩遂以四道受驚的單薄嗓音，在神父的輓歌吟詠中加入一段簡短的喪葬曲，這些曲調和禱詞，儘管令人費解，對年輕孩子以外的村民已很熟悉。

他們在吟誦的時候，雨已經開始下，但紫杉為眾人擋住大半的雨水。待喪葬曲結束，祝禱宣讀完畢，人群便散開。湯姆俐落地將包裹迪克屍體的毯子摺好，交給瑪麗安，半句話也沒交代。奈德將圍欄拿走，兩犬後腳跟不上前腳似地不安跟著他，跑步方式猶如迷路的犬隻。彼得和湯姆抄起他們留在一棵紫杉背面的鐵鍬，開始將土回填。希爾達站在那裡，兩個女兒站在她兩側，細雨讓她們的橙金鬈髮閃閃發亮，三人靜靜看著鐵鍬。瑪格麗特夫人靠向她，挽起她手臂。

「就這樣了吧。親愛的，我們懂妳的感受。妳若能哭出來會好過許多，太冷靜無益妳是知道的，但別擔心，我們會照顧你們的孩子，幫助妳平復。我和休爵士會處理。」

希爾達一動不動，她似乎沒在聽。

安慰的話語繼續，甚至益發輕快：「妳的迪克，他是那麼優秀的勞工，休爵士不是會忘記這點的人。我們會照顧妳，所以妳什麼都不需擔心。現在讓瑪麗安陪妳回家，大哭一場，我們會看如何替妳安排最妥當。」

希爾達用虛弱的聲音說：「謝謝。」而後轉身給瑪麗安一個絕望的低語：「讓我一個人靜一靜。」瑪麗安和村民看著她漫步離開，走下大草坪至木橋處，走到公有地，直到消失於樺樹和赤楊之外。

「好吧，目前誰也沒法為她做什麼。」瑪格特特夫人聲音裡微鬆一口氣說。「來吧，孩子，今天瑪格達會照顧妳們。」她護送她們到大廳。

大草坪有狗群打架，村民從自身的緊繃情緒鬆下來，以不合理的力氣朝狗群砸土塊。細雨開始變大，村民為及時將大部分的乾草安全收成互相道賀，然後離開各自回家。

湯姆和彼得加入在橡樹下的瑪麗安。她看見湯姆用袖子抹抹鼻子喃道：「這是我埋過最臭的屍體。」他與彼得對看一眼，頭往大廳庭院釀酒房的方向一拽，明著邀他去偷喝兩杯，但接著他頓住，見奈德回來，手上沒拿圍欄。瑪麗安看到奈德的表情像是嚇呆了，眼淚奪眶而出，流到下巴蒼白稀疏的細毛上。

「迪克死了。」奈德的聲音像是從洞穴發出來，像是他之前都沒接受這個事實。湯姆很快看他一眼。「現在誰能照顧這些羊？」奈德啜泣道。

湯姆伸出手臂搭著他，肯定說道：「你啊，孩子，不然還有誰？」

「呃，我不行。」奈德呻吟道，現在更止不住哭起來。

「孩子，你行的。你做得到，因為你必須做到。不然你想想，為什麼你現在會在這當牧童？因為迪克挑中你，認為你最優秀，他問休爵士能不能把你派給他。這是為什麼你做得到，這是為什麼你必須做到。」他拍拍奈德抽動的肩膀：「來，把你的兩隻狗拴好，下來庭院與我和彼得暢飲一番。」他們踉踉蹌蹌地往庭院走下去，奈德低垂著頭。

瑪麗安看著他們心想：湯姆盡力了，他盡了全力，但他做的是休爵士該做的事，或是羅洛該做的。為什麼他們把這樣的重責大任留給湯姆？然而她有第二個小小的想法冒出來，休爵士永遠不會把安慰牧童當成重要的事。

這場細雨是會把人淋濕的那種，瑪麗安展開先前包裹迪克用的毯子，披到自己身上。

瑪麗安的思緒因門外畫眉鳥的突然拍翅而回到當下。她再次睜開眼，天色漸亮。彼得躺著不動如山，面向牆壁，一側如山的裸肩半蓋著被子。小彼得蜷縮在麥稈堆上，髮絲蓋住臉，睡得很熟。搖籃沒有什麼動靜。

瑪麗安調整了頭在麥稈堆上的位置。她心裡的哀傷還是很沉重，但她現在為這股煩人的焦慮找到兩個合理的藉口。第一個是她會和村裡所有人討論的：誰能取代迪克當他們的首席牧羊人？大家都知道奈德是唯一的人選，但他當牧童才幾年，而且還太年輕。喬的年紀更小，他們不予考慮。他們說，喬成天只想吹他那支蠢笛子。奈德能不能學呢，他之前已經學會如何在冬天守衛和保護羊群了嗎？要怎麼像迪克那樣增加牠們的數量呢？迪克被視為英雄是因為他的成就。這些年在迪克的照顧下，羊群中未曾發生疫情，少有羔羊被狐狸襲擊，多數生下來的都能存活。他在山上找到最佳牧地，在小溝壑裡蓋了草皮和金雀花頂的羊棚，因而即便在一月大雪紛飛的時節，羊群也能靠著他帶去的食物活下來。他在山上一次都會待個數星期，讓奈德或喬下來村裡拿食物或回報新生羔羊的消息。羊毛是全村財富的來源，這也難怪大家如此焦慮地看著還不成熟的奈德，擔心這項財源將會減縮。

另一股焦慮尚未在村裡公開談論，或許害怕一旦出口，便會成真。他們擔心的是鹽的供應。在最老村民有記憶以來，五月底或六月初就會有一群男人從盧瑟福帶著馬或驢載著鹽、陶器、鐵來到村裡。該路線要穿越森林，雖然枝葉蔓生，那個時節通常是乾季，且白日長到足以在日照下從盧瑟福跋涉至此。去年小彼得是第一個看到他們的人。他當時人在公有地，剛好往上看向溪水對岸，就在那裡，在柳樹之間，在從森林出來順著遠端溪水過來的小徑上，他看見四匹載滿貨物的馬和三個疲憊不堪的男人組成的隊伍，緩緩往村子走來。當時已經接近黃昏，一直要到隔天早上，那些貨籃才被拆開，幾麻袋的鹽晶排在大廳板凳上，褐色的陶罐和盤子排開在休爵士的桌上等著分配。隔天早上瑪麗安拿著桶子站在水泉處，看著盧瑟福的男人再度安靜步入深幽的森林，貨籃綑綁裝載著羊毛紡紗，裡頭有些是瑪麗安紡的，搖曳於馬背兩側。

該例行的夏日拜訪是村民與外界的唯一聯繫。但今年一直到七月，都還沒有任何人從盧瑟福來。難道不該派人乘大廳的馬去盧瑟福一探究竟嗎？要不要讓他們載上羊毛紡紗直接帶去呢？會不會從盧瑟福出發的隊伍遇到劫匪，所有的鐵料都被偷，陶盆都打破了呢？還是盧瑟福發生瘟疫，那些人來不了了？又或者最好靜心等待？距離收成大概還有一個月，等到收成開始，每個人都會很忙，不會有多餘的人力或馬匹能花上幾天跑一趟盧瑟福。收成過後要脫粒、篩分，還要宰牛殺豬為冬天做準備……想到這裡，瑪麗安的思緒被強烈的焦慮壓過：今年村裡有足夠的麻袋能裝脫粒過的穀物嗎？大廳有足夠的鹽能醃存牛肉嗎？

「別窮操心了。」瑪麗安告訴自己：「這些都不是妳能左右的。」然而人哪會聽取自己的忠告呢。

灰白的天光將至，即便空氣仍感潮濕沉重，屬於黎明的涼意令人備感清爽。儘管經歷了死亡與恐懼，日子仍在前進，而通常確保這點是女人的責任。她伸腳戳戳小彼得，叫醒彼得則是較隆重地將手臂環過他。他呻吟長嘆一聲後坐起身來。她驚訝地發現他的胸毛已零星轉白，即便頭髮和鬍子仍是均勻的棕色。他用寬大的雙手揉揉鬍子，朝她一笑。她欣賞著他堅實的肩膀和強健的手臂。她想親吻他的裸肩，但是作罷。吃完輕簡的早餐，小彼得帶了一袋麵包和軟起司，還拿了一只途中去溪邊提水要用的小桶子。彼得帶了他的長皮革袋，從裡面伸出一把最大鋸子的鋸柄。父子兩人一起走下公有地。他們要在木橋邊與幾個男人集合：大廳農夫麥特和他的兒子、史帝夫杭特、安德魯佛萊徹，以及不知疲倦的西姆金。磨坊來的羅傑會在小徑加入他們。他們會往上走幾英里至磨坊對面的森林伐木，將一棵指定的大橡樹支解後拖下山，通常是那些高度和周長能在需要時作為未來穀倉耐用梁柱的樹。羅洛已經將樹做了記號，並在幾周前帶彼得去確認這幾棵是適當的。小彼得年紀太小加上體弱，無法砍樹或鋸木，但大概會和其他佛萊徹家的男孩一起被雇用，上上下下來回溪邊，汲來一桶桶涼水給口乾汗濕的伐木者喝。

所以瑪麗安才會獨自在家，任哀傷和憂慮重新湧上。「出去，媽麻，要出去。」瑪麗安一時興起，既然都得照顧愛麗絲，她決定不如去拜訪哥哥賽門一家人。米勒家的人似乎都具有堅忍、勤奮、知足的特質，想必能讓她重振精神。她也有去一趟的實質理由。去年的收成她還有一整袋小麥還沒碾磨，她雖然知道賽門不會在如此低水位期磨麥，但她若先把這袋帶過去，一旦雨下到石磨能運轉就能馬上碾磨了。

她的最後一袋穀物放在羊棚的層架上，她只能剛好搆到。通常是彼得負責頻繁去檢查，確保沒有老鼠偷吃。麻袋一旦被老鼠咬破，就會損失極多穀物。此外屋頂還可能漏水，造成麻袋受潮，穀物發霉或發芽，這些都是他們慣常擔憂的事。

一袋小麥很重，她只能站在倒蓋的山羊食槽上，才勉強把它搬下來，但她想辦法做到了。她心想，當時間充裕且沒人在一旁嫌妳蠢的時候，人的潛能真是驚人。她把整袋小麥搬上獨輪車，摘了一些瑪格麗特雛菊和洋甘菊繞在麻袋頸。她喊：

「愛麗絲，我們去磨坊找貝西伯母，妳坐獨輪車。先去尿尿。」

「不想尿。」

「不行。」瑪麗安不想冒險讓愛麗絲半路尿在穀物袋上。瑪麗安抱起她，拉起她的連衣裙，用迫使她兩腿張開的方式抱她。

「不想尿。」愛麗絲重複。

「快點，馬上。」瑪麗安稍微抖動她。愛麗絲尿了。「好囉，現在坐進獨輪車裡。坐在麻袋上，對，一腿一邊，好，別晃來晃去。」

獨輪車空車時已經很重，而現在愛麗絲和穀物都在上面，幾乎是瑪麗安能推動的極限了。實心的輪子加上短的鐵輪軸，滾動很僵硬，粗糙的小徑更不濟事，幸而她們走的是下坡，通過柵門進入公有地，愛麗絲一路高興地揮舞雙手。

這天悶熱潮濕，薰衣草灰的雲朵紋風不動。村裡有一股懶散的氣氛，這在一年的這個時節不算不尋常。麻雀從破曉就開始在農舍四周吱叫鼓翅，但公有地中央沒什麼生氣。除了哀啼的鴿子，林子裡的鳥很安靜，牛隻聚集在大橡樹下，除了不斷嗖嗖甩尾，半點聲音也無。

或許受到迪克之死的衝擊強化，這股懶散氣息在村子漫開來，許多男人在此盛夏時節過了一段輕鬆的日子。羊毛都剪好了，綿羊和半大不小的羔羊此時都已和奈德和喬回到山上。乾草的收成（就當作是種主作物吧），割草、曬乾、搬運、堆疊也全數完成。穀物則還有幾個星期才能收成，帶著光澤感的綠意一排排挺立在田裡。村裡各家菜園處處可見豌豆和其他豆類，此時還在生長，未熟不能採收。乳牛還在哺乳期，在小牛旁安詳吃草。

多數的男人因此靜待自然。一年此時的空窗期，他們知道自己應該要檢查圍欄、修屋頂、清溝渠、調校耕犁、為對抗將臨的冬天劈柴，以及數以千計其他在農忙時節無暇做，或在短日照的難熬冬天不會想做的工作。有些人會特別精明積極地投入這些事務，即便沒有羅洛盯著，但多數人只是放鬆，呼吸溫暖空氣，伸展僵硬的雙腳踩在布滿柔軟酢漿草的小徑邊緣，甩開悶熱的帽兜，在悠長的夏日傍晚，坐在大草坪的橡樹下愉悅看著天空，哼唱慢歌，慢酌一壺麥酒，緩解平日負荷過重的肩膀和骨節嶙峋的雙手。這類行為總是引發彼得的抱怨。

「我這種人永遠都在工作，木匠生活不分淡旺季。而那些人——」他頭朝橡樹下聊天的人群一擺：「只會坐等他們的莊稼生長成熟。他們可以一口氣賦閒幾星期，但對我而言，永遠都得工作再工作，沒有做完的時候。」

瑪麗安心想，我和其他女人何嘗不是如此。

瑪麗安一直往下走到公有地的木橋處，停步放下獨輪車，甩甩手臂。溪流沿岸為懸於水面的各種植物葉片所覆蓋，遮蔽了地形輪廓。長草植物則有繁縷花和剪邱羅交雜；荊棘和狗薔薇拱起於尚為一個個水塘的水面，現在溪裡只剩這些水了。她拿一塊石頭抵住獨輪車的輪子穩住它，滑過岸邊的深綠植物，一隻手把自己撐在木橋的下層結構。她用雙腳撥開水底下的長草，感覺到水的沁涼，銀色的氣泡在水面下附著於草莖。她讓雙腳沒入柔軟的淤泥，感覺一道冰涼的界線往她腿上爬。她用空出來的另一隻手將連衣裙撩起，後仰進這片深草之中。受到攪動的溪水散發出泥味，裡頭混合了她腳下踩爛的薄荷葉的香氣。除了蟋蟀聲，四周一片寧靜。她不會想被任何一位鄰居看到她如此放縱自我，但沒有人從那邊過來，且冷泥是最佳的軟膏，她熱得要燒起來的硬足現在冷卻且軟化下來了。

「媽—麻—」愛麗絲突然覺得無聊了。瑪麗安扭頭過去，把幾株珍珠菜撥到一旁看著她。「媽—麻—」愛麗絲又伸出一隻手臂說。

或許是這個姿勢，又或是手足間相似的頭型，讓瑪麗安酸楚地想起諾利，令她一時幾乎屏住呼吸。她好奇，已死去數年的諾利，何以會擁有那股惹人愛憐的特質，是她其他孩子都沒有的。她清晰地記得他褐髮的圓頭，褐色的圓眼，招人的大大笑容。是他回應她的方式使他有別於她其他孩子嗎？可能吧。小彼得很獨立，愛麗絲很活潑，瑪潔莉的存在感低到難以留下印象。瑪麗安不知道諾利有的是什麼特質，但她意識到，沒有也不可能再有任何孩子能如此擄獲她的心，或在死去時讓她留下如此巨大的創傷。「哦，我可憐的諾利。」她說出口，彷如說了他的名字就能再讓他回到現實。

瑪麗安站起身，摘了一點珍珠菜拿給愛麗絲，將她從車上撈起，抱過橋，把她留在另一頭的矮酢漿草叢裡。

「坐好，愛麗絲，我去推獨輪車。」瑪麗安發現她也得扛整袋穀物過溪，因為她沒把握推獨輪車上圓木階而不打翻穀物到溪裡。這三趟上下圓木階對她已軟化的雙腳很辛苦。當她在另一頭重新將愛麗絲和穀物放上車時，她看到靠著大廳尾牆的開放棚屋，希爾達獨自站在裡面的工作檯揉麵。瑪麗安寧願避開她，但又告訴自己那樣太冷漠，所以她將獨輪車半留在橡樹下，過去問候希爾達。

「我還在。」希爾達回應道。「我是說，我想我還活著，住在大廳裡照顧女兒，當個平凡的僕人，做做麵包。我只是覺得自己在一個深沉的夢裡。」。

「我懂。」瑪麗安說了樣板的安慰話語。「妳會熬過去，然後找回自我的。現在只是震驚還沒平復，妳知道的。」

「我永遠不會感覺好些，我不想。」希爾達平靜得像在談論別人。瑪麗安注意到她掐著麵團的手指有多單薄。

「噢，會的，妳會的。」瑪麗安還說了些俗常的忠告，雖然說的時候自己也很心虛。「妳必須為將來著想，為孩子著想。過一陣子妳會習慣獨身的。」雖然她說的時候，自己都懷疑「獨身」能否形容住在大廳的日子。

「我永遠不會習慣與迪克分開的。」希爾達語調平淡，幾乎像在說給麵團聽。

瑪麗安遲疑了。希爾達的聲音裡滿是絕望。

「妳和他也分開過。」瑪麗安繼續說下去：「他會在山上一待就幾天，甚至幾星期。」

「沒錯，他會。」希爾達眼睛此時望向山丘：「日日夜夜待在他的金雀花小羊棚裡，或在外面的星空和涼風之中，而我的思緒每夜甚至白日，數千次會飄向他，飄到山上，飄到那裡的黑暗之中。」她肩膀一頹，低下頭。瑪麗安看著麵團在此番意識流下，隨著希爾達的心情被揉捏過頭。希爾達再次抬起頭，直視瑪麗安。

她激動地說：「但是現在，我的思緒已經衝破我，衝到山丘上，好遠好遠，越過森林，一直向前不斷向前，直到再無處可去而停下。我的思緒從我身上解放，如同紡軸上的線，愈拉愈遠，永不停歇。我只因耗盡停止，唯有耗盡，一切沒有盡頭，沒有盡頭，瑪麗安。」她的聲音裡有一絲輕顫，使得她抿緊嘴脣，繼續用緊繃的手指揉麵。

瑪麗安不知所措，未發一語。這不只不合村裡不談私人感受的習慣，這也超乎了多數人的理解力。村民通常只會使用幾組俗句，已經常用到所有個人特色都已磨掉。「節哀順變。」用於死了年輕丈夫或妻子；「這對她是殘酷的日子。」用於嬰兒或小孩夭折；「唉，該來的總是會來。」用於老人離世。瑪麗安升起一股同情與責難並存的複雜感受，但被一種奇異的認知覆蓋，體驗到感覺的新強度。常規的俗句不適用於希爾達，事實上常規的態度從來就不適用於迪克。這是瑪麗安第一次想到，會不會希爾達奇特的想法和不流俗的話語，就是她如此吸引迪克的原因（因為沒人覺得雀斑臉的希爾達漂亮）。瑪麗安窺得了何謂思想和言語形成的莫名吸引力，兩人間的連結甚至可能緊密過生理激情和由之產生的孩子。

希爾達抬起她無淚的臉，再次直視瑪麗安的眼睛：「妳大概會想，我不該這麼說話，或許我是不該。我只是說出我的思路。我想妳能了解，當發現自己被撕裂了，思緒會往哪去。說些『現在打起精神來』的話毫無意義，或『妳的孩子能撫慰妳』，他們這樣對我說，至少瓊安這麼說。我的兩個女兒是好孩子，但小女孩要怎麼撫慰失去摯愛的痛？妳懂的，瑪麗安，對吧？」

瑪麗安緩緩點頭：「是的，我的確懂。如此的悲痛沒有解方，也不足為外人道。」她想到諾利。

希爾達緊捏麵團，聲音變得緊繃：「我在這裡無處傾訴。瑪夫人還可以，有點死板但待我很好，有任何不合她意的事也不責怪我，只想善待我。瓊安成天喋喋不休；湯姆人很好，真的好，但他永遠在忙；米莉總在找事情抱怨。我還蠻孤獨的。」

瑪麗安靜靜站著，接著把一隻手放到希爾達揉捏麵團的手上。隨著思緒紛至，她勇敢做出一次不流俗的表達。

「希爾達，珍藏妳的回憶。在腦子裡一次次重溫它們，記住每一件妳和迪克做過的事，說過的話。那可能會使妳流下痛苦的淚水，但會比遺忘來得豐富。」這是瑪麗安投入強烈情感，對非宗教性的事情表達個人觀點的一次。希爾達抬頭再度望進瑪麗安的眼睛。

「沒錯，妳說的很對。」她低語。

瑪麗安再次按住她的手：「但妳這樣捏麵團，對麵包可沒好處。」她說笑打破感性氣氛。

希爾達半帶微笑開始為麵團收尾。瑪麗安走回獨輪車，愛麗絲已經四處遊蕩起來，來回揮舞紫色珍珠菜的花莖。厚重的雲層已經散開，太陽露臉，瑪麗安將獨輪車推出橡樹的樹蔭往大草坪走。她看見米莉從小溪方向上來，肩上架扁擔扛著兩桶水。瑪麗安避不開她，即便她很想。米莉彎身將扁擔放下，把兩桶水立在小徑上。

「我看到妳在和我們的『烏雲』說話。」她在瑪麗安走上前時說，還一陣狂笑。

「她真的是烏雲嗎？」瑪麗安問，打心底討厭這種衝突的觀點，但她沒心情爭論。「她只是處於震驚，一時還不敢相信。這需要時間妳知道的，迪克走還不滿一個月。」

「簡直就像一朵烏雲接近太陽。」米莉嗤之以鼻。「頂著一張陰晴不定的雀斑臉走來走去，她總是讓你覺得哪裡做錯了，明明你什麼都沒做。你很難吐出什麼好話。」

「她似乎蠻認真工作的。」瑪麗安試著引導米莉往正面想。米莉又一聲鼻哼回應這點。「兩個孩子如何呢？」瑪麗安問道。

「她們倒是不麻煩。」米莉承認，但又雞蛋裡挑骨頭地追加：「除了多兩張嘴要餵。瑪格達把她們管得死死的，但這也讓瑪格達不來招惹我。」米莉為自己的機智大笑。「我從來都不喜歡她那頭紅髮，很假。妳家小傢伙會走了沒？」

瑪麗安說她會走都快一年了。

「腳差不多要開始癢了。」米莉又咕噥：「不過啊，他愈會跑就愈會惹麻煩。」

瑪麗安說是「她」，但米莉懶得管這種小節。

「你們要去磨坊？好吧，我也得回那片愁雲慘霧附近了。可以的話，她會用她各種沉默和陰鬱的方式，挑戰天使的忍耐極限。最討人厭的是，一整天被那種的陰鬱圍繞，會把妳的精神都抽走的。要喝水嗎？」米莉揮向水桶：「趁有得喝快喝。」

瑪麗安掬了一把水喝下，沁涼得不可思議。她掬了另一把小心倒進愛麗絲口中。愛麗絲嗆了一下，但說：「還要。」

米莉說：「喝吧，再餵他一口，天氣正熱。」於是愛麗絲又喝了一大口。

「愛麗絲，揮手向米莉拜拜。」瑪麗安說。

「不要。」愛麗絲說，米莉做了一個更惹人厭的表情，簡直不可思議，然後雙方各自離開。

米莉負面的談話內容如此令人反感。瑪麗安想到過往她是如何給自己打氣，想辦法讓自己開朗起來，好對抗米莉的陰沉。米莉讓悲慘圍繞她，今天瑪麗安沒那股精神迴避她的傳染性。瑪麗安緩步穿越大草坪，獨輪車的重量壓低了她的手臂，但希爾達的憂傷和米莉的惡意壓低了她的心情。

她吃力地沿著溪岸前進，一直到溪水轉彎處，小徑出現岔路，左岔通往磨坊水塘所在高度，以及磨坊的上方入口，右岔則往下通往橫跨低水閘的寬貨橋，再進入磨坊院子。

瑪麗安在橋邊再次放下獨輪車，甩甩肩膀。她腳邊有顆腎形的石頭半嵌入小徑，發白帶點黃斑，一如她整個童年所見的樣子。石頭依舊，而她的變化如此之大，這份覺察讓她停步細細品味。她過橋走向磨坊庭院，經過左手邊一排沿著低水閘生長的蘋果樹，幾隻灰鵝帶著雛鵝在明媚的草地上四處啄食。她的右手邊是一方整齊的菜園，前方則是磨坊和住屋，這一切如此熟悉，她幾乎已快視而不見。但是這天，或許是迪克之死的震撼，她所有的感官一下敏銳起來。她這才發現眼前的建築群有多堅固、高聳、結實。建造磨坊的橫梁是她家的兩倍粗，甚至比大廳的大柱子和屋椽都來得厚。連大廳都只有一室，磨坊卻隔有三室空間，一樓疊過一樓，兩樓之間是堅固的地板，天花板一角開了個方口，架梯子通往樓上。磨坊大門類似穀倉大門，寬度和高度容許載貨的馬車倒退進倉。住屋毗鄰磨坊，也是瑪麗安出生的屋子，同樣建造堅實，儘管不像磨坊本身那麼高，高度也足以在裡面搭一層以梯子上下的半閣樓，全家人就睡在那裡。兩幢建築物都覆以實心的橫條木板，釘在排列緊密的立柱上，幾乎防風。

庭院地面盡是乾掉的車轍和馬蹄踩出的半月形凹洞，乾硬又凹凸不平，很不好行走或推獨輪車過去。庭院此時不見半個人。幾隻母雞進進出出磨坊，隨處晃遊，慵懶地在乾白的土表上啄食，靠著屋子的柴堆上，有一隻虎斑貓在曬太陽睡覺。

她將獨輪車推過磨坊大門，當她站定環顧四周，一股屬於她童年的穀物粉末氣味瀰漫鼻腔。景物依舊：三根巨大的橡木柱從地板斜上去，交會於天花板，三向之力支撐著上方的石磨；沿著兩面牆走的是巨大的貨架，此刻只放了一疊疊折收整齊的麻布袋，成排的柳編淺篩，和一排以木把手掛在貨架邊緣釘子上的圓柱狀量筒；長柄的木鏟和勺子靠牆擺在底下，灰白的地板布滿粉塵。瑪麗安看著角落的梯子，因數十年來磨坊工人的踩上踩下，每一階都被磨損得略為下沉而分為兩邊。最底下一階有一顆節瘤朝著左側，因較硬而未被磨損，但經久成為平滑發亮的突起。瑪麗安記得這顆突起與她的臉等高時，她曾吮吸其堅硬光滑的表面。現在看它多接近地面啊。但她深深記得這顆節瘤在口中的感覺，以及那股微苦的粉塵滋味。

粗粉箱是一個安裝於角落的堅固木箱，已經清空並擦拭乾淨，蓋子以兩條粗皮帶為鏈繩，目前呈撐開的狀態。地板及其上方貨架放了一排排裝滿的麻布袋，每袋都綁了山楂枝，或牛筋草花圈，或枯萎的豌豆莢做區隔。每個村民都有自己用以識別的植物。

她能聽到樓上地板傳來的腳步聲，除此之外整幢建物靜悄悄，沒有當外面的水灌入水車，石磨開始隆隆作響，發出壓碎聲和近乎人類做苦力時發出的喟嘆時，建築結構會發出的吱嘎聲或匡啷聲。

「賽門——」瑪麗安朝著梯子上方喊。「呦——」賽門的聲音從上面傳來。

「是我，瑪麗安。我上來囉。」她感受到突出節瘤在她上去時冰涼光滑地刷過腳背。她從梯孔冒出，進入石頭室的陰暗之中，這是他們對這層樓的稱呼，因為這裡是石磨和木頭機具所在的地方。屋裡只有一扇小窗，扇葉幾乎緊閉，只留一道光射入，如一根明亮的手指撫在粗厚的木輪上。粉塵在光線中飄搖，瑪麗安一靠近，塵埃更厚重地在光線中打轉。滿室無聲，沒有外面大水輪滴水的聲音，只有樓上的腳步聲。

瑪麗安很久沒上來看磨坊的機具了，這讓她用一種全新的喜悅看著溫暖陰暗中各方來的日光，沉實的木輪和蘋果木製成的厚齒輪板以特定的角度組合，經多年摩擦都變得絲般光滑。她憶起水車軸從水輪穿牆而入的景象，當外面的水閘打開連接水輪時，它便開始轉動。而將水力方向從水平轉為垂直的傳動齒輪，由兩名工人以「喀啦」一聲巨響放到定位，上磨石也於此時加入，開始緩慢轉動，齒輪盤交合如一雙手的雙掌，再緩緩鬆開彼此，與此同時，巨大的上磨石開始發揮魔力。聲響隱約在她記憶中響起，木頭機具的吱嘎聲或匡啷聲，穀物倒入料斗的急流聲，穀物在磨石間被碾碎的聲音。這一切是勝利也是奇蹟，大大免除了人力的筋疲力盡，結合對食物的企盼，且比任何她所知的事物都更能帶來強烈的美感享受。她記得在經過一整天的碾磨，木輪因摩擦而溫暖，她會在黑暗中放上一把梯子，肩上掛一疊折好的毯子上去，在溫暖的木輪上鋪開，晚點來收，當晚就有溫暖的毯子能裹著入睡，噢，多舒服。現在一切如昔，只除了此刻粉塵飄在光線中，四周一片安靜。瑪麗安走上角落的梯子往頂樓去。

瑪麗安的頭一冒上這層樓，椽木和茅草屋頂底下的熱氣便襲向她。頂樓很明亮，因為外側裝有滑輪的大窗敞開，對面通向水輪上方木板橋的門亦然。她觀察賽門肌肉發達的雙腿，黑色腿毛因覆著瀰漫整幢建物的麵粉和穀物而發白。他在她的最後一階幫她一把。

「妳該不會是來磨麥的吧？」他說。

「我帶來家裡最後一袋穀物，現在在樓下和愛麗絲在獨輪車上。」瑪麗安說。

「死心吧，妳看到樓下其他穀物袋了吧？妳得排隊。等水塘一滿，羅洛排第一個。妳下來自己瞧瞧。」

「我現在還不缺麵粉，而且需要的話，我可以用老式手推磨磨一點。」

「妳一個女人家和老式手推磨，想讓我失業啊。」但這些對存糧的抱怨他是笑著說的。他們走出通往水閘上方木板橋的小門，走向後方地勢較高處。連接厚榆木木板橋的水閘此刻乾涸至極，寬大的水輪在兩者下方，製作精巧的水瓢全都靜止不動，只有幾絲乾枯的水草懸掛在水瓢邊緣。

「看看那裡。」賽門指著右手邊的磨坊水塘，是一處在山腰上的橢圓窪地，遠處溪岸邊有赤楊和柳樹。我和羅傑上星期弄來這支新的水閘標杆，舊的那支腐爛了，我們還修了水輪的兩只水桶。對了，告訴彼得幫我留意好的硬蘋果樹主幹。我們已經換了傳動齒輪的兩片轉扇，但等到冬天我得再另外換二至三片。

瑪麗安對於哥哥和丈夫間能建立如此輕鬆互信的關係感到深深滿足。她知道兩人都很尊敬彼此的手藝。這番喜悅稍微減輕了迪克之死的沉重感。

「妳的穀物乾淨嗎？」賽門繼續說：「適合碾磨了？上星期我把佛萊徹家打發走，要他們帶篩好的再過來。他們那袋裡都是糠殼和砂礫。我們最好下去看看貝西為我們準備了什麼？」

瑪麗安聽到底下傳來尖叫和笑聲，看到窗戶外面的滑輪繩索猛然一動。愛麗絲被圈套在一個麻布袋內，吉伯用滑輪繩拉著她上上下下，貝西在一旁看著，充滿歡笑。

貝西朝上坡喊道：「我來叫賽門回家吃飯，結果發現這可憐的小東西在磨坊裡孤零零坐在獨輪車上。別拉太高，吉伯。來吧，愛麗絲，過來舅媽這裡。瑪麗安，快下來。」

「老頭還好嗎？」瑪麗安在兩人倒退著下梯子時向賽門問起。

「時好時壞。有些日子他連我都不認得，叫貝西『埃利諾』。然後說：『水閘關了嗎？西風起了，要下雨了。』不管什麼天氣，他都重複這句。好像只是找話說，沒有意義，但他一直覺得自己腦筋和以前一樣清楚。他走不了一兩步路，思緒永遠停留在過去。貝西會煮濃粥和蛋給他，我們吃雞肉時，就會把雞肝留給他，他現在只嚼得動這些。我們覺得他撐不過下一個冬天。」

他們下到地面樓層，賽門將穀物扛出獨輪車：「那麼，老樣子，我先拿走我那一份囉。」

他從貨架上拿下一只木量筒，瑪麗安打開麻布袋，他把量筒塞進去，以手掌抹平筒口的穀物給瑪麗安看。

「這樣可以嗎？」

「可以。」她同意道，然後重新用洋甘菊綁緊麻袋頸。賽門將量筒裡的穀物倒入榆木箱，蓋上蓋子。這個儀式瑪麗安看了一輩子，先是她父親，現在由賽門執行，磨坊主會從每個帶來的麻布袋裡，取走一量筒的穀物作為磨麥的工資。村民知道賽門對此一絲不苟，但所有磨坊主都會偷斤減兩的形象已難以動搖，他們頂多勉強承認賽門很誠實，不過仍會咕噥另一句俗語：「磨坊主的孩子餓不著。」

瑪麗安和賽門走到住屋一角，經過柴堆到家人用餐的地方，當瑪麗安看到她那幾位強健俊朗的姪輩時，又想起了那句「磨坊主的孩子餓不著」。

接近住屋的底部緊密種植了高大而垂枝的冬青櫟樹群，垂下的枝條交纏成一片厚厚的半圓形樹簾，剪掉其中一側的枝條使枝形成洞穴狀，自瑪麗安有記憶以來，就一直被稱為「冬青洞」，對母雞或鵝群幾乎成為一個能完全遮雨的庇護處，內面的低枝也經常被用來晾衣服或曬麻布袋。瑪麗記憶中的冬青洞要蔓生胡長許多，地上厚厚布著枯棘，腳踩到很慘烈，但現在這些枝條修剪服貼，地面灑掃得很乾淨，還放了圓木讓全家人有地方坐。

瑪麗安的父親，他們所謂的「老頭」，孩子們的祖父，已經被帶出來坐在他的特別座上，那是一塊結實的榆樹大木塊，附有枝條編織的靠背。他現在就坐在冬青樹蔭裡，粉紅的光頭低垂，萎靡的五官迷失在蔓生的鬍子裡，蔓生的鬍子迷失在他蓋的灰褐毯子裡。他關節紅腫、手指扭曲的雙手此刻放在毯子上，帶有紫斑、靜脈曲張如網的雙腿，則部分隱藏在寬鬆的羊皮靴中。連瑪麗安鼻子不靈，都覺得他臭。

她碰碰他的手說：「父親，您醒著嗎？是我，瑪麗安，帶愛麗絲來看您了。」

老頭發出微弱的聲音，半睜開眼然後又闔上。貝西說：「他又睡著了，最好別煩他。」瑪麗安覺得很快會有那麼一次，他將看起來沒有不同，他們試著叫醒他，然後發現他永遠不會再醒來了。

貝西撲通一下坐到一截圓木上，拿起一塊麵包抵著身體開始切片。瑪麗安也坐下來，把愛麗絲放在膝上，環顧旁邊的姪女和姪子。他們的次子吉伯是個高瘦的男孩，穿著麻布材質的纏腰布，曬傷的長腿交盤在身下坐著，曬傷的雀斑長臂張得老開。他骨瘦的肩膀上，一片片的雀斑皮膚已經脫皮，留下像壓扁覆盆子的曬斑在骨頭凸點上。他淡色的頭髮被沿著耳朵修剪過，薑黃的鬍子在他每次將一大片麵包塞進嘴時就會往兩側散開。愛倫剛從溪邊提回一桶水，走草徑上來，瑪麗安覺得她和母親貝西當年同為十七歲時一個樣。大女兒麗莎前不久嫁給馬丁洛克威爾，和她們同型——體態豐腴紅潤，薑黃髮色配上藍眸，笑來開闊的脣，令人稱羨的雪肌，沒有一點雀斑或曬傷。年約十五的小女兒凱特則不然，相對纖瘦、黑髮、深膚色，直眉底下是深陷的黑眸和細挺的高鼻梁，瑪麗安認為她像賽門。她總是訝異於村人說「凱特和瑪麗安真像啊」，但瑪麗安無法判斷，因為她並不清楚自己的長相，至多看過水坑或滿水水桶裡的黯淡輪廓。

貝西嘴上喋喋不休，手上一邊將麵包切片，從一只小桶裡塗上奶油，再從身旁的木盤夾進一點肉。

「瑪麗安，我們有真正的好料給妳，雖然我們不知道妳要來——我們有冷乳豬肉，不是很多，昨天才在院子裡生火烤的。」

「很好吃。」凱特插嘴道。

「只是隻小豬，牠淹死了。羅傑在一處較深河段的赤楊林間找到牠，於是進去把牠弄出來，結果牠逃走，跌進更深的河段，等他去到牠身邊，牠已經死了。所以現在我們只剩五隻小豬。乳豬身上的肉不多，但鮮嫩多汁，所以這裡有些隔餐肉能讓妳夾麵包。」

「只有」五隻，瑪麗安接過麵包心想，我一隻都沒有。

「這豬皮能用來做童鞋嗎？」愛倫問。

「韌度還不夠，烤的時候我在皮上劃了幾刀，油脂一下流光吸進爐底石上的麵包裡，就是妳昨晚吃的那些。」

愛倫先前已從水桶倒了些水進一只陶罐，多孔設計使它外部冒水滴，進而冷卻罐內的水。她將陶罐傳下去讓大家輪流飲用，連愛麗絲都喝了。熟悉的環境，在涼爽閒暇下享用滋補的食物，有哥哥一家人自在相伴——為瑪麗安悲傷的心帶來撫慰，這正是她來此所尋求的。

「你們的櫻桃種得如何？」她點頭朝著院子角落的一棵櫻桃樹說，打破大家專心享用難得的肥嫩美食的長長靜默。

貝西說：「還沒熟，但看樣子似乎會結實累累，前提是我們要阻止鳥靠近。賽門，你看過吉伯做的驅鳥器了嗎？吉伯，去拿過來。愈早放上去愈好，等羅傑今晚到家，你和他最好就帶把長梯去綁到樹上。」

吉伯往院子走，隨後帶回一塊寬木板，後面連著一節繩索。

「父親，你看。我和羅傑打算把它綁在主幹上，那裡，最高的分支上面，讓繩索垂下來。你隨時拉這條繩索，那兩條手臂就會往上提，然後落回來發出砰的一聲。」板子大致用萊姆漂白過，頂端的漫畫是用粗炭筆線條畫的米莉面容，眼珠是兩個圓形斑點，有點鬥雞眼，兩條長直線當鼻子，一條碰到兩端的細橫線作為她不友善的嘴，一道寬闊的馬蹄形是沉重的下巴線條，頂端周圍的黑色塗漬是模仿她的黑色髮束和低額頭，畫得頗為神似。一家人在驚奇和笑聲中喧鬧開來。瑪麗安很吃驚，強烈不安。她覺得如此明顯的米莉畫像，像在招惹米莉內在某些溢散的邪惡報復吉伯及其全家。

「哦——你不該這麼做的。」她喘著氣說：「萬一米莉看到了怎麼辦？」但這不是她反對的真正理由。

「有何不可？」賽門顯然被畫像逗樂了。「她不會看到的，能嚇跑鳥才重要。」

吉伯對自己的作品露出微笑繼續說：「而且我們任何人經過櫻桃樹，只要拉一下繩索，兩條手臂就會上揚，再砰一聲垂下來把鳥嚇跑。我試著在手臂的板子尾端畫上手，但手指怎麼都畫不好，只好擦掉。」

「我怎麼都想不透，妳怎麼能和米莉處得來。」貝西還喘笑著，很滿意兒子的手藝。賽門一家人對此畫的輕鬆看待，讓瑪麗安稍微安心，對自己的恐懼感到疑惑。

「我常見到她，太常了。不禁就記住了她的臉。」吉伯說。

「水閘的門關了嗎？」老頭突然醒來環顧四周高聲問道。

「關了，父親，關得緊緊的，不過現在水位很低，無所謂的。」賽門說。

「很低是嗎？不會太久的，天黑前就會下雨，我感覺到了。扶我起來，兒子。」賽門扶他站起來，撐著他虛弱的身體走出冬青洞幾步，在他抖著對枯草撒尿時支撐住他。

「妳手上拿什麼，愛麗絲？」愛倫坐在愛麗絲旁邊的地板上問。愛麗絲伸出手上的紫色珍珠菜長莖。

「好長的紫莖啊，愛麗絲。」愛倫說著將愛麗絲抱到膝上。

「我還小的時候，我們都叫這為死人手指。」貝西說。「噢，多可怕。」凱特說。

吉伯也加入：「我還聽過牧羊人叫這個——」

「馬上住嘴，吉伯。她還小，別和她說這些。愛麗絲，妳是乖寶寶。要不要再喝點水？來貝西舅媽這裡。」

老頭躺回他的椅子休息，愛倫拿起木盤，餵他吃些碎麵包和碎豬肉。他沒牙的嘴巴抿著嚼食，掉落的麵包屑在鬍子上彈跳。

「來點水，爺爺？」愛倫說著將陶罐架到他嘴邊。他稀哩呼嚕地喝了些水，然後疲累又滿足地躺回椅背。瑪麗安再度執起他的手。

「哦，埃利諾。」他輕撫她的手說：「寶寶現在怎麼樣了？我們得換個大一點的搖籃才是。水閘的門日落前一定要關好……我已經叮嚀過賽門了——喔，是瑪麗安啊……好久沒見到妳了……瑪麗安，寶寶還好嗎……」但他的聲音漸緩，再度遁入眠夢。

貝西離開眾人回到屋前的院子，回來手上捧著一只小木盆。

「這裡有東西給乖寶寶。」她坐到愛倫和愛麗絲身邊說。「想來點蜜塊加在麵包上嗎？」她試著用麵包刀切盆裡堅硬半透明的褐色蜜塊。「去年的就剩這些。」她手上使勁一邊咕噥：「現在硬得和石頭一樣，但我一定得用完這些，因為下個月我們會從蜂巢取新蜜出來。今年蘋果花開得晚，豆子也隨即跟上，所以蜜蜂很多。豆子之後還有山上的石南植物，所以我期待今年有許多滿蜜的蜂巢。我們現在有五間蜂房了，瑪麗安。來，愛麗絲，吃一點蜂蜜試試。」她給愛麗絲一小塊，她順從地放進嘴裡，隨即漾開笑容。

「盆子給我。」吉伯說，然後以大得多的力氣切剩下的蜜塊。

「來，吉伯，這裡還有一些麵包。放一些蜜塊上去，讓瑪麗安帶回去給可憐的彼得吃——他可不常吃到點心。」

「老頭又睡著了。」賽門壓低聲音說。「差不多囉，再這樣工作做不完了。」他起身，伸展一下雙臂，厚實強健的手臂伸出於無袖束腰罩衫的裂口。「該回水閘了。吉伯，帶上新的長板，我留在牛棚旁的那些。我帶鋸子和槌子過去。」賽門離開，吉伯將蜂蜜盆交還給母親，但中間塞了一方蜜塊到嘴裡，還淘氣地向瑪麗安眨個眼，跟上父親。

貝西說：「現在呢，愛倫，我需要六只木桶都刷乾淨，木桶在門邊。妳一次拿不了全部，所以別試了。刷完之後帶上來庭院瀝乾，但留一個在溪邊，妳傍晚幫派絲莉擠奶會用到。還有，妳下去的路上順便把晾在樹籬上的毯子翻面。凱特，把院子裡的火再升起來，把所有乳豬骨都放進去燉，加一兩顆洋蔥，再一點鼠尾草。這樣可以燉出很美味的湯，羅傑到家會需要吃點東西。」

瑪麗安起身從貝西膝上抱起愛麗絲。

「凱特，先把瑪麗安的獨輪車推過來。」貝西說：「瑪麗安，妳不用推著那臺獨輪車繞村子走一整圈。妳走下菜園，從那裡過溪，就可以一路沿著公有地走。沼澤現在完全乾涸，地面硬得和石頭一樣，而且長草都已經割下了，妳可以推著獨輪車沿著溪岸一路走下去。」

她們照例大忙人似地草草道別。瑪麗安把愛麗絲放到獨輪車上，她腿上的酸模葉盛了幾片蜂蜜麵包，然後推著走下菜園，經過發黑得像已熟成的豆子，發白得像已熟成的豌豆，再經過整齊的一排排洋蔥和甘藍菜。沿著溪岸有一道堅固的板條籬笆，防止牛隻闖入菜園，上木板橋處還設有一道柵門。瑪麗安推著愛麗絲上木板橋，小心將閘門在身後關上並扣好。愛倫已經在小溪上游一點的汲水處，跪在溪邊將厚實的木桶沉入水中，再拉起來用樺木細枝刷洗桶子內緣。

瑪麗安環顧四周，再次對圍繞著磨坊的豐饒有秩感到佩嘆。磨坊的紅乳牛派絲莉趴在柳樹叢的樹蔭下，悠悠嚼草，牠半大的小牛在附近走動。該處的草因為靠近溪邊，在割草季過後已再度長得柔軟鮮綠，遠一些的牧地和再過去的樹林有一些乾草堆，仍一列列整齊地立在太陽下。她想到剛剛大家共享的豐盛大餐，大量的麵包，只有幾滴水的新鮮奶油，用寬木刀抹起塗在麵包上，厚得幾乎能看到自己留下的齒痕，還有那些冷肉，從小肋骨咬下的軟嫩多汁，沁涼的飲水，讓愛麗絲慷慨長飲的新鮮牛奶——全被視為理所當然。瑪麗安想著那整齊多產的菜園，灑掃過的庭院，整齊的柴堆，整整六只全部刷乾淨再盛滿的木桶，放了圓木座供人休憩的涼爽冬青洞。她看著平靜安詳的派絲莉，想到那些在蘋果樹下啄草的鵝，用磨坊掃起的剩穀餵食的母豬和牠的五隻小豬，果園裡嗡嗡梭巡於草編峰箱的蜜蜂，在在展現出一種伴隨安逸感的富裕。

瑪麗安想起，磨坊並非向來如此。在她的年少時代，老頭是磨坊主，家裡由母親埃利諾打理的時期，施行的是一種輕鬆草率的治家態度。埃利諾不是有條理的人，家裡沒打掃，院子麥稈紛飛，有時還長出蔬菜來。如果狐狸擄走了雛鵝——也只能這樣，不然還能做什麼呢？瑪麗安記得，賽門和另一位早逝的哥哥休伊，兩人常向對方抱怨母親的無用，也抱怨父親，因為雖然他在磨坊很謹慎，技術熟練，卻把家裡的大小事放手交給埃利諾。不過賽門在母親過世後同年娶了貝西，因而瑪麗安知道磨坊現在的舒適和井然有序多半要歸功貝西。貝西精力過人，熱愛日常庶務，她能預見需求，打理家庭——她一肩扛起，一如瑪格麗特夫人，只是貝西是笑著做的。一切順利時她自在享受，慘事發生她就應對——好比牛隻衝破圍籬踩爛豆子，或暴風雨導致磨坊水塘氾濫淹死母雞。她修好圍籬，清空水閘，她有其他儲備食物取代損失的豆子。她不哭天搶地，只是做好該做的，她管理自己的五個孩子，教他們為全家的利益工作。瑪麗安也看見，賽門儘管年輕時批評過父親的任性，現在卻以堪稱楷模的溫柔照顧老頭。

「這是貝西辛勤工作而來的。」瑪麗安在推獨輪車穿過野草時這麼告訴自己。但她知道這不只關乎辛勤工作，而是賽門和貝西生活裡的融洽，這種融洽也往下傳給了他們健康獨立的孩子。瑪麗安得到了自己今早出門想尋求的慰藉。

沿溪的路推著獨輪車崎嶇難行，因為是一條人煙較少的小徑。這個沼澤是森林小丘的溪流有時滿溢到主溪形成的，此時如貝西說的相當乾涸，草叢裡零星點綴有燈心草或薊花。地面有深陷的牛蹄印，讓瑪麗安走得腳疼。她繼續前進，經過往主村木橋的階梯，穿過她較為熟悉的公有地草坪，經過坐在赤楊下她自家的山羊及其半大的小羊。

某程度的羨慕使瑪麗安的思緒一再再回到賽門一家人身上。他們家三個女兒：麗莎已出嫁至洛克威爾，或許還懷孕了；愛倫和凱特已經是熟練的廚子、擠奶女工、紡紗女工、園丁；家中兩個男孩也是，羅傑和吉伯都強壯又能幹，受到身教與言教，包括長期耳濡目染的影響，都從事磨穀和維護磨坊的工作。她想，那不是他們順應要求而做，而是看見父母身體力行，做事謹慎；他們不只是順應要求而工作勤奮，而是看見父母就是如此。

她反觀自己的孩子：可憐的瑪潔莉才十二歲就已如行屍走肉；諾利，一個如此希望無窮的孩子，三歲就死了；還有兩個寶寶幾乎來不及呼吸就夭折，另一個幾周大的時候被貓咪悶死；小彼得在兩歲時就致殘終生，再來是愛麗絲。瑪麗安看著愛麗絲，她已因在獨輪車上顛簸得不耐煩，下車搖搖晃晃走在前方通往家裡的斜坡上，一個結實快樂的小女孩，此時連衣裙的束帶拖在身後。這就是多年來不間斷的辛苦忍耐下，瑪麗安所能讓孩子看到的一切。

她到家時屋內很寧靜。她從不情不願的愛麗絲手上拿走酸模葉。有些蜂蜜融化從麵包裡流出，她把葉子還給愛麗絲舔拭。瑪麗安在屋簷下的圓木座坐下，將疲累的雙腿和疼痛的雙足伸展到柔軟的酢漿草裡，重重嘆一口氣。

# 八月

當太陽俯身彎向西半天空
正午澳熱的時辰已遊蕩至生厭求去
牧人找尋山楂樹叢或柳樹
抑或禾稈堆的涼爽遮蔭
尋那豐盛食籃滿桶酒飲的靜待之處
牧羊犬留外堅守，眼神警醒
牧人共享恩典，得其喘息
以此度過正午的勞苦忙碌

瑪麗安閉著眼睛翻身，伸個懶腰，腳碰到了小彼得的背，但他動也不動。她無意識地將右手甩出，伸進搖籃裡，摸到愛麗絲溫暖的熟睡身軀。她的左手也無意識地伸出去摸彼得，但除了冰涼破碎的麥稈堆，什麼也沒有。這讓她徹底醒來，睜開

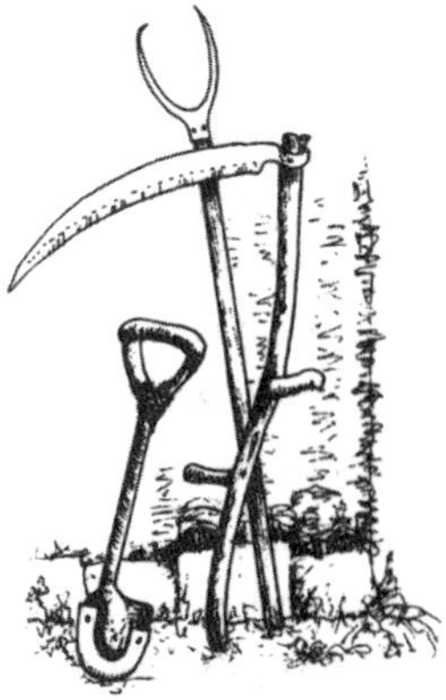

眼睛。灰白沉鬱的黎明在八月底這時節透過上半門可見，朦朧照亮屋子的內部。彼得熟悉隆起的身軀不在，她想起兩天前的那記打擊，彼得被選中要隨休爵士帶領的一小隊人馬，去盧瑟福詢問鹽的事，可能的話，希望能直接帶回。

自從六月盧瑟福用麻袋和罐子裝鹽來交換羊毛的男人沒出現，一股不安便緩緩在村子裡升高，到豐收節晚宴來到議論紛紛的高點。倒不是收成已經全部完成，到處都還有拾穗工作等著，零星幾排作物還需要收割搬運，全部收成都尚未脫粒，不過大面積的穀物皆已採收，多數時候天氣都很好，村民成就感正高，對冬天缺糧的焦慮尚低。不過今年的豐收節晚宴辦在大廳裡面，因為就當日天氣看，在草坪舉行有風險，而湯姆開啟了鹽的話題。

照著長年慣例，休爵士會為晚宴提供小公牛，由湯姆進行屠宰，並在大廳備好爐火。大塊的牛膝已經放上去烤，瓊安和愛德吾兒輪流用一隻最大的木勺為烤肉淋上肥油。

米莉將麥酒拿進來，希爾達拿著籃子到各桌分發小麵包，所有因收成長時勞動、筋疲力竭的村民，此時皆安靜享用湯姆「啪」一聲放到他們麵包上的厚切火烤小牛肉，就在此時湯姆大聲說：「各位，這肉今天很新鮮，假使我們再宰其他小牛，下周也會有新鮮牛肉，但在那之後，整個漫長的冬天都不會再有家畜肉可吃，假使沒有鹽的話。」

瑪麗安懷疑這樣帶出話題是排演過的。結果引起一陣不安的私語，混雜咀嚼聲。

接著羅洛說：「在我印象裡盧瑟福的運鹽人從未遲來這麼久，現在都過了收成季了。」這聽起來也排演過。

「他們通常在割草和麥收之間來。」湯姆補充道。

這番研究仔細的開場，剛好落在第一輪酒足飯飽之際，於是村民紛紛彼此鬆口，都表達了先前自身對運鹽人沒來的隱憂。羅洛坐在起居平臺一張桌子的桌尾，看向休爵士對他建議，他應該考慮派一小隊人馬去盧瑟福調查情況，並帶鹽回來。

湯姆用長刀尾端送上更多熱騰騰的小牛肉給瑪格麗特夫人，也附和：「沒錯，爵士，馬匹都準備好了，馬具我也都修好了，而且有足夠的繫帶馱籃給所有的馬。」

對話接著轉由瑪格麗特夫人和休爵士繼續低語討論，羅洛偶爾高聲提出建議或鼓勵。每個人都知道休爵士是優柔寡斷的人，決定總是能拖就拖，所以通常需要藉著羅洛和瑪格麗特夫人的意見，加上湯姆適時做些睿智的補充，讓休爵士下定決心。他們的審議過程被吉克斯的狂吠打斷，牠用前爪狂抓起居平臺正下方的土表。

「牠一定是看到老鼠。去吧，吉克斯，去抓牠。」

這就是瑪格達的貢獻了。她聽膩了關於盧瑟福之行的討論，她知道自己永遠不會被允許跟隊。

湯姆對彼得呢喃道：「那起居平臺對老鼠來說再好不過了，長板全橫擺在圓木上，矮到貓或狗都進不去。老鼠會讓全場亂成一團，愚蠢的平臺。還不如睡在真的地板上，和我們大家一樣。」

「瑪格達！」休爵士突然一聲大吼。「叫那隻狗閉嘴。牠不能為了一隻老鼠就挖遍整個大廳。湯姆，明天派人跑一趟洛克威爾，要他們帶兩隻雪貂下來，應該能治治這些老鼠。」

接下來休爵士挑個眉，頭一拽，因麥酒喝多而呆滯安靜的羅洛和約翰神父便在桌上移近，三人頭靠在一起。村民滿嘴食物看著他們。瑪格麗特夫人移往桌尾，命人將吉克斯帶出去，指揮發放更多麵包和麥酒。羅洛伸展一下背部，招手要湯姆和彼得加入他們，五人湊在一起低語。見彼得被召喚進這場商議，讓瑪麗安呼吸一緊，她才發現自己多焦慮。這焦慮是雙重的：一是鹽非取得不可，二是彼得被選中為取物人之一。

晚餐差不多要結束前，休爵士站起來以他憂鬱的嗓音，搭配他憂鬱的表情，宣布決定除非大雨，否則兩日內，他本人會率四匹馬，載著裝滿羊毛紡紗的馱籃，與彼得卡本特和愛德吾兒帶著上帝的恩典（此時約翰神父用力點頭），從村子下行跑一趟盧瑟福，幾天之內就會返家，能載多少鹽就載多少鹽回來。他繼續指示家中還有空紡軸的婦女，明天帶到紡織間交給瓊安。愛德吾兒睜大圓眼看著父親，當湯姆向他點點頭，他露出大大的驚喜笑容。湯姆和彼得回到桌上瑪麗安身邊。彼得對於中選的殊榮似乎難為情居多。

彼得說：「只有幾天，瑪麗安。一天去程，一天回程，若回程貨很多可能會久一點，一至兩天在當地清點羊毛和上鹽貨——當然，前提是他們真的有鹽可給。我們不知道到了當地會是什麼情況，這是休爵士一直強調的。」

「他們不想讓我去。」湯姆半驕傲半不滿地說。「他們說這裡需要我，至少羅洛這麼說。而休爵士注意到愛德最近長大了，相當強壯，而且對打理馬匹真在行。這點他說的沒錯，愛德對馬很有一套，而你們需要安撫馬匹，尤其是回程載了鹽貨——」

「假使真有鹽貨可載的話。」彼得說。

「——我們很可能發現樹林小徑已經蔓草橫生，對小伙子像是趟冒險……」但湯姆的聲音變得飄忽，眼神跟著大廳底端的愛德吾兒，瑪麗安知道他多不情願讓兒子離開，前往村子以外幾乎未知的世界。

瑪麗安也不情願，雖然沒有人在乎她對於彼得啟程前往奇異未知之境的感受。熟悉的地方就是安全感，連彼得身在何處都無法想像就是沒安全感。

她隔天都在收集和分類家裡多的空紡軸。多年以來她紡的羊毛紗都要拿去瓊安的紡織間，由羅洛適時刻記在她的記錄棍上。接著她用一段羊毛穿入帶孔木針，小心縫補彼得束腰罩衫肩膀的破洞，還找到一條新皮帶綁他的靴子，以此度過焦慮的一天。

「妳太小題大作了。」彼得說，但他看起來很高興，她知道自己多花心思為他做這些小事能緩和他的恐懼。

出發時間定在黎明之前，灰沉清晨的一絲薄霧籠罩公有地。彼得已經和小彼得一起出門，幫忙扛那些裝有麵包和起司的皮革袋。瑪麗安走下汲水處等在那裡，水桶放一邊，愛麗絲睡在她肩上，直到她看到一小隊人馬出現在對岸。

休爵士騎著他深棕色的馬「橡之心」走在前頭，湯姆才剛修剪過牠的馬尾和鬃毛。牠後面接繫的是一匹年輕的騸馬，左右各掛了兩只柳編的馱籃。再來是第三匹由彼得牽著，一匹亮栗色的馬，鼻子下方有一條白線，兩側也掛著馱籃。押隊的是愛德吾兒，看來比以往都高瘦，以活力的步伐獨自行走，左手執一隻長柳鞭，右手牽著最後一匹馬的韁繩。他不知道湯姆在後方五十碼處跟著，為了在隊伍消失於樹林前多看兒子一眼。

馱籃前一晚都打包好了，密密實實裝滿羊毛紡紗，上面蓋了半張獸皮牢牢綁在編條結構上。當他們來到瑪麗安對面的溪岸頂端，三人都朝她揮手，她也揮手回禮。他們喊聲說了些話，但沒什麼是之前沒說過的。她叫醒愛麗絲，要她一起揮手，彼得喊道：「再見，愛麗絲，要乖喔。」然後小徑進入濃密的樹林，他們便消失於視線之中。

瑪麗安明快地放下愛麗絲，將桶子裝滿水吃力地提回小徑上，愛麗絲慢慢跟在後面。快要到家中菜園的時候，愛麗絲從後面跑步追上來。

「愛麗絲找到一朵仙女的罌粟。」愛麗絲說。

「妳別亂碰仙女的東西。」瑪麗安反射地敷衍道，心思還在彼得身上。

「媽媽，妳看。」愛麗絲高舉一朵緋紅色的紫蘩蔞花，大小還不及她的纖小指甲。村裡沒有把這種花視為仙女花朵的風俗，因此瑪麗安只能微笑，驚嘆於這孩子的創意。

回到家她將水桶放下，坐在屋簷下的圓木座休息，為自己面對獨居的狀況打氣。她知道自己並非完全獨處，因為鄰居莫莉和兩位老婦人艾格妮絲和瑪吉都在家。瑪麗安從汲水處上來時，看到莫莉在她家的菜園裡。迪克和希爾達之前住的農舍，由於希爾達和兩個小女兒移居大廳，現在由麗莎和馬丁洛克威爾接手。她知道麗莎忙於打掃和清空房子，因為房子在迪克死後照習俗空了好幾個星期。她坐著休息，往下方的菜園看去。小彼得一整天都會在大廳，羅洛前一晚已預排要他在大廳的豌豆田工作，採收熟豆莢。無庸置疑，達賓的兒子獨眼瓦特也會和他一起。這是最不需要技巧的工作，適合殘疾男孩。瓦特在嬰孩時期跌落家中的晾靴架，弄瞎一隻眼，現在長成一個破相的十二歲皮包骨男孩。他無法判斷距離無礙豌豆採收，羅洛才做此安排。

也許瑪麗安應該開始在自家菜園採收一些豌豆。她可以走下菜園查看一些植株，雖然日照充足處的作物會比她家菜園的熟成得早些。

她的思緒中斷，因為突然意識到愛麗絲不在身邊。她跳起來高聲喊她，但沒有回應。她繞屋子跑一圈，找了樺木樹和野草叢，跑到村裡的制高點再喊一次，還是沒有回應。她往左跑到她仍視為薛波家的農舍。她看得到麗莎在下方菜園便喊她，但麗莎也沒見到愛麗絲。她跑下斜坡到帕羅萊特家，一群髒小孩靠著屋牆無所事事，假使有人聽得懂他們在說什麼，他們也沒見到愛麗絲。她跑到莫莉家，見到她正從豬圈走上來。莫莉早先看到遠行隊伍在對岸沿著小徑走，揮了手，也看到瑪麗安和愛麗絲在汲水處揮手，但她接著便離開去豬圈，未再見過她們。

「她本來跟在我後面，我知道她跟著。」瑪麗安急切地說：「我提著滿的水桶走上來，聽到她自言自語跟在後面，然後她和我說話，在那之後我就沒再回頭查看。她很可能又跑回溪邊了，妳也知道小孩多喜歡流動的水。」

莫莉陪她回到汲水處，但愛麗絲不在那裡。「即使她落水，這裡也沒有深到爬不上來。」莫莉拿一隻棍子到處戳泥巴說。但瑪麗安很清楚孩子幾英尺深的水也能溺斃。她們再度喊她，開始沿著小徑往村裡走，然後愛麗絲從兩人前方的樺樹林突然現身，無憂無慮地跑來跑去。

瑪麗安跑上前一把抱起她，怒道：「妳跑哪去了？像這樣亂跑，太頑皮了。妳跑哪去了？」

但愛麗絲懂的字彙還不到能解釋，她被瑪麗安憤怒的語調嚇哭了。她走丟的時候十足鎮靜，此時卻從母親激動的聲音裡拾回恐懼而開始哭泣，這讓瑪麗安馬上心軟下來。

瑪麗安抱她回家，途中道別時莫莉說：「好啦，至少這次歡喜收場囉。」解除這次災難的緊繃。

瑪麗安把愛麗絲抱在懷裡哄道：「來—來，呼—呼。」同時隱約憶起自己童年走失時的恐懼。

她當時年紀比愛麗絲大些，七歲左右，跟著一群小孩出門，其他人多半大她幾歲，一行人帶著麻布袋去森林撿山毛櫸堅果。她想不起去程途中的細節，也不記得尋找和撿拾櫸木果實的部分，後者可能花了幾小時，回憶從試著回家開始。她找到一顆櫟癭，上面附著一顆更小的櫟癭，還很軟，還有三根小短枝從另一側突出，使得整顆可以站立。由於向來欠缺玩具，她便拿它假裝牛，還想辦法在更小的那顆櫟癭上插兩根小彎枝作為牛角。一如所有孤獨的孩子，她在那自言自語，還開始幫小牛蓋牛棚。她在一棵樹根部旁的蘚苔豎了四根小枝，從其他地方刮下蘚苔披在樹枝上當牆面和屋頂，玩到入迷。然後她巧妙地將她的「牛」擺在牛棚門前的通道，環顧四周尋求觀眾。四下無人。她突然感受到森林的寂靜。她陷入懷疑而出聲喊人，但她的喊聲一消散，寂靜便回來了。恐慌隨之到來。他們會全部往哪走呢？她毫無頭緒，四周沒有任何特定的路徑。她又大喊，還是沒有回應。

她記得幾年前父親曾讓她站在磨坊水閘邊，向她指出四周的丘陵是如何以下坡環繞村子，有時坡度較緩，像通往洛克威爾的那片曠野，有時則很陡，像公有地上方那片樹林。「如果妳哪天迷路，在森林裡迷路，妳只要往下坡走就能回到村裡。」他還說了些關於太陽的事，但她記不得了。反正當時是寒冷灰濛的十月午後，就算她看得到厚密樹冠後方的天空，當天也沒有一絲陽光。但下坡呢？她左方的地面確實是下坡，但傾入一個小落葉坑，地勢從另一頭又回升了。到處都是高聳的山毛櫸和生長其下的灌木叢，根本無法看遠。內心充滿絕望之餘，她往下衝到淺坑裡，再爬上另一頭樹根盤雜的斜坡。該處森林在視線可及之處似乎都是水平延展，但也看不遠就是。她再次大喊，聽見自己聲音中的恐慌，害怕加深。她全速往前跑，然後因喘不過氣而歇步，突然之間，一股甜美至極的柴燒味飄進她鼻子，那是村子的人煙氣息，家的氣味，她自嬰兒以來就熟悉的味道。她站定試圖聞出柴煙的來向，環顧四周她發現右邊的林木較稀疏，樹幹上方的天空依稀可見。她跑進去，一面擔心自己可能跑進森林裡的諸多小空地之一，但氣味持續飄來給了她希望。她注意到自己的腳下是下坡，即便她因跑在灌木叢間而蜿蜒前進。然後櫸木林慢慢變成了榛樹林，榛樹林再變成開闊的視野，就在那裡，遠處下方就是磨坊，再過去是大草坪的大橡樹，半遮住大廳。遠方收割過的田野邊緣，其他孩子走成一列，悠悠地閒晃回村子。隊伍前頭的兩個男孩，一前一後左肩上扛一根長樹枝，上面懸著一麻袋山毛櫸果實，其他孩子拖著枯枝走在後頭。這是村裡的規矩：從樹林出來不能不盡可能地拖枯枝出來。

瑪麗安再次放聲叫，隊伍最後兩個孩子左右張望，隨意對她揮手但沒有停下腳步。瑪麗安發現根本沒人在意她，也這時才發現自己哭過。她哽住一口氣，平復自己。她發現自己能隔著一段距離跟著這隊孩子，然後在其他人去大廳繳果實時脫隊回磨坊家裡。她雙腿發抖，被鬆開的裙襬絆倒，跌落草叢時把裙子的裂口撕得更大。她沒受傷，但更冷靜地走回磨坊。她高大憔悴的母親坐在門口附近的地上，雙膝間夾著一個穀物和糠殼半滿的篩子，雙腳間是一只裝砂土和碎屑的麻布袋。她心不在焉地攪動篩子裡的東西。

她母親平靜地說：「喂，妳怎麼上氣不接下氣的？妳撿了很多山毛櫸堅果嗎？」

「有，撿了一整袋。」瑪麗安回答。

「撿個七八回不算多。妳把裙子怎麼了？」

「我被它絆倒，跌到草叢裡。」她母親草率地檢查了一下裙子。

「妳最好在今晚天黑前把它補起來，放著不管會破得更大。妳沒帶任何木柴回來嗎？」

「其他人撿了些木柴，他們連同麻布袋一起拿去大廳了。」

「妳也應該撿一些的，妳手上又沒東西要拿。」她母親平靜地嘮叨道，她極為日常的聲音和情緒進一步消散了瑪麗安內心的恐懼。她決定不告訴別人這場恐慌，從那天起絕口不提此事。

+

瑪麗安以哄抱和一杯羊奶安撫愛麗絲，將她在屋裡放下，自己則一屁股坐到屋簷下的圓木座。她不知自己為何如此格外精疲力盡。或許是因為她無以名狀的焦慮；或許是陰鬱的天氣。空氣因將下未下的積雨而凝重，平靜無風。她往下望向雜草叢生的菜園，作物基床間的走道長滿雜草。糾結的豌豆植株和支架之間，有些豆莢已經熟成可以採收，但不多，在採收全部完成前清理也沒用。屆時會有大量的豆秸可供莫莉拿到豬圈給他們合養的豬作為秋天增肥之用。但現在碗豆基床散落著歐洲千里光，小小黃色流蘇頭花和迷你的米白色花序和花托，羽葉蓍草的花莖及其多處暈染為粉紅色的白盤狀花朵，還有些遲開的罌粟，另外，小徑久踏的雜草上，能見到大車前草扁平的環形葉基，銀色的金露梅和白色的酢漿草，現在都已枯褐且被踩扁。

瑪麗安注意到，圍籬旁的蘋果樹結實累累，隨著生長蘋果益發變白，因而在日益翠綠的葉子當中也愈加顯眼。薊花也倚著圍籬生長，當瑪麗安坐在此處看著，不時會見到薊花點點星光般的花球隔著菜園搖曳。

她的思緒來到近期的往事——關於迪克，關於死亡，關於改變，還有生命的脆弱無常。那天當她為了找愛麗絲去薛波家的農舍，她先經過前門往屋內覷，但沒見著麗莎，才走下菜園喊麗莎問有沒有見到愛麗絲。她當時太擔心愛麗絲而未被屋子喚起任何感受，但此時無所事事坐著，看著眼前自家菜園及後方樹林的熟悉景象，她精確憶起那間曾是迪克和希爾達家農舍的內部景象。

她心想，景物依舊，人事已非。我再也不會見到迪克的曲柄杖靠著門邊牆壁站立。他固定沿著屋內層架懸掛的一排剪刀也不會在了。

她在那個層架上看到的是一排小盆子和兩只高陶罐，其中一只曾在磨坊為她母親所有。床鋪的麥稈堆上覆蓋了一條棕白條紋的巨大毯子，這種毯子通常在洛克威爾製造。那裡穀倉的挑高橫梁才適合編織這種特大號的毯子。

屋子和迪克在世時不一樣。明明是同一個地方，看來卻不像。瑪麗安的思緒繼續流動。永遠都不會一樣了，迪克死了。世事能在幾星期內就改變——日子若繼續往下走，不斷前進，還有多少事會變……瑪麗安的思路盤旋於永恆，隨後在恐懼下退卻。現在看來幾乎像他從不曾在那，她想著，過去這些年像一場夢，只是一個故事，然而他依舊存在。他可能在任何時刻來到角落，來到梣樹下，一如以往，以低沉嗓音商借一些彼得的木柱或工具去修理獸欄。

「他永遠都不會再來了。」瑪麗安對自己朗聲道。「永遠永遠，而希爾達現在住到大廳去，我永遠都不會在傍晚再見到他們，曬傷的手臂環在彼此腰際走下他們家的菜園。一個人何以能夠這麼快就被抹去？」瑪麗安視線掃過籬笆旁粉紅柳葉菜的葉片，卻視而不見，內心只是不斷以一種不可置信的絕望重複著：「永遠永遠。」

瑪麗安沒注意到，天氣變了。雲層上移且轉稀薄，雖然不見太陽，仍有白晃晃的日光散落菜園。光線刺痛眼睛，她一陣劇烈頭痛。忍耐至今已成她的習慣，她準備忍下來，這才想起自己一整天都沒吃東西。她走進屋裡，找到一些放了幾天的硬麵包，和幾乎是家裡僅存的一點熟乾酪。她將兩樣都拿一點捏碎放入凹盤，再倒一點羊奶進去給愛麗絲。

愛麗絲本來坐在敞開大門旁的地上，抓著門柱將自己拉起身，卻突然尖聲哀號。她高舉張開的小掌給瑪麗安看，兩隻都有許多木頭碎片。門柱下方因小虎在上面磨爪而表面粗糙。瑪麗安一陣刺痛地想起迪克，想起他將耙子碎片從手上拔掉的畫面，恐懼湧上心頭，她彎身將愛麗絲抱到膝上，小心翼翼地用粗糙的長指甲將愛麗絲掌上的每一片木屑都拔出來。

「這樣，現在好多了。以後不要再摸門柱了，那是小虎的貓抓板。」

「小虎不乖嗎？」愛麗絲問，她剛剛興致高昂地看著手掌的處理過程。

「沒有，牠就只是貓。」瑪麗安突然消沉地說。她將愛麗絲從膝上推開，站起來去拿食物餵飽愛麗絲和自己。後來兩人都打了瞌睡。

瑪麗安醒來時發現頭不痛了，但屁股發麻，因為坐在屋簷下的粗硬圓木座上，而愛麗絲又坐她腿上。天氣又變了，此時空氣變得清新。天空似乎更輕盈而開闊，布滿明亮的白雲，上部蓬鬆波浪而底部平直。雲朵之間是濃烈深藍的天空，在森林的樹木後方褪成藍綠色。一小片破碎的灰雲漂浮在一大團白雲之間，像一隻小天鵝躲在大天鵝展開的翅膀下。一陣溫熱的狂風吹來，伴隨石南植物的香氣，將厚厚一片搖擺的薊花冠毛吹過菜園。

「我們去採些黑莓吧。」瑪麗安對愛麗絲說，於是母女一起走下菜園至底端的樹籬。瑪麗安帶上一只寬柳籃。

她們從菜園回來，瑪麗安所帶鋪了酸模葉的柳籃，現在盛滿黑莓，此時她們聽到對岸的喊聲。瑪麗安將籃子丟下，急奔到農舍轉角，衝上雜草蔓生的斜坡，就在那裡，在遠方對岸的樹林間出現了遠行隊伍——四匹載貨的馬和三個步行的男人，彼得在最前面。他看見她並揮揮手，霎時如釋重負的喜悅湧入內心。隊伍沒有停步，但依著男人疲憊的步伐緩緩前進。

彼得大喊：「過來大廳，帶一只籃子。去通知大家。」瑪麗安興高采烈地跑向薛波家的屋子，但麗莎和馬丁都不在。她去帕羅萊特家，只見一小群棄兒般的孩子站在門邊。

「告訴爸媽，休爵士回來了。」她說完離開。

回到家她看著裝滿黑莓的籃子，這是她僅有的籃子，但彼得要她帶過去。她把黑莓全倒到層架上，至少是大部分了，然後用兩個罐子和一個盆子將黑莓圍住。這樣還不夠保險，但她盡力了。然後她抱起愛麗絲，跑回斜坡上。

莫莉坐在自家門前穿靴子。

「什麼都甭說。」她洋溢討人厭笑容高聲說：「我也看見他們了，我馬上就來。我們可以輪流抱你們家小的。」

她們沿著公有地的小徑快步走，看著對岸的一小隊人馬在赤楊和柳樹間忽隱忽現。愛麗絲走到橋邊時硬要下來小便，稍微拖慢了她們，儘管這惹惱瑪麗安，她還是很慶幸愛麗絲現在已經訓練有素知道要先問。

待她們抵達大草坪，遠行隊已經來到大廳門前，瑪格麗特夫人和瑪格達正在迎接休爵士，湯姆咧開大大的笑容，不斷拍愛德吾兒的肩。村民紛紛從自家越過大草坪跑來，約翰神父也蹣跚從他的住處下來，全村狗兒叫得異常興奮。彼得馬上走向瑪麗安，一手放在她臂上。

「都沒事吧？」他凝視她問道。

「沒事，一切都好。」她語氣熱切得連自己都不敢置信。

「妳都好嗎，愛麗絲？」他捏捏她的小臉頰問。

「愛麗絲手手好了，門柱是小虎的。」她說著舉高布著零星小點的小掌，但當然彼得不知道她在說什麼。小彼得從人群出現。

「父親，你見到用石頭蓋的橋了嗎？你見到了嗎？聽說石橋寬到載乾草的馬車都能通過是真的嗎？」小彼得問。他沒得到回答，因為湯姆拿來一大杯皮革水壺裝的麥酒，要讓彼得喝一杯。

「你可以喝完整杯，休爵士和愛德都痛快喝過了。」湯姆沒提的是，愛德吾兒早已有違風俗地從父親杯裡初嘗過酒了。

瑪麗安好奇地看著休爵士，因為他真心微笑著，這很少見，雖然顯然累壞了，他卻似乎通體舒暢，這更難得。她能想像，經過對盧瑟福之行的多時躊躇，以及對這趟旅程的深沉焦慮，現在能平安歸來還帶著看來頗豐的物資，他對自己的處理方式是近乎得意的。他忙著指揮從馬匹上卸貨。瑪格麗特夫人在過去兩天對此早有預備，因而麥酒供應充足，當米莉和瓊安拿來更多酒壺時，村民爭相擠看那八個堆疊在大廳門口草地上的馱籃。

休爵士半面向羅洛和瑪格麗特夫人，但以眾人都聽得見的音量說：「我們回程全程步行。妳哥哥額外借我兩只馱籃，我們才能將四匹馬都上貨，盡可能滿載。即便如此，不知為何，回家的路途比預期容易，很可能是我們已經知道路了。瑪格麗特，妳哥哥要我代他問好，他妻子也是。妳會很驚訝她老了多少。這趟有好多事可講——」

「你帶鹽回來了嗎？」瑪格麗特夫人尖聲插嘴，問出每個人都心急欲知的問題。

「是的，我們帶回來了，就在那一堆貨物裡頭。」

瑪麗安注意到他屢屢用「我們」，她想像在這趟冒險中，這三個男人已經發展出緊密相繫、超越村內階級制度的友誼。

「麥特，幫瑪夫人拿張凳子。」休爵士命令道，凳子取來後，他把它擺到馱籃旁，引瑪格麗特夫人入座。瑪格達在一旁徘徊，好奇心快滿出來。

「現在，瑪格達，別亂碰，什麼都別動。」他從最靠近的一只馱籃拿出一大綑東西，解開覆蓋的麻布，露出一只大陶罐。他將粗圓的罐子抱在胸前，從罐頸拉出某樣白色的東西往上推進袖子裡，然後小心地將罐子放到瑪格麗特夫人腿上。

「這是妳哥哥嫂嫂給妳的禮物，看看裡面是什麼。」休爵士說。瑪夫人將手伸進罐頭，然後給大家看一些黑色的乾扁小丸。她疑惑地看向休爵士。他露出微笑，很享受眾人的好奇。

「這是種子嗎？我要種植嗎？」她問。

「看起來像小兔子的大便。」一個男孩說。

「不，不是。」休爵士對那男孩皺眉，「這是水果，拿來吃的。」現場一陣咕噥，半是噁心半是懷疑。

「我可以吃一顆試試嗎？」瑪格達跳起來說，然後全部人都看著她從母親掌上拿起一顆放進嘴裡。

「小愛現鬼。」米莉囁嚅道，但沒人注意她。

「嗯——好吃。我可以多吃幾顆嗎？」瑪格達說。

「我可以試試嗎？」一位佛萊徹家的男孩也說，一路擠到人群前面，但瑪麗安留意到他不敢吃超過一顆小黑丸。但一抹大微笑幾乎立刻在他臉上漾開。

「很甜。不像水果，也不像蜂蜜，但是甜的。一整罐都是這個嗎？」男孩說。

「這些是哪來的呢？」瑪格麗特夫人問道，掌上還有幾顆伸在那。

「妳哥哥有一大缸，說是一個旅人從海外帶去的。」這點立刻給了小黑丸光環，既不可思議又不可置信。「他們在做麵包前把這加進麵團裡。」

「我絕不會讓那噁心的東西把好好的麵團給弄餿。」米莉這次說得大家都聽得見，倒是得到了認同。

「這就像故意把蒼蠅加到麵包裡。」另有婦人也出聲。

「不是的。」彼得的聲音充滿權威：「加這個很好，它們在烤的時候會膨脹出汁，真的很美味。」

「你也吃了嗎，父親？」小彼得帶著敬畏問他。

「是的，每個人在盧瑟福的晚餐裡都吃到了，大片麵包上面零星有這些黑色的玩意兒，再抹上奶油，也沒人吃壞肚子。」

「我想試一顆。」小彼得說完看向瑪麗安又加一句：「如果可以的話。」瑪格麗特夫人伸手向他，眾人看著他拿起一顆放到嘴裡，咀嚼後也露出笑容。

瑪格達從母親手上又拿了幾顆說：「母親，妳也試一顆。舅舅只給了這一罐嗎？這做不了太多有黑點的麵包。」

「一罐我都嫌多。」米莉說。

「梅格，妳也試一顆，瑪麗也來。」瑪格達拿幾顆在手上給兩個小女孩，但她們甩甩橙金的髮，瑪麗還把臉藏在希爾達裙子裡。

這整個過程感覺沒使眾人寬心太多。所有男人和嚴肅的家庭主婦此時都看著休爵士，等著他拆更重要的物資。休爵士從一只馱籃裡提起另一個陶罐，打開包覆的麻袋，從罐頸拉開綁牢的線圈，小心遞給瓊安，然後凝視罐內。他很享受全村給他的強烈關注。

「更多蒼蠅乾嗎？」米莉說，但再度被忽略。

「鐵釘。」休爵士搖搖罐子，鐵釘叮噹作響。「彼得，全部交給你保管。先整罐拿去，明天早上再把空罐送回來。」然後對眾人他又追加一句：「如果什麼都依彼得，我們會除了鐵釘什麼都沒帶回來。」彼得抗辯但笑著收下罐子。

下一個拿出的是一個大壺，上面蓋了一片圓形的上等皮革，以一條皮帶綁緊。休爵士打開伸手進去。

「鹽。」他說，眾人鬆了一口氣。「湯姆，你和羅伯去拿二至三個乾盆過來，大一點的，但要夠乾。我們要馬上把鹽倒過去，明天早上分裝。我不想讓鹽在這些壺裡多受潮任何不必要的一刻。有人去通知洛克威爾的人我們回來了嗎？他們也得領些鹽回去。」

休爵士站起來伸展筋骨，拍拍橡之心的馬脖子。他開始低聲對羅洛說話，但瑪麗安靠得夠近所以聽得到——「我很高興我帶上了彼得卡本特……對，我知道是你的主意，但他真的很有用。我懷疑假使沒有彼得說出需求，我大舅子還會不會願意割捨這麼多東西。他能言善道，讓那裡的每個人都了解到這裡的需要……」瑪麗安愉悅地吁一口氣。彼得沒聽到這段話，他正在與賽門和貝西談天，但她晚點會告訴他，而且她預期他會很高興。

湯姆和羅伯從庭院出現，帶了一些新的大吊桶和大圓桶，然後從馱籃取出一壺接一壺白色結晶倒進去。村民目不轉睛地看著湯姆和羅伯手上的每個動作，對大量鹽晶從罐子倒進桶子的景象發出滿足的喟嘆。空罐子一個個被米莉收起來，沿著層架下的揉麵桌排成一排。瓊安將包裹罐子的麻布袋集合起來，每一只都倒過來抖乾淨，然後小心摺好疊起來放在瑪格麗特夫人的座位旁。最後一只馱籃裝的是鐵棒，屬於原始材料，能拿來製作螺栓、鉸鏈、掛勾、馬具等零件，能敲打成小刀和鐮刀，可以削成箭頭，做成鐵鍬的鏟片，做成鋸子或鑿子，看起來不有趣，但卻是村民生活中依賴的物質。接著最後，至少大家以為是最後，是三只厚圓的鐵煮鍋，邊緣有提環能吊掛，每只都附有三支短足，能立在炙熱的餘燼之中。

「哪個幸運的家庭能得到一只呢？」瑪德琳杭特用她低沉的嗓音問道。瑪麗安知道她在暗示自家，因為她羊毛紡紗的產量向來比其他女人都多。

「明天就會送出去。」休爵士嚴肅地說：「你們知道瑪夫人總記得哪幾家幾年內已經領過鐵鍋了。」大家都知道此言不虛。休爵士把手伸進最後一只馱籃，拉出一麻袋沉重柔軟的東西。

「那是什麼？」瑪格達又推擠向前。

「不是給妳的。」她父親說著打開麻布袋，拿出一捲棗紅色的羊毛布料。當他遞給瑪格麗特夫人時，全場女人都「哇」的一聲脫口。

「妳哥哥嫂嫂送來這個，讓妳做一件新禮服。」

瑪格麗特夫人把布捲放在膝上，拉開一點點。「真厚真軟。」她帶著讚嘆驚呼。「這是打哪來的？」

其他女人凝視這布議論紛紛：「他們怎麼弄到這個顏色？從黑刺李嗎？還是接骨木？他們用的是什麼樣的織布機啊，才能織這麼長的布，這一匹少說幾碼長？」

「妳哥哥不清楚這從哪來，但並非盧瑟福製造，這是肯定的。他說那幾個男人從北方海岸旅行至盧瑟福，也是他們帶來黑加侖——」

「黑加侖？」

「這就是罐子裡那些甜甜的小黑丸。他們也帶去這匹巨大的羊毛玩意。本來更大，但妳嫂嫂先為自己做了一件禮服，她個頭很大，也幫女兒做一件，這裡是剩下的。她說這應該夠妳做一件有袖子的禮服。再來就真的是最後一件物品了。」

他拉出開頭藏在袖子裡的小捆白色物件，交給妻子。她狐疑地看向他。「打開來。」他說。她在膝上的棗紅色羊毛布上輕輕拉開一段絲滑的白色布料，她從沒見過這樣的東西。

「這是妳嫂嫂送的另一件禮物。」休爵士繼續說，很高興自己仍是全場矚目的焦點。「這是給新生兒的，他們稱為亞麻布，我想也是越洋來的。妳嫂嫂有一頂用這做的帽子，整個夏天都戴著，她說很輕薄涼爽。」

這證實了瑪麗安一直以來的懷疑——瑪格麗特夫人懷孕了。

「做一頂好帽子。」瑪格麗特夫人讓布料滑過手指說，「可能不只一頂。」她看瑪格達一眼。

「她說這是用來包新生兒的。」休爵士重複道。

「讓嬰兒糟蹋這樣的好東西，多可惜。」米莉粗糙的手指也摸上去說。

該送達的東西都送達，親屬的訊息也轉達了，而且休爵士自覺算做得稱職，他對湯姆說：「我們一大早後就沒再吃過東西，進屋看看瓊安為我們準備了什麼吧，你的愛德一定很需要吃點紮實的東西，他做得夠累，走得也夠多了。」休爵士手一揮對村民說：「明天所有的太太帶家裡的缸和該帶的東西來，瑪格麗特夫人會發配鹽。今天傍晚就到這裡了。麥特，確保今晚所有的桶子和麻布袋都加了蓋，可能會下雨。瑪麗安，希望妳準備了豐盛的晚餐，彼得真的需要飽餐一頓。」

於是在普遍如釋重負和感到充實之下，村民各自離開回家。彼得將鐵釘罐交給小彼得，交代他先小心放在他工作室後方的層架上，再跟上他們回家。瑪麗安抱起一直置身事外，在一旁安靜閒晃的愛麗絲，全家往下走至木橋，瑪麗安還提著帶來的空籃。走到木橋彼端的圓木階梯時，彼得停下來，打開掛在腰際的皮革袋，拉出兩只罐口綁了皮革的小陶罐。

彼得說：「這是給我們的，一個叫史提夫什麼的當地人，在那裡保管庫存和器材的管家，他給了我們這些。一罐裡面是鵝肉，煮熟固態的，在一層脂肪底下。另一罐小的裝了用蜂蜜煮過的蘋果，還加了他稱為丁香

的東西，有點辣。現在──哦，小彼得是你──別告訴任何人喔。這是給我們的，休爵士和愛德吾兒都不知道。」天太暗看不清小彼得因期待閃閃發亮的雙眼。

「裡面有黑加侖嗎？」他問。

「我不這樣覺得，但也不無可能。家裡有新鮮的麵包嗎，瑪麗安？」

「有……一些。」瑪麗安多希望她今早吃的那點硬麵包能再更新鮮且更多些。

「我們今晚可以吃這些鵝肉當晚餐。妳也可以吃一點喔，愛麗絲。我們得把它吃完，一旦把上面的油脂刮掉，就不能保存了。」彼得說。

「我們能留下罐子嗎？」瑪麗安問。

「當然可以，沒有別人知道這件事。這兩個罐子很小，也裝不了太多。」

「任何罐子都有用。你為何要我帶籃子去？」瑪麗安想到無端被倒到層架上的黑莓。

「我以為休爵士會立刻開始發飆。」

暮色之中，他們沿著公有地的小徑走，可以看到麗莎和馬丁也正要返家，走在他們前方數百碼處。瑪麗安告訴彼得他們在前面。

彼得說：「我可以看到那裡有東西，但看不清楚是誰。我確實覺得在盧瑟福的時候看得比平常清楚。或許他們的空氣比我們這的乾淨。無論如何，看到不是迪克和希爾達在那裡還是怪怪的。」

的確很怪，而且糟透了。為彼得凱旋回來高興之際，瑪麗安暫時忘卻了那希爾達想必尚未走出的悲劇，仍在某個角落，大廳人多卻疏離的生活之中。瑪麗安感覺自己現在看待迪克的角度和他還在世時已然不同。她現在感覺到，他以堅強的外貌欺騙了所有人，事實上他隨時將暗藏的死神帶在身邊。理智告訴她，他們每一個人都同樣帶著死神，只不過她還活著，彼得也還活著，甚至從盧瑟福那可怕的敵對世界返回她身邊——想到這點她的內心霎時感到狂喜。但接著又是突如其來地，瑪麗安憶起迪克瀕死的臉龐，雙眼緊閉，嘴脣微張，飽受折磨，橙黃的頭髮和鬍子糾結，還有那隻橫擺在他身上又紫又黃的腫脹手臂，這段回憶斥責著她的狂喜。

他們在八月的暮色中坐在屋簷下的圓木座，津津有味又驚奇地享用塗了鵝肉抹醬的切片麵包。愛麗絲打起瞌睡，瑪麗安將她抱進屋放到搖籃裡，出去的時候她用雙手捧了許多黑莓出去，三人都吃了滿嘴的香甜果子。

彼得幾乎全程滔滔不絕，他談到盧瑟福大廳的寬敞，在起居平臺後方還有一間專室，供瑪夫人的哥哥威廉爵士和妻子就寢和偶爾用餐，談到與其毗鄰而建的大釀酒房和製酪房，談到為數眾多的牛隻，還有那座寬度足以承載乾草馬車的石橋——

「但為什麼橋不會垮？」小彼得一直追問。

「那些是楔石。等明天白天我在地上畫給你看，看橋是怎麼用拱形的石頭搭起來的。他們的教堂也是同樣工法，全石造的建築，一直往上到屋頂，然後正如狐帽克里斯說的，有聖克里斯多福站在水中的畫像。瓦特和他的兩個兒子——就是當地的木匠，我看到他們的鋸子可大了——他們在製做一輛兩頭公牛能一起拉的大牛車，他們給我看巨型的輪胎，全橡木製，說是能耐用幾百年，可以撐到世界末日……」

小彼得在打盹，彼得搖晃他的手臂不讓他睡。

「你睡著啦？你喝很多瓊安發的新釀麥酒嗎？」小彼得反駁他不睏，但承認瓊安讓他喝一大口。

「然後你和另一個佛萊徹家的男孩跑到釀酒房，自己從那裡的大壺裡又喝更多是吧？」彼得不大生氣，倒是很樂。「然後你們拿水壺把酒壺斟滿，以免被人發現，對吧？」小彼得抗議，但有氣無力。彼得說：「喔，你說了算。但我知道男孩子都怎麼做的。你現在就去糞肥堆尿尿，然後上床睡覺。我不要你在這裡睡著，你現在大到抱不動了。」

「還有，別吵醒愛麗絲。」瑪麗安追加一句。

雖然小彼得再次抗議，他還是去了，接著很快聽到他躺上麥稈床的沙沙聲。

「為什麼盧瑟福的人沒像以前在六月運鹽來呢？」瑪麗安抓住彼得說話的空檔插進這個問題。

「啊，對。」彼得很高興被提醒了自己故事裡的有趣橋段，「好像是因為常規的馱馬隊伍，我想大約二十匹，來自海上，在越過威爾德往盧瑟福時……」

威爾德，瑪麗安心想，多陌生的詞，聽起來多遙遠。她隱約意識到自己把「威爾德」和「世界」[6]混為一談了。

「他們說路途中某處需要橫越一片淺灘，當然都只是據說，總之結果水比他們想得要深，兩匹馬失足在深水裡跌跤，把後面幾隻也拉下去，牠們身上都馱了裝滿鹽和其他貨品的馱籃，當然所有的鹽都濕了，溶到河裡。最後抵達盧瑟福時，只有約莫五匹馬身上還有可用的乾燥鹽，所以他們自己都不夠用，更別提有多的給我們。他們說，那些商人又帶走馬匹，回到海濱，然後在收成季中間帶了更多鹽回來，只帶鹽。他們要求雙倍份量的羊毛，因為他們跑了兩趟，但盧瑟福人說他們只願意拿羊毛換鹽，而不願支付最終空手而來的運途。不知道雙方最後協調得如何，但我知道威廉爵士讓我們拿這個鹽量的前提，是我們保證秋天歸還兩只馱籃的時候裝入更多羊毛。那些馬跌跤浪費掉那麼多鹽確實很倒楣，但不是我們的錯，我不覺得我們應該接受用更多羊毛換更少的鹽。」

瑪麗安大表贊同，但暗自同情那些陌生人得跑兩趟，還在途中損失那麼多鹽。

「我們上床睡覺吧。」他說，但兩人都不想動。

「假使盧瑟福人自己都沒有鹽了，而你們和休爵士空手而歸，大家該怎麼辦？」瑪麗安問。

「那就是當缸裡的鹽吃完——愛德吾兒說所剩不多——便無法為冬天囤肉。大概會是如此。」

「當然，還有鵝可吃。」瑪麗安說。

「一隻鵝沒多少肉，大概只夠四到五人份。當然還有些肥脂，也有些老綿羊，通常會有。」

「還有小公牛，只要宰一隻，全村一兩天內都有豐盛的餐點，但得趁沒壞盡快吃完。」

「我們可以另外吃鹿，不是只在米迦勒節[7]和聖誕節吃。我知道法律只准我們

6 譯注：英文中威爾德（Weald）與世界（World）拼法和發音相近。

7 譯注：米迦勒節（Michaelmas），為基督教天使長聖米迦勒的慶日。因落於秋收之後的九月二十九日，也是地主或領主向農民徵稅的日子，在中世紀被作為財政年度的終始日。

吃那兩隻，但羅洛或許可以讓約翰神父更改法律。」

「約翰神父制定法律嗎？關於食鹿的法律？」瑪麗安很驚訝，「我以為他只制定教堂的法律。」

「他們制定法律的時候總會有位教士在場。」彼得說，但相當不確定。「畢竟上帝不會希望我們大家都無肉可吃，而所有的鹿都在樹林跑來跑去。」

「不會嗎？約翰神父還是小男孩的時候，祂讓所有的穀類發霉。約翰神父是這麼說的。」

「我真的不知道。」彼得承認。「確實有一條特定的法律，規定我們每年只能從森林獵兩隻鹿。至於是上帝的法律，還是教士的法律，或是休爵士的，我真的不知道。假使獵得到，我會去獵一隻鹿來，如果我真的餓。我也會吃鴿子，只是我會試著守口如瓶。」他聽起來不以為意。瑪麗安好奇森林裡的鹿是不是上帝的，照祂的旨意施予飢餓的人們——但鴿子是野生的，而且是用人們的豌豆餵養的，不屬於任何人……就如同狐狸和烏鴉也是野生的……只不過不好吃。

瑪麗安心想，對這些事我總是前思後想，彼得則不，他只挑最簡單的解答，即便對他永遠也不了解的事，然後便不再為之心煩。

「來吧，上床了。」他振起身，「其他的我明天再告訴你。」

他們一起到糞肥處如廁，再摸黑回家爬到床上。愛麗絲和小彼得都沒醒來，彼得的呼吸幾乎立刻變緩而深沉，瑪麗安知道他也睡著了。她清醒躺著許久，眼睛睜著。透過敞開的上半門，她可以看見灰白的天空在雲層忽厚忽薄地飄過弦月時的變化。彼得突然用力吸了一下鼻子，她發現他醒了。他手摸向她，將她的連衣裙往上拉，她愉悅地迎接他。他們床上的麥稈已是最舊的一批，是去年的麥稈，現在已成毫無彈性死氣沉沉的碎屑，這些積塵麥稈堆下的床板，在瑪麗安承接彼得沉實的重量時，硬梆梆在她背下。但她很高興即便他近日都不在家，遠在盧瑟福那未知的世界，他聞起來依舊如昔。

然後她突然想起忘了告訴彼得，休爵士對羅洛說的關於他的那番話。要等明天早上了，因為彼得已再度入睡。

# 九月

秋影閒散沉思的地方
不同的色調暈染群樹
此景是我此刻假想身處的地方
歌詠我摯愛的事物
然而山谷大風與混亂洪水
低哼陣雨與呻吟樹木
在在嚇得人再度面臨突來的內心衝突

在黑暗中清醒發呆數小時，黎明前瑪麗安終於陷入熟睡，卻做了個混沌的夢，夢到瑪格麗特夫人質問她新木桶的事，湯姆好意插話，但無濟於事地提及所有備好的狹板都是羅洛預定做新梯子的階梯用的。這夢境如此日常，似是而非，但不是真的。她從夢裡醒來（她當時已經在想彼得是否被諮詢過梯子的事），因為愛麗絲爬

上她，輕拍她的臉。愛麗絲現在已經可以自己輕易爬上床。

吵醒母親後，愛麗絲此刻胖嘟嘟地坐直在麥稈堆上觀察四周，「爸爸去洛克威爾了。」彼得已經連三天都在洛克威爾的主屋工作，將新的橫板安上整圈牆面的下半部。去年秋天一顆山毛櫸倒在附近，彼得和他的男孩助手們加上兩個洛克威爾的小夥子，費了九牛二虎之力，把主幹鋸成厚實的長板。這些長板從那時起就被層層疊起，中間以短木塊相隔晾乾。現在是時候裁切並釘到牆上了，彼得在這個工作會用上他珍貴的盧瑟福鐵釘。

雖然已經幾天沒有彼得在身邊，瑪麗安這次對他的不在頗為平靜，因為這與他上個月去陌生的世界盧瑟福不同。她對自己睡過頭感到懊惱，因為今天很多事要忙，於是立刻起身並叫醒小彼得。她之前就做好安排，讓小彼得和尼克和瑪莎的兩個兒子，從現在開始每天帶著一截繩索去樹林，盡可能地撿回鬆落的柴枝，以免之後濕透的大量秋葉蓋住任何落枝，導致它們太濕燒不起來。於是小彼得出發了，帶一大塊麵包在布袋，一截繩索在腰際，去村裡和另外兩位男孩集合。

瑪麗安強硬命令他：「馬上工作，不准嬉鬧，你已經不是小孩子了。如果遇到你們三個合力都拖不動的柴枝，試著立在一棵樹上，記住地點，回來之後通知尼克。」

小彼得說：「知道知道。」等不及要出門和他的玩伴度過沒人監管的一天。

瑪麗安希望彼得不在這段時間，她能盡可能地紡紗。為了某些瑪麗安無法理解的經濟理由，盧瑟福威廉爵士的兩只馱籃必須盡快歸還，裝滿更多羊毛紡紗以支付所謂已經預給的鹽。休爵士參與了議價的過程，他堅定地向瑪麗安及任何願意聽的人說，正是因為他的出言懇求，才說服了盧瑟福人讓他們拿走這麼多鹽。

上面的大廳裡，愛德吾兒心急於率馬載兩馱籃的羊毛紡紗再去一次盧瑟福，湯姆焦慮地試圖阻止或拖延這趟遠行。瑪麗安很清楚怎麼回事。他知道湯姆全部的心思都在兒子身上，他為兒子而活，但他突然意識到愛德吾兒幾乎已經成人，可能希望脫離父親的掌控。前往盧瑟福的興奮冒險之旅誘惑著愛德吾兒，而湯姆感到害怕。但無論如何，馱籃必須歸還，且旅程必須在冬天來臨前完成，不過假如沒有足夠的羊毛紗填滿馱籃，成行也沒有意義。瑪麗安暗自希望，假使大家都知道她提供了大部分的羊毛紗，甚至多過瑪德琳杭特，那麼或許會帶回像是新的牛奶陶碗之類專屬於她的額外好處。所以她紡愈多愈好。

但首先家裡有些庶務得先完成。她拿著小桶子到汲水處，大桶子此時裝滿羊奶正在酸化成起司。她打水回來，倒一些至一只盧瑟福陶罐裡做為今日的飲用水，罐子裡現在沒有鵝肉了，然後斟滿菜園母雞的飲水桶。那是一只相當淺且老舊滲漏的桶子，她將之半埋在土裡，上面斜倚著一塊小木板讓母雞可以走上去喝水。接著，叮嚀愛麗絲要乖之後，瑪麗安帶著現在已空的桶子去擠羊奶。

家裡半大的小山羊經過與羅洛小心交涉已上繳大廳。他說要繼續住她家的農舍，就必須在秋天繳十二隻產蛋中的年輕母雞給大廳作為房租。結果今年夏天大廳孵出的小雞多數是母雞，而不管公雞母雞，瑪麗安都沒有十二隻可繳出或自留，因而以小母羊替代對大廳是相當有利的。連向來希望即便對誰都無益的法律也能被嚴格遵守的羅洛，也明白得到一隻健康的小母羊實在相當划算，他最好接受。而瑪麗安的羊媽媽還在泌乳，如果餵養得宜，整個冬天都能持續泌乳，所以瑪麗安決定要好好寵愛牠。

可是，當她到達一片青草的斜坡頂端，原本拴著母羊的山楂樹樹樁處卻只剩數英尺長的編織皮帶繫在樹幹，尾端磨損，母羊不見蹤影。保護公有地外部農舍群落的籬笆柵門開著，瑪麗安咒罵粗心的小彼得忘了扣上。她走下去將柵門扣牢，慌張四處尋找，還下去汲水處，但遍尋不著。然後她聽到莫莉家的菜園傳來騷動，老艾格妮絲踉蹌地對母羊揮舞手杖和叫罵，牠在吃莫莉的甘藍菜。母羊蹬跳離開，瑪麗安抓住牠脖子上搖晃的皮帶殘段。她向艾格妮絲道歉，艾格妮絲在檢查過甘藍菜後，承認羊沒有造成太大損害，可能剛到不久。不過瑪麗安花了不少時間，連推帶哄，餵一盤麥麩和燕麥，才把母羊誘回山楂樹樹樁，綁回磨損的皮帶上。瑪麗安知道母羊得平靜下來才能擠奶，所以她將桶子留在羊旁邊，先回家了。

愛麗絲平靜坐在屋簷下的乾土上，用小肥掌堆起一些小土堆再一一拍平，自言自語。瑪麗安走進羊棚，沿著層架摸進蛋箱。母雞到這時節差不多停止下蛋了，所以她很高興還能找到三顆。但走出羊棚時她絆到一塊木頭，為了穩住自己掉了兩顆蛋破在門柱上。瑪麗安咒罵自己倒楣，現在只剩一顆蛋了。

她將這顆蛋小心放在家裡的層架上，心想在等母羊平靜的這段期間，不妨去看看有沒有已經熟成的乾豌豆，於是拿起一只寬籃走下菜園。三隻母雞和一隻公雞在乾豆秸旁

四處抓地，瑪麗安專心找豌豆。突然被一聲嘎叫和家禽的騷動聲打斷，一隻母雞飛到遠端的籬笆上。瑪麗安衝向籬笆，看見一隻年輕狐狸咬著家中的另一隻母雞。她撿起一塊石頭，以自認可媲美小彼得的準度擊中狐狸肩膀。狐狸丟下母雞，逃入矮灌木叢。瑪麗安衝出菜園往上跑（瞥了愛麗絲一眼，她還在靜靜玩耍），經過家裡跑到山丘上，通過柵門跑往公有地，但等她到了那裡，受傷的母雞已經死了，只剩凌亂的鮮血和羽毛。只是一隻小母雞，不足為惜。她咒罵狐狸的厚顏無恥，居然光天化日下來，也咒罵自己怎麼沒幫小母雞剪羽，牠們就不會飛過籬笆了——話說她又能拿什麼剪羽呢，現在迪克薛波那一排剪刀已不再掛在隔壁農舍了。將小母雞的屍體留給青蠅和甲蟲後，她去山楂樹處看母羊。牠現在平靜吃著草，所以瑪麗安拿起先前留下的桶子，在草地上坐下開始擠奶，希望這節奏規律的活兒能撫平她的心煩。

留下心滿意足的母羊，瑪麗安帶著一桶羊奶回到家，小心放下。愛麗絲此時卻在下方菜園嚎哭：「媽媽——媽媽——媽媽」。瑪麗安去找她，見到愛麗絲腳踝被許多糾結的線纏住，也纏在薊花殘株上，愛麗絲試圖掙脫已刺傷雙手。瑪麗安蹲下說些安撫的話，試著鬆綁她的腿。

突然一陣可怕的驚覺擊中她——這些打結糾纏的玩意是她的羊毛紡紗！一陣怒

斥愛麗絲後，她從菜園順著糾結的紗線循線回去，中間時而交纏了豌豆枝，時而在草地上捲成線團，直到找到躺在家裡附近地上幾乎空了的紡軸。事情很糟糕，顯然是愛麗絲拿到了瑪麗安的紡錘和整捲羊毛紗，瑪麗安前一晚將它們留在屋簷下的圓木座上，結果愛麗絲玩起紡軸，將之鬆開，亂纏一通，無數小時的心血就這麼泡湯。瑪麗安雙手抱頭坐在圓木座上，苦思這更糟糕的慘劇。在怨恨中她憶起自己前晚確實將東西放在愛麗絲拿不到的地方。如果是幾個月前，愛麗絲應該拿不到，但這孩子今年夏天抽高許多，瑪麗安沒意識到這點。

紡羊毛紗的第一轉，單縷或單股，製作的時候在線筒或纏線框上一定要纏得夠緊夠牢固。假使固定張力不夠，紗線就會以螺旋的形式縮回去而變成雙股。這就是羊毛紗線在愛麗絲興高采烈將線從紡軸上鬆開時發生的事。然後紗線纏住她一隻腳，隨著她小跑下去菜園鬆開愈來愈多，然後糾結的紗線卡在豌豆枝上，愛麗絲又來來回回跑，兩腿間纏得亂七八糟，纏住薊花，纏住更多豌豆枝，直到她發現自己被綁在某些多刺的莖枝上，嚎哭找媽媽幫忙。

瑪麗安坐在圓木座上，手上拿著幾乎已空的紡軸，糾結的亂線從她腳邊一路往下至菜園愛麗絲所之處，她還站在那哭吼。憤怒和絕望下，瑪麗安大步走向她，粗魯地把她抱起來，對她咆哮，拉扯纏在她腳上浪費掉的羊毛紗線。愛麗絲既害怕又困惑地大聲吼叫。她完全不知道自己做錯了什麼，只知道媽媽陷入暴怒。鬆綁愛麗絲受困的雙腿後，瑪麗安試圖看自己能否搶救一點羊毛紗線。有幾段短羊毛紗線只要扭結在一起，就能使之固定且變堅韌，能拿來繫東西，繫衣物，或在冬天把碎布綁在腿上。大半輩子不允許絲毫浪費的訓練，讓她開始盡量撿拾像這樣的短羊毛紗線，從豌豆枝上拉開，從草叢上收集，盡可能從薊花莖上解開。埋首在如此細瑣的工作多少平息了她的憤怒。她留愛麗絲獨自在那嚎哭抱怨。

突然之間，村裡傳來一陣「噹—噹—噹—噹」的鐘響。掛在教堂門口的舊鍋被重敲，透露出讓聽到的人都直覺狀況緊急的訊息。這表示村子裡有危險火警，瑪麗安必須盡快帶著水桶出現在火災現場。所有關於糾結羊毛紗線的思緒立刻被擺到一旁，她沿著農舍跑上山丘，從那她可以看到大草坪大橡樹上方攀升中的煙柱。

她心想，是溪邊農舍群落的其中一間。不是教堂，不是大廳，她看得見橡樹左方，知道它們還安全，雖然黑煙來自磨坊的方向，但不是磨坊，不是她出生的地方。莫莉出現在她菜園柵門口，一手提著水桶，一手試著把散落的頭髮塞進帽子裡，一副幸災樂禍的樣子。

「把妳女兒帶去交給我母親。」她說完開始朝下方的公有地跑去。

「我得先拿水桶。」瑪麗安大喊，然後跑回家。在家門口她頓住了，她只有兩只水桶。大的那只現在在屋內地板上，盛滿濃郁羊奶正在酸化成起司。小的那只她才剛用來擠了羊奶，現在也盛滿濃郁的新鮮羊奶。她沒有任何其他容器能把這兩只倒過去。盧瑟福鴨肉的陶罐現在裝滿水，且容量橫豎不到小水桶的四分之一。她情緒上抗拒暴殄天物，倒掉這些得來不易的食物，只為了協助某個粗心讓房子著火的鄰居。她想起母雞的飲水桶。她一把抓起靠在牆邊的鐵鍬，將母雞的斜板踢到一旁，開始撬起舊桶子。桶子周圍的泥土因雞屎而黏滑發酸，她挖的時候還灑出不少水在自己腳上，但終究是挖出來了，在地面留下一個圓洞，平滑的土壤基部，許多粉紅蠕蟲捲曲其中。她踢翻裡面剩餘的水，然後發現它想當然地沒有把手。她環顧四周，整個過程「噹—噹—噹—噹—噹」的持續鐘響不斷升高她的絕望。她在柴堆裡找到兩支木棍，第一支太短，第二支太粗，無法穿過桶子上緣其中一側的鑿孔。她再度看向四周，在門邊發現一隻掃帚，拿來一試——太好了，穿得進兩側的洞。這樣可行，只要她將綁在尾端的所有樺木小枝折斷。她試了不果，掃帚太牢固了，她知道自己得就這樣帶去，整根連著尾枝。長期浸透的桶子非常重，也寬到提起來相當不順手。瑪麗安心想，無所謂，我盡力了。

她抱起大呼小叫的愛麗絲夾在腋下，匆忙趕往莫莉家。兩位老太太已經出來站在自家菜園的柵門處，理所當然似地接過愛麗絲。愛麗絲的喊叫益發瘋狂。可憐的愛麗絲，先是為了自己渾然不覺的錯事被母親咆哮，然後受罰似地被拋下給兩位老太太，母親匆忙離開未有半句交代，一下撫摸都沒有。但跌撞跑下小徑前往公有地的瑪麗安無心關切這些。

寬桶提起來比瑪麗安想得更狼狽，得一路側舉手臂，以免跑的時候水桶撞擊她的腿。到了木橋上，經過將桶子拖上階梯費的一番力氣，她停下來喘口氣。起火的農舍半掩在大橡樹的枝葉之後，但她看得到是霍奇和賽希莉家，沿著溪岸走到羊圈之前最頂端的一間。

在橋上喘息之際，瑪麗安看到麥特跑過大廳院子，手上抬著一把長梯的一端，兒子羅伯抬著另一端跟在後頭。

他們跑過橡樹下，對瑪麗安大喊：「是霍奇家！馬上過去。」然後繼續跑。

瑪麗安重新提起寬桶繼續跑。霍奇家周圍已經擠滿人。這間農舍靠近溪岸頂端，該段離溪水有七、八英尺的陡坡。岸邊長了一棵高大的赤楊，盤根錯節形成在深塘裡的一小塊平臺。這一段在冬天是中游，此時則是低水位的泥濘滑坡，厚厚長滿雜草和蘆葦，此處有兩個男人，西姆金和佛萊徹家的一位男孩，以跨姿站立，一腳踩著赤楊根系形成的平臺，一腳踩在蘆葦叢裡。空桶一個個被往下傳到岸邊給佛萊徹家的男孩，他將桶子沉入溪裡打水，遞給西姆金，西姆金將桶子提起大力甩往上方岸邊的途中給吉伯。吉伯站在溪岸中點，一隻赤足在身下弓步踩著擺動的雜草叢，一腳伸出去在濕濘的土坡上滑動。他左手抓著從岸邊突出的樹莓根系才能保持這個姿勢。上臂和肩膀使出極大力氣下，他從西姆金那接過一整桶水，往上甩至其他男孩所在的地方，男孩們跪在坡岸頂端，接過水桶，往下傳給六名婦人組成的人力鏈，再由她們傳給在梯子上的愛德吾兒。隨著吉伯手臂每次舉起，樹莓的根系就被從軟泥往外拉開一些。愛德吾兒站的梯子撐靠在屋子最低的橫梁上。一半的茅草屋頂已燒毀，有些地方還在冒濃煙，但瑪麗安抵達的時候，似乎火勢已滅了大半。當愛德吾兒潑完手上桶裡的水而暫停時，另一把長梯抵達屋子的另一側，羅洛在那裡，指揮婦人的水桶接力鏈繞到另一側。瑪麗安當下就只看到和知道這麼多。現場擠滿人，每個人都在大吼大叫，狗吠不停，受驚的孩子成群站著。賽希莉當天整個下午都在大廳的製酪房幫忙，此時歇斯底里尖叫著跑上跑下。

「我想滅得差不多了。」愛德吾兒以他新出現的頗帶權威感的低沉嗓音說。「父親，拿一些耙子來吧。我們得把剩下的茅草屋頂耙下來，在地上踩熄，不然可能會再燒起來。羅伯！」長梯和一名男孩的頭從屋頂另一面出現時他喊：「拿耙子來，把茅草屋頂掀掉！一點點風都可能再燒起來。哦！好多老鼠，一定是在屋頂築巢了。啊，都被狗叼走了。」岸邊傳來驚呼聲，樹莓的根系終於被扯離了，吉伯手在空中揮舞著帶土的根系尾端，人只是從岸上滑下來，不過把西姆金推往水裡了。

「繼續打水進來。」休爵士喊道。沒人看到他何時來的。瑪麗安也沒看到彼得來，然而他在，一手拿著一根從羊圈圍欄拔下的削尖短木樁，一手拿著他的榆木大頭槌。找到立足點之後，他以俐落有力的一擊把木樁猛插到原來樹莓所在的軟泥裡。吉伯還站在溪水邊緣，身子彎得更低，因筋疲力盡而氣喘吁吁。彼得接手他在岸上的位置，握住新木樁，一桶桶滿水的輸水動線又重新啟動。

此時，站在梯子上，搭配使用耙子，三、四個男人正拉下茅草屋頂。有另一處火星重燃，很快被愛德吾兒以敏捷手臂指揮潑水澆熄。蒸氣嘶嘶作響下，茅草屋頂全部被拉掉了，只剩燻黑的橫梁。濃煙和可怕的氣味瀰漫在空氣中，從頭到尾現場都充斥著指揮、警告、建議、咒罵的各種喊叫聲。

「或許還是能保住大部分的橫梁。」

「這一面的有些毀了，可以替換。」

「幸好母牛剛好被牽到公有地了。」

「屋脊看來還夠堅固。」

「難說，很可能都燒穿了。」

「誰去給霍奇帶話？」

「他在洛克威爾，但彼得現在在這。」

「他在洛克威爾上面的森林裡。」彼得出聲道。

「他們派了一名男孩去通知他，去魔鬼玩具附近。」

「希望他能讓那蠢婦閉嘴，別再叫了。」

「她失去所有家當。」

「也沒必要叫成那樣，每個人都會經歷損失。」

「不，愛德，別進去，著火的碎片可能會砸到你——」

「都熄了，父親——哦！又一隻老鼠。」

「別進去。」湯姆聲音煎熬。

但愛德吾兒跨過門踏進屋裡，帶了一條毯子出來。

「床鋪整個燒毀，茅草屋頂燃燒的碎屑一定是掉到床上了，裡面焦成一片，惡臭逼人。」他舉高破洞處處的毯子，每個破洞邊緣都是捲曲的焦黑羊毛紗和大片的焦黃斑塊，殘骸臭不可當。

賽希莉看了更放聲嚎哭：「我的毯子，我的新毯子，我現在能怎麼辦？還有我的三大塊起司，才剛壓好——它們在哪？」

「不行，賽希莉」。休爵士以權威暫時安撫她：「別進去，現在來不及救任何東西了。那條毯子毀了，妳也是看見的，裡面沒有半寸地方沒被燒到。到底怎麼發生的？」

這場大動員停歇下來，男人紛紛從水岸爬上來，喘著氣看著廢墟，女人也解散她們的水桶接力線，所有人看著冒著黑煙和蒸氣的廢墟，都問到底怎麼起火的。

霍奇上氣不接下氣地從洛克威爾跑過曠野下來，衝進人群裡大喊：「我的房子！孩子都安全嗎？噢，我的房子！到底怎麼發生的？賽希莉——怎麼回事？」

「我不知道。」賽希莉號哭道：「我整天都在大廳製酪房裡。」

「沒錯，她在製酪房。」瑪格麗特夫人也突然就冒出來：「你們家的三個男孩一整天在哪呢？」

克制住自己的歇斯底里，賽希莉解釋狀況。她早上被瓊安召集到大廳，她們一整天都在過濾凝乳、壓製起司、保存乳清。她把三個男孩留在家，老大八歲，所以由他負責照顧兩個小的。家裡有一大堆洗淨的羊毛等著他們分類，大部分是山羊毛，全部的長毛都要保持平直……

休爵士發現她離題了，插嘴道：「好的，了解，所以妳把三個男孩留在家裡一整天？」

「但是，爵士，我留了一些麵包給他們，而且他們有很多工作要做，木柴只是稍微點著，只有溫暖的餘燼，家裡沒有什麼危險的東西，我一直都告誡他們不能碰火，也別揚起可能飛進去的麥稈碎屑。假使我生了一兩個女兒，她們就會留心照顧，但男孩子……」她又語無倫次、歇斯底里大聲起來。

休爵士轉向旁人：「把三個男孩帶過來。」霍奇家的男孩，哈利八歲，愛德恩六歲，哈迪四歲，三人從頭到尾都害怕地站在一起，看著他們的家全毀。

休爵士問哈利：「開始是怎麼起火的？」

「我不知道——爵士。」哈利害怕且鬼祟。

「起火的時候你人在屋裡。瓊安說她看到你們尖叫跑出屋子，屋頂有火焰，她才跑來通知我，我讓湯姆去敲鐘。到底怎麼起火的？」

「我不知道，爵士。」哈利雙膝明顯發抖。

「愛德恩，你也在，不是嗎？」

「是，爵士。」愛德恩平日的喊叫聲此時音量大幅降低。「到底怎麼發生的？」

「我不知道。」

「你當時在幹嘛？」

「分類羊毛。」哈利說。

「一整天，三個人？」

「嗯——是的，爵士。」

「你動過火堆嗎？」

「沒有。」

「怎麼發生的？」

「我不知道。」

瑪麗安在旁邊聽到這番審訊，知道休爵士只是在恫嚇早已嚇壞的孩子，他不可能從中得到合理的資訊。正當她這麼想，瑪格麗特夫人往前一推，以一種震驚村民的方式將休爵士撥開。她在草地上坐下，將哈迪拉向她，對他微笑。

「你一整天都在屋內工作，是嗎？」她用一種閒話家常的語調問他。

「赤啊。」

「你和兩個哥哥？」

「赤啊。」

「你們都做了什麼？」

哈迪看向哈利尋求建議，得到一個手勢。「分略羊毛。」他說話時仍看著哈利。

「一整天都在分類羊毛？」

「也吃麵包。」

「一整天分類羊毛很無聊，對吧？」瑪格麗特夫人說。休爵士和全部村民都站近旁聽這番詢問。哈迪無法回答這題，但瑪格麗特夫人繼續說：「弄一些火焰好玩多了吧，是不是？」

哈迪望向兩個哥哥尋求答案，但他們焦慮得臉都刷白了。「你們可以把樹枝插到火堆裡，翻攪一下就能看著火焰出現。」

「赤啊——赤啊——」哈迪高興得跳來跳去。

「有枯葉的樹枝插進去就能弄出好漂亮的火吧。」

哈迪想起了當時的愉悅，大大的微笑在紅潤小臉上展開。「呵呵，赤啊。哈利拿一支有枯葉的樹枝插進火裡，然後就到處都是火——」

哈利撲向前想揍他小弟，但羅洛揪住他的頭髮。

「然後搧風？」瑪格麗特夫人繼續。

「赤啊，然後套處都是火星。」哈迪比手畫腳，因想起當時的歡樂欣喜若狂。

哈利朝他怒吼。

「這樣啊，哈利，你做了這些事？」休爵士說。哈利不吭聲。

「愛德恩，這就是事情的經過嗎？回答我。」

「我不知道。」愛德恩無助地啜泣回答，說著尿從雙腿間流下。

霍奇從旁聽到整場審訊，轉身將怒氣發洩到賽希莉身上，但兩人被湯姆隔開。霍奇頹然坐到梯子的最低階，頭埋在雙掌裡。「我做了什麼，生出這幾個王八羔子。」他哀嘆道。

「開打，羅洛。」休爵士說。西姆金將兩個男孩的束腰罩衫拉高，手臂固定到頭上，羅洛取下自己身上的束腰繩，鞭打兩個較大男孩的光屁股。兩兄弟在恐懼和驚慌中尖叫哭泣。那是好一陣鞭打。

「哈迪也打？」羅洛問休爵士。

「對，哈迪也打，學會教訓不嫌早。」休爵士說。

從鞭打和大聲哀號中被釋放後，哈迪衝向母親尋求庇護。賽希莉坐在草地上對著惡臭燒焦的毯子流淚，草草將他推開。

「你們都先來大廳。」瑪格麗特夫人對她說：「住到我們能把這個地方修復為止。但你們得好好看管這幾個男孩。」

隔天，湯姆在彼得的工作室與他碰面，描述到他在拉出大廳的長凳準備當晚的麥稈時，是如何在其中一張底下發現哈迪，他和瑪格達的狗崔佛蜷縮在一起，仍在發抖啜泣。

✢

瑪麗安和彼得穿過公有地走回家的路上，彼得對那只空桶的重量發起牢騷，也對那枝掃帚手把感到不解。瑪麗安說明經過，這似乎是個好時機提醒彼得她需要再多一個水桶。「我現在連明天早上汲水都沒桶子。」她說。他認同她需要多一個桶子，但說得心不在焉，她看得出來他若有所思。

過了一會兒他說：「瑪夫人以為她在幹嘛，像那樣衝進來，在休爵士和其他兩個男孩談過後問那個最小的？」

「她問得比他好。」

「胡說八道，這不是女人家的事，她們不應該插手。」

「但她問出真相了，他沒有。」

「這樣不對。」

「你所謂的『對』指什麼？我們想知道怎麼起火的，她從哈迪那裡問出真相。休爵士對付兩個大孩子的那套不管用，只會嚇壞他們而已。」

「他是該嚇嚇他們，那幾個孩子是罪犯，妳看到那些損失了。」

「沒錯，他們是，但恫嚇不會讓人說真話，我們要的是真相，而她從哈迪那裡得到了，他還太小，不知道自己的答案會引發什麼後果。」

「這總之不對勁。」彼得重複，他沒真的跟上瑪麗安的思路邏輯。「這應該是休爵士的工作，或羅洛的。」

「羅洛做結果也會一樣，魯莽行事，讓孩子嚇壞，使他們困惑。最後他會離真相愈來愈遠，甚至不自知。」

「妳總是要爭到贏。」彼得愛憐而疲憊地說，又問一句：「家裡有吃的嗎？我一整天只吃了一點點。」

他的話將她的思路帶回自家家務，糟糕地想起那些浪費的羊毛紗線。她告訴彼得下午發生的事，這也提醒了她破掉的雞蛋和小母雞被狐狸咬死的事。

「好吧，沒了就沒了。」他平靜地說。

當他們走到莫莉家時，老艾格妮絲抱著愛麗絲站在菜園柵門處。

艾格妮絲說：「我們看到你們從公有地走過來，是不是呢，愛麗絲？」

愛麗絲紅著眼睛，還在喘氣顫抖。「媽媽——媽媽。」她哭著向瑪麗安伸出手臂，瑪麗安接過她。

「她從頭到尾都在吼叫哭泣，可憐的小東西。」艾格妮絲平靜地說。「不知道她怎麼回事，餵什麼都不肯吃，連沾蜂蜜的麵包都不吃。火滅了嗎？是霍奇家對吧？」

瑪麗安簡單解釋愛麗絲拆開羊毛紗線的惡行，以及自己對她發怒的事。艾格妮絲略過浪費羊毛紗線的事，只是輕撫愛麗絲的頭說：「沒事，沒事，妳現在會當乖孩子了，媽媽回家了。」

回到家中，愛麗絲坐在瑪麗安腿上，吃了麵包蘸小木桶裡的新鮮羊奶，幾乎在最後一口吞下的同時，就在瑪麗安膝上沉沉睡去。

彼得總結道：「可憐的小東西，她可能以為妳把她送人，獨自離開不再回來了。把她放進搖籃裡，我們自己也吃點東西吧。」

瑪麗安跪下去將愛麗絲放進搖籃裡，蓋好被子，然後留下看著她小小的睡容。多安靜，這屋裡此刻是多麼日常的寧靜祥和。虎斑毛色的小虎蜷曲成一團躺在層架上的水罐旁，瑪麗安左手邊是圓木座的尾端，鋸面上有個星形的裂口，她面前是搖籃的頂蓋，曾有過如此多雙油膩的手將它摸得光滑黝黑，因歷任主人總在放下嬰孩後扶著這裡站起。搖籃另一端的搖桿也因腳踩久磨而光滑，搖過現在這個叫愛麗絲的嬰孩，搖過在她之前的嬰孩，很可能母親的腳也踩著它輕搖過瑪麗安，或許還有祖母的腳。像這樣一件傳家的家具，如此為代代相傳而製的必需品，其源頭早已不可考。瑪麗安好奇是誰在何時做了這組搖籃。任何物件存在久於村裡最老的尚存記憶，都能輕易為自己博得不朽之名。下一次再去磨坊，她要問問老頭這是什麼時候做的，但很可能連他也不知道或不記得了。

當她的視線在昏暗的屋內遊走時，喚起了賽希莉家內部情景帶給她的震撼。隨著茅草屋頂被燒毀和掀掉，屋子內部的景象便在不尋常的光照下，展示出令人不習慣的清楚度，床上麥稈堆半燒毀，兩大條燒得焦黑的培根黏在地上（將它們懸吊在橫梁上的皮帶已燒毀），旁邊是一只瓦盆的碎片，很可能原先盛滿牛奶，被掉落的培根砸破。不知從哪溢出來的，流過床沿的是一大灘白色起司，被高溫融化，一面整個被火焰燒焦，上頭滿布灰燼和燒焦麥稈——一片散發著惡臭的損失。但瑪麗安印象最深的是氣味，來自燒焦培根、燒焦起司、燒焦茅草、燒焦濕羊毛的可怕臭味。

瑪麗安感受到一股突來的對際遇的感激之情，在別人屋子毀壞之際，她得以保住自己的。她打算告訴彼得，以表達這份感恩之心。她扶著搖籃頂罩站起來時說：「可憐的賽希莉，她一定大受打擊，所有努力付諸流水。」然後她開始自顧自地忙於張羅晚餐。當中她看到那捲幾乎空了的紡軸，想起愛麗絲和她糾結的羊毛紗線，對自己重複道：「所有努力付諸流水。」

他們吃完晚餐時，聽到東西在地上拖行的聲響，然後看見小彼得出現在屋子轉角。他離家時帶的繩索現在綁在一大捆枯枝上，他一路拖回這捆幾乎如小樹般的東西。

「快看看這些。」他驕傲地把整捆拉起到父母面前。「我們撿了好多。我們找到一棵有很多枯枝的橡樹，有些斷了掉到地上，有些在頂端我們搆不到，但還有很多在中段，我放一些石頭在我的麵包袋裡，當然是在我們已經吃完之後，然後把它綁在繩索的一端，丟過枯枝，讓它從對側落下來，我們將兩端都往下拉，在上面盪，然後枯枝就斷了，基特摔下來背著地……」笑聲在此處打斷了得意洋洋的故事。「然後我們又找到一棵有枯枝的樹，故技重施——後來還有一棵紫杉，但我們折不斷上面任何樹枝，三人合力也不行。我可以吃東西嗎？」

「你有記得妥善分配這些木柴嗎？」彼得拿一些麵包給他。

「有的，我們走下公有地之後，將所有樹枝攤開，然後每個人輪流拿走自己覺得最好，像你之前教過我的。」小彼得大口嚼食，對自己的功績和長處露出滿意的笑容。

「但這樣是分成三份，你們是為兩家人撿柴，我們家和尼克家，不是為了你自己。」彼得說。

小彼得笑容一下沒了，呆若木雞。

「但是父親，你說過做人分什麼東西都要公平，我們平分了。我們公正地輪流拿走剩餘裡最好的柴枝，直到只剩一些細枝我們就懶得理了。」

「我說的是當按照人頭分的時候。但你們應該要按爐火數分，一個是這個屋裡我們家的爐火，一個是尼克和瑪莎家的。你沒聽懂嗎？」

小彼得整個洩了氣，他從沒想過父親說的這種算法。

彼得繼續強調他的重點：「這表示尼克家會比我們家多拿到兩倍的柴，照理應該對分的。明天你回來的時候，要確保自己做到對分。」

小彼得焦慮地同意了，但他已經知道自己將無法向史提夫和基特解釋這個戰利品的新分法，尤其新分法對他們不利。瑪麗安則心想，如果彼得換個出身，他會成為多嚴厲的管家，與羅洛不相上下，也和他一樣記得所有芝麻蒜皮的事。

瑪麗安說：「好啦，現在說這也無濟於事了。把柴靠邊放，繩索解開。你們明天得要再出門撿更多，把握沒有雨的日子。」但她明白要向另外兩個男孩解釋新分法將會非常困難，假使小彼得來問她，她會不知該說什麼——當然，他只會等彼得不在屋裡才問。

噢，老天，她想，這真是自找麻煩。不過明天的煩惱留給明天。

她很疲累，但彼得的一天還沒結束。

「我明天黎明就得到上去洛克威爾，幫我準備些食物到袋子裡。那場愚蠢的火災害得我們的工作中斷，這下子還剩另外一堵半的牆要釘。」所以瑪麗安倒往床上以前，得先找到足夠的麵包和一點起司裝進彼得的皮革袋裡。

米迦勒節就快到了，她心想，以此自我安慰，大廳準備的美味烤全鹿，每個人要吃多少熱騰騰的肉都可以。啊，那值得期待。

# 十月

飛快的雲以敏捷腳步加速
彷彿活物賽跑
狂風於每場將臨暴風雨上醞釀
如神靈驚恐而醒
吹動枯萎牧地上的落葉
凋零秋樹下的棄物
於雨水滴答落下時稍歇
之後重拾氣力再度使之翻飛

最近天雨，已經連下三天三夜，無風而持續不斷的雨，時大時小，從灰黑成一片的天空落下。全家的衣服都濕了，靴子倒插在靴架上，久濕不乾。床上的毯子因受潮又重又硬。大門屋頂上方的兩根屋椽，原已相當彎，被覆蓋的濕透茅草屋頂的

重量壓得更彎，會濕透是因為屋頂凹陷處的積雨當時還沒排掉。夏天時彼得放上更多茅草想補平凹陷，但沒什麼用，和以前一樣濕，現在還多了額外的茅草重量。屋內地上有一個水窪，不分日夜瑪麗安都聽到規律的漏水聲「滴答滴滴答——滴答滴滴答」。

持續降雨開始之前，曾有幾陣大風。狂風橫掃山谷，猛烈施展西風之狂暴。瑪麗安在下公有地的農舍群落都感覺得到。她曾整晚聽著風聲呼嘯於梣樹稀疏的葉子間，使得樹幹上的常春藤簌簌作響。麗莎和馬丁的農舍比起她家可能受害更深，但無數小時聽著屋牆在狂風猛攻下發出喀啦聲和吱嘎聲後，隔天早上瑪麗安發現，先前辛苦塞進牆面板條隙縫使其盡可能防風的乾苔蘚已被吹進屋內，一簇簇黑乎乎地散落在毯子上。

除了這場潮濕苦難，瑪麗安甚至已感冒多日，最嚴重的時候已經過去，但她知道她還是得提振自己才能度過即將來到的日子。躺在床上，被角落持續滴水搞得心煩，她轉轉頭好舒緩疼痛的頸部，將沉甸甸的棉被拉上來蓋過頭。即使在黑暗中她仍眼睛刺痛，一邊的鼻孔感覺像火燒，卻流下冰冷的液體一路流過下巴至枕著的手。她的嘴唇乾裂僵硬，口中唾液卻傾洩而出，每口吞嚥都讓她意識到那刺痛的腫塊，像一顆小刺果哽在喉頭。她難受不已地躺著。

她知道她該從床下拿出去年穿的那件彼得嗤之以鼻的寬鬆羊毛直筒連衣裙。它之所以出現，是有次洛克威爾的一名女孩來大廳織布房幫忙瓊安，教她們在洛克威爾她們是怎麼用鬆紡的羊毛做衣服的，只要扭結到足以承受織布機的力道，將經軸間隔留得比平常寬，然後來回推動梭子，但不將緯軸壓實，以此做出純毛結構。然後她們再以起絨器刷過雙面，讓它變成柔軟蓬鬆又輕盈的一大片，糾結的絨毛會將螺紋固定住。瑪麗安和瓊安做了嘗試，瑪麗安用這樣產生的織布做了一件圓筒連身衣，長度只及膝蓋，無袖，但她對其暖和程度驚訝不已，等她習慣搔癢感，穿起來是如此舒服。她穿給彼得看，將自己的外衣脫掉，展示這件新衣的質感。

「但這裡面沒有毛線，幾乎沒有。」他用手指摸一摸：「上面都是洞，這不夠保暖。」

「但真的很暖。」

「不暖。妳看，毛線才保暖，不是嗎？所以毛線愈多愈暖，女人。」他通常在覺得她笨的時候叫她「女人」。「但穿鬆的這一件，我真的覺得比較暖，暖很多。」瑪麗安辯駁。

「彼得，你應該要穿穿看，你會感覺出差別的。」

「我當然不穿。」他這麼回，但當晚他拉過她摟著的時候，不得不同意她暖得不尋常。但他對自己說，女人的身體無疑和她們的心智一樣不合理——這很自然，畢竟這種不合理性就是會從心智氾濫到身體。彼得繼續穿他自己的密織厚羊毛連身衣，潮濕笨重，繼續發抖。

但是現在，在這個潮濕的十月夜晚，瑪麗安發抖擤鼻直到最後終於打起盹，儘管仍在啪答啪答地漏水。隨後一陣啃咬聲吵醒她。瑪麗安處於和大小老鼠的戰役之中。牠們想要他們一家人的食物，這是一場他們全家對決有害動物的生存之戰，一場長期抗戰。她伸出一隻手到地面，摸找到一顆石頭，砸向聲音的來源。其他人被驚擾到但繼續睡。然後她聽到輕柔的一聲撲通，小虎從層架牠睡覺的地方跳下來，輕發出一聲興致高昂的喵叫，她能聽見牠四處走動的聲音。很快她就聽見牠勝利的喵聲，想向她獻寶。她猜牠嘴裡還咬著活鼠，牠如何在嘴巴塞著東西時那樣叫，她向來搞不清楚。牠似乎又放老鼠走了，老鼠跑進到床下，牠可以在糾結的麥稈堆中躲著等到天亮，然後悄悄從牆壁板條的某個裂縫溜走。瑪麗安再次把手伸出去，輕聲說：「小虎好乖，聰明的貓。」牠走過來，拱起背撫過她的手。她將牠推開，總擔心牠會掉進搖籃睡在溫暖的愛麗絲身上害她窒息。她永遠不會忘記她的一個孩子就是這樣夭折的。

「去，吃掉牠。」她噓聲說，幾分鐘後她聽到牠靈活的下顎咬碎東西的聲音，接著撲通一聲，牠就回到層架上牠的麥稈墊上。瑪麗安再度睡去。

她拖著身子起床時，晨色灰暗。打開上半門，她往下望向菜園。雨停了。屋外地面鋪了厚厚一層梣樹落葉，雖然當她往上看向其枝幹，它們茂密得像還是夏天。她將手臂穿進羊皮夾克，但夾克又濕又冰。她心想，我得趕快把火生起來，她叫醒不情不願的小彼得，差他帶著盧瑟福小陶罐去莫莉家要一塊燒炙的木炭。

彼得出門了，一邊抱怨靴子濕，但瑪麗安知道他今天是去磨坊幫賽門做些修繕工作，她確定貝西會一直升著火，他一到那裡就會有一壺加了歐洲甜「沒藥」枝的溫麥酒等著他。小彼得帶回一些燒炙的柴倒進爐底石裡。

前一晚，彼得花了不少時間細心指導兒子汲水區那兩棵柳樹的修剪工作。

「我已經叫杭特家的一個男孩過來幫忙，他會帶自己的刀子。現在我要借你這把小刀，綁在長皮繩上，你一定要隨時掛在脖子上，聽懂嗎？這把刀從我還是小男孩的時候就跟著我。這是木瘤的握把，石楠的根，平滑得像蘋果，剛好合我的掌型。我已經把刀刃磨利，不過你還是帶著這顆小磨石在口袋以備不時之需。讓杭特家的男孩把你撐抬上樹，他夠高能自己上去。然後把所有的新枝都剪下來，齊根剪下。不要留一小截凸在那，害每顆樹看起來都像蜷縮的刺蝟。如果留一小截，明年你上去修剪時，踩到痛死你。總之，你見過年復一年的前人怎麼修剪了。記住，保持皮繩掛在脖子上。兩棵樹都修完之後，把剪下的柳枝排開，整齊地裁掉末端，分成長、中、短三堆。這樣說都清楚嗎？」小彼得回答都清楚了。

瑪麗安很懷疑，以小彼得扭曲的腳和損傷的手如何能勝任。她有時覺得，彼得太熱切想把工作做到位，因而忽視或忘了兒子的殘疾。她心想，小彼得現在已經超過八歲，我們真的得找出他做得來的事，然後訓練他做適合的工作。有太多他永遠都做不來的事了。

然而，這天沒下雨，感謝老天。小彼得將小雕刻刀掛在脖子上，塞一塊小的舊磨石到束腰罩衫口袋裡，就跑出門去溪邊和杭特家的男孩集合。

丈夫和兒子都出門後，瑪麗安開始在腦子裡過一遍今天的庶務。她生了火，然後在老圓木座上坐下，感到筋疲力盡。她的喉嚨很痛，鼻塞且頭疼。秋天向來是農務吃重的時節。即便過了人人都得下田幫忙的主要收割季，仍要堆放搬運那些穀束、割穗、脫粒，在教堂後方的穀倉內進行風選，再來是似無止盡的篩分、揀殼、掃起落穀留給母雞或豬隻。

再來還有瑪麗安自家的菜園：挖韭蔥和洋蔥，採收熟成的豆子和豌豆，剝豆莢後儲存在麻袋裡，再將麻袋吊在屋椽上防鼠，蘋果在樹上熟成時用圍欄保護——無止盡累死人的體力活。在這所有工作之外，她還得每天張羅食物餵飽家人，再疲勞都得做下去，向來如此。而另一種懶散生活的後果一直在她眼前，上演於帕羅萊特家：愚蠢憂鬱的小莎拉，整天只是把腳放在爐火灰燼旁坐著，時而啜泣，永遠懶散無精打采，身邊圍繞著整群懶散無精打采且飢腸轆轆的孩子。

聽到火堆發出鼓舞人心的細碎聲響，瑪麗安知道她得振作起來，將盧瑟福出借的一只馱籃送回大廳，那只馱籃的襯裡破了，瑪麗安用一些皮繩修理好了。她還必須揀選最後一批豌豆的豆秸，現在成堆放在屋簷下的圓木座位底下，如果還很乾，就把所有豆莢留下，豆秸拿去莫莉家給菜園尾端他們合養的豬吃，大家正在為冬天的宰殺替牠增肥。

愛麗絲坐在地上，肥嫩的雙腿伸展在爐底石附近，不尋常地安靜不動，靜到瑪麗安懷疑她是不是也感冒了。瑪麗安在揀豌豆挑出一整腿硬豆莢的同時，得不停轉頭，聳起一邊肩膀，將鼻涕擦在硬皮夾克的肩部上。整個過程都很難受，因為她的鼻孔和上唇都泛紅粗糙。她試著抽鼻子，但沒什麼用。喉頭的那顆刺果感覺變大了，令她更常想吞口水，也更感刺痛。

她將所有的老豆秸塞進新修補好的馱籃，將不情願的愛麗絲拽離火爐邊，帶她去麗莎家托給表姊照看，瑪麗安自己則往莫莉家走。途中她見到一個帕羅萊特家的可憐孩子，衣衫不整，蓬頭垢面，底下一雙竹竿似的腿，正打算吃一根高麗菜的菜莖。這幅景象再度折磨瑪麗安的良知。她知道自己永遠都該為這些悲慘沒人理的孩子多做點什麼，但不是現在。她告訴自己，麗莎和馬丁，莫莉和她家兩個老太太等等我們其餘的人，都會把高麗菜莖留下來餵豬，所以豬宰殺之後也會平分。但帕羅萊特一家人，我不認為他們曾餵過這隻豬任何東西，但還是期望屠宰後能分到他們的四分之一。

莫莉家沒人在，所以瑪麗安走下菜園，走在長草間把裙子弄得甚至更濕，接著將豆秸拋過豬舍圍牆。豬走出棲棚查看，牠被養得肥滋滋的。

公有地小徑上的濕濘土表非常冰冷，水窪處處，瑪麗安走到大廳時一雙赤足已經凍到粉紅帶紫。她很高興見到大廳底端的麵包窯是燒旺的，米莉在烘焙房揉麵。瑪麗安放下馱籃加入她，在一張長凳上坐下，腳踩在麵包窯的溫暖基石上。

「我們這裡倒大楣了。」米莉嗤之以鼻說，但又帶點幸災樂禍。「瑪夫人尖叫怪罪我們大家。」

「發生什麼事？」瑪麗安把腳換到一個較暖的位置。

「一邊的培根從橫梁上掉下來。」

「掉進火裡嗎？」

「不是，沒有人聽到或看到它掉下來。一定是掉到某處的麥稈堆上，然後狗叼走了。」瑪夫人在肉旁邊發現她自己的母狗及牠的狗崽，已經面目全非，所剩無幾。狗兒吃過之後也病了，但她在那之前就把牠們趕出家門了，

瑪麗安感嘆暴殄天物，問究竟是怎麼發生的。

「不曉得。一小截繩索還綁在前腿，也可能是火星飄到繩子上，結果慢慢燒穿了。用皮繩也一樣會燒穿。愛德吾兒被差去果園拿長梯，上去確認另外半邊的培根綁得夠緊。」

「鐵鍊是唯一夠可靠的。」瑪麗安說。

「鐵鍊？我們怎麼可能有足夠的鐵鍊吊所有的培根？實在是糟蹋，所有醃製花的功夫都白費了，還有用掉的鹽，那是最大的半邊培根。不過，沒了就沒了，沒必要怪我和瓊安害它掉下來，尖叫成那樣，是她自己養的惡犬把肉吃了……」

米莉的抱怨聲在瑪夫人和湯姆從大廳出來走向她們時逐漸消散。瑪麗安注意到瑪夫人身前披著的長袍仍是灰色的舊衣，她還沒把盧瑟福送的深紅布料用上。她心想，可憐的女人，思及先前那麼多個夭折嬰兒。瑪麗安依村內禮節恭敬向瑪格麗特夫人請安過後，才轉向湯姆，指著修補好的馱籃。

「現在沒有什麼能阻止你家愛德送兩只馱籃回盧瑟福了，我有一些羊毛紗線可以帶去，但不多，太忙了。」她說。

「還是最好等到我們集到夠多羊毛紗線。」湯姆望向瑪格麗特夫人說，求取認同，但瑪麗安知道他只是不顧一切想延後愛德吾兒遠行。瑪格麗特夫人沒幫上忙。

「不，湯姆，愈早去愈好，要在冬天來臨之前。他可以帶現有的羊毛紗線出發。他們已經拿到比他們給的鹽更多的羊毛紗線了，不管我們再送去多少，今年也不會再拿到更多鹽。愛德可以把羊毛紗線裝進這些馱籃，牽著橡之心一路到那裡，隔天再騎牠回來。我會問休爵士他最快什麼時候能把馬匹空出來。」夫人回到屋內，湯姆現在得面對愛德吾兒的再次離家，且比上次更糟，這次兒子得獨自上路。

湯姆不明白為什麼愛德吾兒如此渴望再踏上這趟遠行。湯姆自己向來很滿足待在村子裡。愛德沒告訴父親，他八月在盧瑟福時曾見到鄰近一位磨坊主的女兒安妮，聊了幾句。安妮有籬薔薇般的面容，一雙愛德不知如何形容的美目，現在對愛德而言，所有其他眼睛都無神如死灰。

米莉將瑪麗安從溫暖的座位推開，好拿取蓋著舊布在寬桶裡發酵的麵團。

「妳的聲音聽起來很可笑，感冒了？」米莉問。

「是啊，好幾天了。」

「你應該去向瑪夫人要一點紫草和甘菊。她有各種這類的東西掛起來晾乾在大廳後方。希爾達幫著她一起弄的，說是希爾達對這類植物懂很多。希爾達現在在下面院子裡，我想是和瓊安在紡織間。」瑪麗安並不想走下泥濘不堪的院子，她可以看到牲口飲水槽附近有很多大水窪，被牛馬的蹄子踩來踩去。再則她也不想再面對希爾達的愁雲慘霧，自己已經夠多事要應付了，她心想。

瑪格麗特夫人再次從大廳出來，帶了一疊摺好的麻布袋，身後跟著橙金髮色的瑪麗和梅格，相較於她們還當鄰居時她所見到的蹦跳嘻笑的本性，兩姊妹現在顯得壓抑許多。一群小孩被集合在大廳外，其中一個牽一頭拖著雪橇的驢子。瑪格麗特夫人指揮他們。

「現在，安迪佛萊徹由你負責帶隊。這裡有十個麻布袋，我希望能讓它們裝滿山毛櫸堅果，只有山毛櫸堅果，不准有袋子裝滿老蘚苔和落葉，只放一把山毛櫸堅果在最上頭——你聽到了嗎，哈利？對，我就是在說你。你們是出去工作，不是去玩。穿過果園，然後往上進入那裡的森林，那一帶多半是山毛櫸。帶著洛皮一起去，但看好他——好，也帶上哈迪，但別讓他惡作劇——不行，其他小小孩不能跟，他們只會礙事。這是幹活，不是托兒時間——如果下大雨，你們可以找棵紫杉躲雨——伊茲佛萊徹，妳有好好保管麵包袋嗎？好了，麻袋都裝滿前不准回來。這些只是小麻袋，裝滿也能提得很輕鬆。好了，這就去吧。」

一群孩子出發離開，跟著一手牽著驢子韁繩的安迪，雪橇顛簸在粗糙的地面。

這群安靜壓抑的孩子穿著濕重的束腰罩衫，從他們濕重的帽兜裡往外看，沾滿泥濘的裸腿拖著腳步走過被雨水溼透的野草，不時伸出凍紅的髒手穩住搖晃雪橇上的整疊麻布袋。這情景在瑪麗安眼裡不可憐，再尋常不過，每年秋天孩子都得去撿橡實或山毛櫸堅果回來餵豬。這是不需要技能的工作，否則還有什麼工作適合孩子？

瑪格麗特夫人正要進屋時，瑪麗安為感冒向她尋求治療。她被帶進屋一路到起居平臺，兩張皮革簾大床之間，後方牆面整齊掛滿一排排乾草藥。

「這都是希爾達弄的，她懂很多。她把草藥束照順序排列，這樣她和我就知道什麼放在哪——哦，不，這束看起來發霉了。這面潮濕的石牆會壞事，我得讓希爾達看看這個——但是在這，這是紫草，拿些葉子回去，放進熱水悶煮。你們下公有地都生火了嗎？——很好，這能喝多熱就喝多熱，如果妳有蜂蜜就加一點。」瑪麗安謝過她，將紫草葉放進口袋。她再次瞥向晾乾草藥的牆面，比起瑪格麗特夫人獨自負責的時候種類來得更多，排列也得更精確。或許希爾達住在大廳對全村都有利。

「還有，麻煩夫人，我需要再多拿些羊毛回去紡，我家小女兒解開浪費掉一些我紡好的。」

瑪格麗特夫人皺眉嘖了一聲，但走向一只靠牆的大箱子，瑪麗安得幫忙一起抬起厚重的蓋子，裡面是成堆從許多羊積存下來的柔軟羊毛內裡。

瑪格麗特夫人說：「這些都洗好分類過了，拿一把好的回去。這些是短的毛束，適合鬆紡作為緯線。我讓幾個老太太負責用作經線的長毛束，這些老太太總是能紡得又緊又韌。這麼冷的天妳應該要穿靴子的，不過濕靴子也沒多舒服就是，穿了腳也不暖。這種天氣任何東西要保持乾燥都很難，回到家喝點紫草試試吧。」

一把九英尺的長梯橫著來到門邊，接著出現的是愛德吾兒，扛著梯子，後面跟著另一半九英尺平衡著。

「啊，愛德吾兒，梯子架在那邊，靠著橫梁，對，就是那。現在，爬上去檢查每一邊培根的綁繩。我不希望再有意外。下一次屠宰過後還會有更多要掛上那裡。」瑪格麗特夫人的心思已經轉向下一個工作，幾乎沒注意到夾著大把羊毛在手臂下離去的瑪麗安。

回家途中，她沿著公有地的小徑走時，往下看向溪邊小彼得和保羅杭特修剪柳樹的地方。那裡的兩棵柳樹都橫長過水面——粗厚的老樹幹，膨大的頂部長滿新生柳枝，數十年來每年秋天就會被剪下來編織柳籃。她可以看見瘦長的十二歲保羅伏在一棵柳樹上，修剪到一半；小彼得在另一棵較小但仍新枝雜生的柳樹上蹲伏修剪。他們修剪的時候，她看得見許多柳枝掉落到水裡，經過連日下雨，水流比先前快很多。

✝

她心想，等從水裡把柳枝撈上來，這孩子大概會濕透回家。小彼得不真能勝任這樣的工作，敏捷的保羅同樣時間剪得比他多很多。

兩個男孩忘情工作，沒有看到她。她經過他們，走上斜坡，越過柵門。快到家時，她很高興看到一縷細煙從帕羅萊特家屋頂的洞口升起。假使生了火，就暖和得多，若小莎拉還有點概念，就會做某程度的烘焙而有麵包，或有一鍋煨豆子之類的燉湯，但瑪麗安覺得不大可能。這一家低能遲鈍的鄰居多麼令瑪麗安憂煩啊，但在內心深處她深知小莎拉老早就放棄嘗試——她心想，然而為了我的健康著想，我要就此轉身。

到了她仍認為是薛波家的農舍，她轉進去從半開的門往裡看。屋內爐火輕煙裊裊，麗莎屈膝在一旁用圓形的手推磨碾磨大麥，愛麗絲坐在她膝上玩幾顆冷杉球果。屋內地板即使在這種天氣下仍極為乾爽，地面掃得很乾淨，用的是麥稈加一些小枝和羽毛綁成的掃帚，在收納鍋子和小桶的層架下方靠牆擺放。一切井井有條，一如磨坊的主屋，麗莎無疑得到她母親的真傳，瑪麗安為這個姪女感到驕傲。

「愛麗絲今天乖得不得了，但她似乎一直抽鼻子，還流鼻涕。」麗莎說著放下手上正在推的上磨石推桿，抱起愛麗絲。

「我希望妳不要也感冒了，親愛的。」瑪麗安說，從麗莎懷裡接過反應冷淡的愛麗絲：「跟我來，我們要回家看看我們的爐火囉。」

「姑姑，妳的聲音很啞，妳想喝點蜂蜜嗎？母親給我一小罐上星期她剛收的新蜜。」

「瑪夫人給了我一些紫草治感冒。」瑪麗安說，很高興能在這個溫暖的屋裡多待一會兒。「我這裡有些溫水，把紫草葉給我，我會加點蜂蜜，妳可以現在就在這喝下。」

有人寵愛實在奢侈。瑪麗安將愛麗絲放下，在麗莎自顧去忙的時候找張小凳坐下。麗

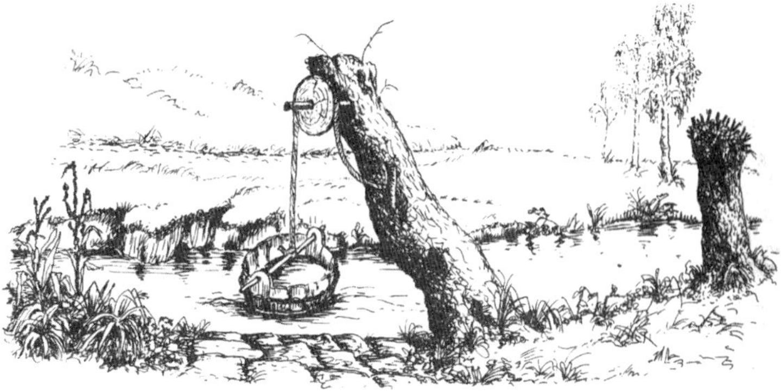

莎給了瑪麗安一壺甜香的熱飲，熱飲這東西多麼撫慰人心，她心懷感恩地喝下每一口。她謝過麗莎，問候一下馬丁的近況，然後再次抱起愛麗絲回家。

今早她放進火爐裡的三根青柴現在都已點燃。她追加了一點中空的峨參莖到鼓風器的吹頸裡，輕柔地鼓動風箱，吹了一點微風進去。她提起她的三足鐵鍋，裡面已經裝滿浸泡過的豆子，將鍋子放到火爐上。她從堆在門外新挖出的韭蔥堆裡拿了一些，草草切掉根部和頂端帶土的部分，一併丟進鍋裡。就這樣，等其他人到家這就有足夠的食物了。

瑪麗安往爐火邊的老圓木座一沉，感覺頭又熱又重，鼻孔和上唇非常疼痛。從熱飲得到的慰藉已然耗盡，但她告訴自己，草藥一定很快就能讓她好轉。她休息不多時，小彼得的頭就從上半門出現，用他那隻扭曲且泥濘的手伸過上方將門鈎拉開，他濕淋淋發抖著進屋。她馬上看出事態有異，問他發生什麼事了。

「我弄掉了父親的小刀。」他幾乎哭著說。

「噢，小彼得，掉在哪？」

「我在樹上的時候，小刀掉下去了。」

「但小刀不是掛在你脖子上嗎？」

小彼得看起來內疚、膽怯、絕望一次寫在臉上。

「除非皮繩斷了，否則不可能掉下去。再不，就是你把它拿下來了。」瑪麗安加強指控的語氣。「哪一個？」

「我把它拿下來了。」小彼得哀訴道：「那條皮繩太短了，會搆不到。然後它和一些柳枝打結，所以我把它解下來，皮繩就從小刀把手滑出，整條滑出孔洞，小刀就掉下去了。」

「掉到水裡還是岸邊？」

「掉到水裡，我聽到撲通一聲。」

「噢，糟了，你父親會怎麼說？」

「我不知道。我和保羅在水底下的泥巴到處摸了好久，但都找不到。保羅有一把尖刀，不用的時候他會插進樹皮裡。我們到處找過了，真的，媽，我們找了，但真的冷到不行。當時他已經剪完他的樹，我也幾乎快剪完我的，所以他爬到我這棵幫我剪完。然後像父親教的，我們把所有柳枝攤開在岸邊，分成三堆，然後我們再找一次。我以為水應該已經清了，我們就看得到刀子，但溪水幾乎不動，我們看不到，泥巴又非常軟非常深，一直到我這裡。保羅試著到處走動用赤腳尋找小刀，但還是找不到——」小彼得爆哭出來。

「好吧，為打翻的牛奶哭泣也無濟於事。」這諺語對瑪麗安是家常便飯，好動的母牛有時會把桶子踢翻。「我不知道你父親會說什麼？」但她其實很清楚彼得會說什麼，而當他不久回到家，聽說小刀的命運之後，他說的和瑪麗安預期的一點不差。

「愚蠢、粗心、不聽話的孩子。我千叮萬囑要你把它掛在脖子上——胡說八道，皮繩絕對夠長，你橫豎都得爬到樹頂。你最好修剪得都夠貼樹皮。你為什麼不照我的交代做呢？我從還是個小夥子就帶著那把刀，從沒弄丟過。它平滑圓潤的肥厚把手正合我的掌形——我保有它這麼多年，你卻拿不到半天就弄丟了。該怎麼說會非常中聽呢，說你會去再找一次，且你知道掉在哪，溪泥又深又軟，希望保羅到處踩踩，一下就把它攪動上來。我的刀現在可能在任何地方——才不，你這個沒出息、粗心、浪費的孩子——」

彼得站在坐在老圓木座的瑪麗安對面，她感覺到他的身體緊繃起來要揍這孩子了。此時只有黃昏夕陽的微光從上半門照進來，她立刻站起來用環抱住彼得，將他的雙臂壓下來。他只輕微掙扎一下。她知道，事實上每個人都知道，人人從小謹記在心，在狹窄茅草屋裡打架有多危險；一個不對的風向多容易就擊中裝了豆子晾掛的麻布袋，弄斷繩子使豆子全撒到麥稈堆上；一個反抗掙扎的孩子多容易就踢到一根柴，使得火星亂飛墜落到易燃的床鋪上；一壺珍貴的牛奶多容易就被踢翻，孩子的食物灑在地面碎石上就這麼糟踏了。

「屋內不准動手。」她盡她的啞嗓所能堅定地說，「尤其不能在黑暗中打。」她說這話的時候能感覺到彼得的身體鬆下來，但他繼續怒斥。

「草率、不聽話、愚蠢的孩子。小刀現在尋回無望了。假使全村的男孩子都長成你這般粗心愚蠢，村子會變成什麼樣子，就這麼丟掉父親製作且保管多年的東西……」如此憤怒的說教滔滔不絕，小彼得屈膝在火爐旁的地上坐下，扭曲的腳蜷在另一隻正常但髒汙的小腿上，一直哭哭啼啼，用髒兮兮的手抹眼淚。

瑪麗安認同彼得說的一切。他表達的是一件幾乎基本到無須言說的事。她根深柢固認為，無論個人發生什麼事，例如迪克之死，村子都必須繼續過日子，而確保這點是每個世代唯一的責任。他們自身靈魂的永恆存在，無論約翰神父怎麼胡謅，與村子的永恆存在相比都微不足道。男人必須建造大廳、磨坊、橋梁供後人使用，必須年復一年從土地的表層耙挖出莊稼供養這些現有的生活；女人必須把這些得之不易的莊稼，以節約的方式定期且持續地轉化為食物，並盡其所能生育出最多健康強壯的嬰孩。這是他們生命不言而喻的一切意義與終極目的。但萬一新世代從來無法理解這點呢？

彼得還沒罵完，但他已經冷靜下來。

「你照我說的方式堆柳枝了嗎？分三堆。」他問。

「是的。」

「在哪裡？」

「留在岸邊，靠近汲水區。」

「好，明天早上你帶一段繩索到柳枝堆旁，將長的綁成一綑，綁三處，要夠緊才不會掉出來，然後扛在背上拿去洛克威爾。不要經過村子，穿過薛波家農舍下方溪水的淺段，然後走上大田野邊緣，一路貼著森林走，這樣就不會有人看到你。」

「但那樣比穿過村子要遠得多，那是很大一綑柳枝。」瑪麗安提出反對。

「沒錯，當然比較遠，但我不想讓羅洛或任何人看到他揹著那一綑，好奇他要上哪去。這是我和愛德華洛克威爾在我幫他釘牆時私下定的協議。我說我會給他一綑新剪下來的大柳枝，讓他修理牛欄，與羅洛或大廳無關。他們似乎認為，或說他們就是認為，無論如何，他們都擁有村子裡任何人製造的任何東西。我知道羅洛派我上去那裡幫他們釘牆，而我敢打賭洛克威爾必須送不少起司給大廳換取我去工作數日。那也許是法律規定，但我在那裡還有額外做的，像是幫南西搭新棧橋，還有幫穀物箱更新被老鼠咬壞的一面，他們給了我一側培根，我答應給他們這些柳枝。這是我們之間的事，我不希望羅洛或休爵士多管閒事。」

「但我為什麼要背著柳枝繞那麼大一圈走森林小徑？你光明正大地帶培根穿過村子回家。」

「不算光明正大，孩子。我身上帶著我的長鋸袋，把培根和其他工具一起裝進去，沒人想得到這招。袋子變得很重，但人人都預期工具袋就是很重。所以不行，你得完全照我的吩咐做，這次要完全照做，提高警覺，不准向任何人提起，聽到沒有？還有，在愛德華家多逗留一會，如果紅髮瑪麗給你點什麼，一塊豬膝或半塊起司，你馬上拿回家來，這不在協議裡，但她還是可能會給。不要穿過村子，繞大田野回來，把東西交給你母親，記得守口如瓶。」

「知道了，父親。」

「然後確保自己帶了繩索回家，一到那裡就將柳枝解開。我答應給他們柳枝，不含繩索。」

「為什麼他們不砍洛克威爾的柳枝？」小彼得察覺父親怒氣消散便問。

「柳樹長在水邊，笨蛋，不會長在洛克威爾的山上。豆子煮好了嗎？」

瑪麗安也感受到彼得怒意已平息，但她太了解他，知道他可能多快又想起遺失小刀的嚴重性並重燃怒火。

她伸一隻小樹枝到火裡，點燃後放到層架上蠟燭的燈心草上。藉著微光，她往鍋裡覷，用勺子握把舀出一顆豆子試嘗，差不多軟到可以吃了。她從層架上拉過朝著她的木碗，將豆子和韭蔥舀進去。他們只有兩支湯匙，通常她會等丈夫和兒子吃完，她自己才吃同時餵愛麗絲，看哪支湯匙先空出來。但這天，有鑑於小彼得做錯事，她讓他等湯匙。她這才發現自己忽略了愛麗絲，她在她身旁的地板上打瞌睡，頭側靠在圓木座上。微弱光線中，她看到愛麗絲嘴巴張開，小小的鼻孔下是兩道閃著微光、邊緣乾硬的黏液。

「要不要喝一點湯，小心肝？」瑪麗安問。愛麗絲動動頭，在瑪麗安將湯匙餵進去時將嘴張大些。「再一點？」但愛麗絲微弱呻吟一下，轉開頭躺回去。

一陣恐懼襲擊瑪麗安，現在無須懷疑，愛麗絲被瑪麗安傳染感冒了。瑪麗安從自己撕心裂肺的經驗知道，一個孩子能多快在幾日內就萎靡虛弱而死，即使是健壯的孩子。她站起身，手越過隔板到羊圈裡拉出一些麥稈，放到搖籃潮濕的麥稈堆上面，在搖籃頂蓋下也堆出一小堆。彼得抱起愛麗絲，試圖從自己的碗裡餵她。愛麗絲喝了幾湯匙，接著咳嗽，把頭轉開。

「可憐的小東西。」他突然溫柔起來。「她感冒得一蹋糊塗，把她放到搖籃裡，幫她蓋被。她不會再喝湯了，妳可以舀一些給我。」

她用自己的碗幫小彼得再盛一碗湯時，手碰到他骨瘦的膝蓋，又濕又冰。他在發抖。「趕快吃完，然後把衣服脫了，用毯子把自己裹緊上床睡覺。我不希望你也感冒了。」她說。小彼得脫下束腰罩衫時，單薄的身子在微弱光線下，顯得多蒼白飄忽。她懷疑他有力氣扛一大捆柳枝一路走到洛克威爾嗎？但她什麼都沒說。

她把剩半鍋湯的鍋子拉到爐底石上，將燒紅的柴都集中以策安全。今天真夠累的了。她拖著身子走到門口，走出屋外。樹梢後方的西方天空尚有微弱天光，在褐色雲朵形成的水平雲層之間。空氣還是冷冽，濕漉的地面立刻使她雙足再次冰冷。她還沒走到糞肥堆就解手，然後盡快返回屋內。小小的燭火已經沒了，屋裡很昏暗，只剩爐火上還有一點紅光。她再次坐下，再多撥一點的麥稈把座位鋪得軟些，倚著老圓木座躺下，在爐底石上試著讓腳回暖。

噢，她整個人病懨懨。每一次呼吸都像用力刮過她疼痛的喉嚨；火燒般的鼻孔現在流下暖鼻水到乾裂的嘴唇上；眼睛不管張開闔上，在沉重的頭裡都會痛起來，還有一種古怪的壓力在耳朵裡猛撞。每一種感官在她痛苦堵塞的頭裡似乎都有其中樞。這股倦意讓她舉步維艱。她心想，我沒法再做任何事了。我希望他們父子倆結束爭吵了，但就算又開始，我也做不了什麼了。

過了一會，可能是數小時，可能只有幾分鐘，她發現彼得把手放在她肩上：「妳要上床睡了嗎？」他輕聲說。

她費了好一番力氣才能輕聲答：「這裡比較暖。」然後又漂盪回她不安穩的眠夢裡。

她在漆黑的靜夜裡痛苦且落枕醒來，心想著，我一定要記得問彼得另外兩捆柳枝怎麼辦。她爬到老圓木座和床鋪之間的狹小間隙，讓自己盡可能卡得靠近沉睡的彼得，她拉起潮濕的毯子，試著再次入睡。

# 十一月

村子由晨至午都在霧中沉睡
假使太陽跋涉至此也會帶著一張臉
不帶四射金光，蒼白渾圓如月
當結束與夜的競賽
發現牧人尚處眠夢，遂照亮其所在

瑪麗安在一種極其難得的美妙感受裡醒來，一夜熟長的好眠，且不是被孩子的哭聲或彼得要求吃早餐吵醒，而是真正睡飽了。現在床鋪舒服得不可思議，麥稈都是新的，剛從收成季割下不久，乾爽蓬厚，每根中空的麥稈都還保有彈性，躺上去猶如飄浮空中。她也剛領到一張瓊安紡織房所製的全新大毛毯，輪到她領。瑪麗安仔細將新毯沿邊整條和舊毛毯縫在一起，兩毯間夾入滿滿的羽毛，她在母雞、公雞、鴿子之間收集了兩年。（翅羽和尾羽拿來入寢具太硬，她就綁到枝條上做成室

內掃帚。）這樣做好的被子比原先那條要厚暖得多。有了這條毯子，加上她的鬆紡直筒連衣裙，瑪麗安夜夜暖和，即便是霜降的日子。

她身體好多了，感冒差不多痊癒了，愛麗絲也是。前一晚的晚餐相當豐盛：韭蔥和豆子燉雞肉，營養溫熱又滋補的一餐。溫暖、舒適、優質的食物全部加乘出那充飽精神的一夜好眠。

清醒躺在床上，她懷著滿足感在腦中檢視一次她現在屋裡的食物庫存。豬已經宰殺，平分成四份。瑪麗安今年分到的四分之一是一塊肩夾肉和一側背部的一半，帕羅麗莎分到另一塊肩夾肉和一側背部的另一半，莫莉分到一隻後腿和部分背部，萊特家分到另一隻後腿和部分背部（雖然給他們很可能只是糟蹋了好肉）。經過仔細的分配，四個家庭都先吃了較難保存的部位飽餐一頓，例如豬頭、豬蹄、豬肝，莫莉還用豬血和其他碎料做了血腸。豬皮被掛在莫莉家的外牆上展拉，在那裡風吹日曬使其乾燥，然後她再用綿羊油混和蜂蠟搓揉，直到皮變得柔軟又防水。一張豬皮應該夠做一雙成人的新靴子，如果謹慎著用，還能再做一雙童靴。他們還沒討論哪一家最應得這些靴子，但瑪麗安已能預見即將到來的一番爭論。

瑪麗安所分到的四分之一隻豬，經過充分鹽醃，此時從一根橫梁上懸掛下來在爐火上方，在那裡慢慢煙燻風乾。雨天她一定得確保排煙口是關閉的，因為半乾硬的培根淋到雨會快速腐壞。用來懸掛豬肉的編織皮繩，在一半的地方裝了一片平薄的木質大圓盤，中間有個孔讓皮繩穿過，用來防止老鼠從皮繩爬下去偷吃培根，因為牠們會先踏上圓盤，圓盤一傾斜牠們就掉進底下的火堆裡。是的，培根已經晾在那，能提供數月的營養，在即將到來的寒冬之日確保多餐的美味鹹香。另外還有兩隻公雞在雞舍養肥中，但她不能浪費太多穀物在牠們身上，所以也得盡快吃掉牠們。層架上穀物罐旁還有自家山羊奶製成的幾大塊起司。這一切光想就令人愉快。

十月的雨已經將磨坊水塘蓄滿，賽門已將七月她帶過去的半袋穀物磨好，現在屋裡的橡木箱裝滿麵粉。羊棚上方的層架放了幾袋新收成的小麥和大麥，穀物袋之間鋪了一些乾草，上面擺著幾十顆香甜的粗皮蘋果。還有幾袋用繩索從橫梁懸掛下來，裝著曬乾的豆子和豌豆，也都加了防鼠圓盤。外面的屋簷下則掛了好幾串橙褐色的洋蔥。洋蔥下方則是靠著屋牆堆高起來的劈好的木柴，屋子另一個角落有一面堆得甚至更高的木柴，幾乎高及茅草屋頂，為屋子較為暴露的這一側提供強化和防風。在小彼得的協助下，瑪麗安已經替換了牆面板條隙縫裡先前被吹走的蘚苔。

彼得懇求休爵士讓他放幾天假修繕自家屋子，於是趁著沒雨的幾日空檔，在奈德佛萊徹的協助下，他將門上方整片溼透的茅草屋頂掀下來，撬掉兩根彎掉的腐爛屋椽（現在在屋簷下曬乾準備當柴燒），放上兩根新的筆直屋椽。瑪麗安聽到他說：「奈德，你不需要太精準，只要每根都固定得很好，它們有沒有和原來的一樣靠近無所謂。」接著他們用新的麥稈更新了屋頂，家裡有充足的麥稈用於床鋪和羊棚迎接將至的冬日。

一切不可能再更令人滿足了——足以過冬的食物、暖衣暖被、燃料。不知何以瑪麗安滿腦子都是那句成語「未雨綢繆」。她發現每到秋天，她都會升起成就感與滿足感，沉浸其中之際，便忘記了冬天真實的可怕。這就像懷著下一個孩子的時候，忘記上一胎生產的痛苦。但比起去年，今年冬天她確實較有準備，裝備較齊全，更懂應變，更能忍耐嗎？她提醒自己，她現在只有兩個孩子要餵養照顧了。她告訴自己：「是的，妳有過這種感覺，每年秋天的心滿意足，然而每年冬天，到了二月妳便感到自己已經到了忍耐極限。」但這份自知之明並未削弱她現下的樂觀心情。

他們全家都起床了，吃過一點東西。瑪麗安去打理一下柴火，放了一只陶罐在爐底石上加熱。她用新掃帚小心打掃附近的地板，愛麗絲拿著她為她做的迷你羽毛掃帚也跟在後頭。掃的時候，瑪麗安教導愛麗絲保持麥稈遠離爐火的重要性，因為一點小火星多容易就沿著地上的麥稈燒過去，進而點燃木板牆，一間房子多容易就失火。愛麗絲絲毫沒在聽，拿她的小掃帚掃地要好玩得多。

室內突然稍微變暗，瑪麗安抬頭看到是麗莎站在下半門的門邊，她金銅色的秀髮上沒戴帽子，瑪麗安心想，她多漂亮啊。村裡的女孩很少看起來漂亮，通常有一口爛牙，髒汙的皮膚，未治療的膿瘡，油膩的頭髮覆著一層柴火灰燼，不見青春的盛開如花，看來甚至不健康。

「姑姑，我昨天去了一趟磨坊，母親要我拿這一小罐蜂蜜給妳。兩個弟弟上周去收蜂巢，都沒被蜂扎，雖然我猜多數的蜜蜂都死了或不活躍了。總之，蜂蜜在這，等你們吃完可以把罐子還她嗎？」她遞過來一只小木罐，上面用一小塊舊麻布蓋住罐口。

「但他們自己夠嗎？而且妳和馬丁怎麼辦？」

「母親給我和馬丁另一罐。她說蜂巢今年蜜很多，她認為今年的蜜蜂在九月天熱的日子上去採了綿羊牧地的石南植物，還有所有家裡蘋果樹早先開的花。沒錯，愛麗絲小美女，我帶了香甜的蜂蜜給妳，妳一定會喜歡，是不是？馬丁的母親也給了我們一些洛克威爾的蜂蜜，但顏色比較淡，質地也較稀，我們兩個都覺得磨坊的蜂蜜比較好，但在洛克威爾可別這麼說。母親還釀了一桶蜂蜜酒，父親喜歡這種酒，而且她說這酒能幫助爺爺在冬夜入睡。」所以在稍微詢問了賽門和父親的近況後，瑪麗安收下蜂蜜，麗莎離開。

彼得的深色羊毛帽兜被樹枝勾了一道破口，他曾要瑪麗安補起來。她從圓木座上拾起帽兜，檢視破口。層架上有一堆被愛麗絲糟蹋的羊毛紗線碎段，糾結得像個老舊鳥巢，這些救回來的碎段或許適合拿來修補用。瑪麗安挑了一條深色的，拿起上面有孔的平滑木針，平日她固定將它插在層架的一個小洞上，針眼上總會插一根有藍色斑點的橿鳥羽毛作為辨識，好與屋裡到處散落的其他上千支光滑小樹枝區隔。她凝視這根鳥羽，享受這鮮麗顏色帶來的賞心悅目。她從未在任何其他地方見過這樣的顏色，連四月長在溪岸的細小勿忘草也比不上。她在圓木座上坐下，腳放在爐底石上取暖，一邊縫補破口。然後她小心地將羽毛插回針眼，走出去把帽兜拿給彼得。

一如她所預期，他和小彼得跪在地上，屋簷半遮住他們，一束束較小的柳枝散落四周。彼得早先就說過，既然他這天也在家，又沒有羅洛在旁邊盯著，他要教小彼得編籃子。瑪麗安對此相當不安，她懷疑對著一個只有一隻半的手能做事的男孩，彼得的耐性能維持多久。

她在小彼得去糞肥區一帶時警告丈夫：「切記，他左手沒有拇指，或說沒有能像拇指般活動的拇指。」瑪麗安知道編籃子很需要手指的靈巧度。

「好的，好的，我知道。」彼得說，但她相信他已經忘了。她從來不認為他善於設身處地想像他人的難處。

父子倆都全神貫注，彼得正在指導兒子。

「好，現在把長的那一條繞到上面——現在再繞到下面，現在下一條。我們要先做一個平穩的底部，和一塊小起司差不多大小，然後再開始往上彎過去——不是繞那條支柱，是下一條——這樣，你看出規律了嗎？現在，到定點把它輕敲下去，抓緊——不對——最好是輕輕敲它。」

「你的帽兜。」瑪麗安說。

「放在圓木座上。現在，孩子，把另一條柳枝推進這裡，和其他的排在一起——不對不對，用拇指把其他的壓下去——呃，試著用你的指節好了——不行，那樣太鬆了，再試一次，那麼輕會重新鬆開，壓大力一點——讓我來……」如此繼續。

瑪麗安看得出來小彼得很沮喪，不管他怎麼努力，他知道自己就是沒有那幾根手指能模仿父親的動作。一只搖搖晃晃的籃子眼看就要成形。

瑪麗安留他們和籃子在那裡，自己進了屋。她從麵粉箱裡舀出一些麵粉倒在圓木座平的頂部上，從鐵鍋昨晚煮的雞肉刮下一些浮脂，再加入一些酸奶揉成硬麵團。那只陶罐已裂開，且幾乎有三分之一的罐身都沒了，此時在餘燼裡已變得非常熱。她把麵團放在覆著灰的爐底石平面上，然後將熱陶罐倒扣在上面，罐子的破口對著爐火。這個熱陶罐變成了一個小烤窯，以相當均勻的溫度烘熟麵團。她在連衣裙上擦擦手，是她表達完成一項工作的下意識動作。愛麗絲進進出出屋子，自言自語。瑪麗安心想，愛麗絲真的是個乖巧的小女孩。

編籃的工作似乎順利多了，因為瑪麗安聽見父子倆邊做邊聊天。

「父親，貓頭鷹是魔鬼的鳥嗎？」

「你們這些孩子都在胡說八道些什麼，誰告訴你的？當然不是，思考一下，孩子，貓頭鷹吃什麼？」

「老鼠。」

「沒錯，而老鼠吃什麼？」

「穀類。」

「誰的穀類？再壓用力一點。」

「我們的。」

「是的，當然是我們的。所以老鼠是我們的敵人，而貓頭鷹是我們的朋友，因為牠們掠捕和吃掉我們的敵人。不對，那根太短了。思考誰吃什麼。」彼得暫停，好讓這番機會教育能吸收進去，然後他繼續：「還有哪些是我們的敵人？」

小彼得早有答案：「烏鴉。」

「為什麼？把那條拉向你——再多一點——這樣對了。」

「因為牠們在我們播種的時候吃掉穀物。」

「我們的穀物。」彼得強調。「沒錯，還有什麼？」

「不知道。」小彼得四處張望尋求靈感後說。

「狐狸吃什麼？」彼得問。

「兔子？」

「是的，還有……？」

「雞。」

「我們的雞，這是為什麼狐狸是我們的敵人。永遠思考這點，誰吃了我們的敵人，就是我們的朋友。我們為了食物已經夠辛苦，不希望再讓敵人浪費或偷走。——往下壓用力一點——包括由那些魔鬼派來的邪靈偽裝的敵人——稍微轉過去一點——」

誰不是在為自己的食物辛苦，瑪麗安心想，我們和老鼠和貓頭鷹和狐狸都是——但這樣的想法她從未說出口。

停下一會兒後彼得繼續說：「為什麼我要在大穀倉牆壁頂端留一個洞？這樣貓頭鷹就能飛進飛出，在裡面築巢，然後抓走所有的老鼠餵牠們的小孩，保全我們的穀物。現在，在我稍微用力敲下去的時候，用力壓好它——啊，笨手笨腳的孩子——壓好它，這樣好多了。」

瑪麗安仍在屋裡忙。她拿一些舊布纏在破陶罐的把手上，將罐子抬起，將半熟的麵團換個方向，再把陶罐擺回去。她拿一些熟成的蘋果和一塊山羊圓起司放到寬籃裡，底下鋪墊了一些乾草。這塊起司將是她今年上繳給大廳屯糧的最後一樣東西，必須由羅洛正式收下。蘋果是給希爾達和她兩個小女兒的，她們還住隔壁的時候向來很喜歡吃這些冬季的粗皮蘋果。

屋內在彼得擋住門口的時候暗下來。他很生氣。

「這樣不行。」他對瑪麗安說，「他做不來，編得七零八落，完全不成形。」

「他以前從沒做過，他得從頭學起。」瑪麗安辯護道。

「噢，他學得夠快，他知道怎麼做。畢竟他從小就看人編籃，但他就是沒法好好壓穩。」

小彼得出現在父親身後，拿著奇形怪狀的籃子，發芽的柳枝七橫八豎，他看起來很沮喪。

「媽，我做得來，只要有人幫我。」

她知道這是真的，但她也知道彼得不會同意。

「那還有什麼意義？我可以自己做就好，任何人都可以，只需一半我幫你做一只的時間。何況一只籃子也擠不下兩個人做，要一直轉動它就不行。知道怎麼做但無法實際做有何用？不，孩子，你今天自己找點什麼事做，從把劈好的碎柴堆起來開始。我去吃點東西。」

此時愛麗絲出現了，臉蛋粉紅有光澤，帶著大大的微笑。

「你們看。」她用髒兮兮的一隻手舉著一片深紅的梨樹葉在頭頂，另一隻拿著另一片在下巴底下，「愛麗絲是公雞。」她維妙維肖地模仿了雞啼聲。大夥都笑了，笑聲緩和了氣氛。愛麗絲很滿意自己成功的表演。瑪麗安再次感覺到愛麗絲是個多與眾不同的孩子，沒有任何她其他的孩子玩耍如此有創意，沒有一個如此懂得自得其樂。愛麗絲似乎真的很獨特，但瑪麗安沒有一刻對於愛麗絲的未來生活只可能是無止盡的家務和生育感到遺憾——因為這就是生活所能給予的。這就是生活。

「你們最好兩個人都再試一次，既然都起了頭，就把那只籃子完成。」她吩咐丈夫和兒子：「還有看著愛麗絲，等一會就將爐邊的陶罐從麵包上拿開，把麵包放到層架上。我要去大廳繳最後一塊起司給他們。」她提起寬籃離開他們。愛麗絲忙著把鮮豔的葉子拍進土裡，完全沒注意到母親離開。

以十一月中來說，這天天氣不錯，寒涼但不凍人，間歇有風，藍天夾於各式各樣或白或灰的雲朵之間。瑪麗安往上望向林地山丘，陡峭坡地厚厚覆著枯葉，因為這個時節榛樹和鵝耳櫪等灌木稀疏而變得視野良好。蒼白光滑的山毛櫸樹幹很顯眼，隨處可見的則是紫杉毛茸茸的深色葉叢。再往高處的橡樹仍有濃密的赭色葉子，而遠方群樹則見混亂的紫色樹枝，後方襯著緩緩移動的雲朵。

她闊步走下公有地，小徑已經被眾人踏得寸草不生。兩側草地在大半夏天裡被用於放牧，此時重新萌芽成一片滋潤鮮綠，村民的幾隻牛正懶洋洋吃著草，大家希望牠們能撐過冬天活下來。靠著莫莉家樹籬的山楂樹現在顏色很深且光禿禿的，但仍點綴著幾簇紅艷的漿果。山楂樹間還長了幾株梣樹苗，光滑銀灰，上面還有黑色蓓蕾。這些樹底下則一團混亂，老蕁麻、赭色酸模草、萎蔫的薊花、蓬鬆的柳葉菜，全都要腐爛了，這全部都被葡萄葉鐵線蓮的縷絲纏在一起，一團灰色浮沫似地蓋住黑色樹枝。

見烘焙房沒人，瑪麗安直接走進大廳。瑪格麗特夫人在裡面，正在分派工作給一群女孩。

「好了，奈麗，如果妳已答應妳母親，妳最好離開，但告訴她下次要先問過我。至於妳，莎兒佛萊徹，下去院子幫忙米莉醃新的培根。」

「噢，我不行，瑪夫人。」莎兒得意咯笑說：「我月事來。」

「胡說八道，妳醃培根時總假裝月事來。」瑪格麗特夫人說。

「真的，我來了，瑪夫人。」她瞥一下四周，確認愛德吾兒沒在看，踏進光線比較亮的一處，把裙子掀起來露出底下大腿內側的一抹血。

瑪格麗特夫人厭煩地嘖了一聲，不悅道：「好吧，莎兒，妳去紡織房幫瓊安分類羊毛，或看她要妳做什麼。」莎兒正想出一個抗議的理由，瑪格麗特夫人就攆走她。

湯姆雙臂各夾一根粗圓木從陰暗處接近瑪麗安，向她打招呼。他頭朝莎兒的方向一拽，低聲道：「小騙子。別相信她月事來，未免太巧。羅伯今早宰雞，我相信她只是抹了一些雞血在腿上。」

此時休爵士走進大廳，他的長袍裂開掀起，意味著他剛從馬上摔下來，羅洛跟上他。

休爵士說：「湯姆，幫我把這雙靴子脫掉，拿我的另一雙過來。」他簡略示意他看到瑪麗安也在，湯姆放下圓木遵照指示做。瑪麗安想知道擁有兩雙靴子是什麼美妙的奢侈感，能脫掉濕漉泥濘且臭氣沖天的一雙，坐在爐火旁穿上溫暖乾爽可能甚至十分柔軟的另一雙。她多希望自己也有雙新的，但她還有正事要找羅洛，便轉向他。

「我帶了大塊的羊奶起司，先生，照您上個星期說的。」他從下垂濃眉底下窺出，黑色的眼珠瞅著她，一如往常面無表情。

「過來牆壁這。」他只說了這句。

接近起居平臺，靠著牆掛了許多長棍，每個家戶一支。哪個家庭是哪支，羅洛清清楚楚。記錄棍被刻上各種寬度的刻痕，用以代表收到穀類的蒲式耳數[8]、豬隻、家禽、雞蛋、起司，以及勞動天數等等村民義務要上繳大廳的事物，依循的傳統久遠到不可考。

羅洛從她手上接過起司，用拇指在上面東按西按，在手上掂掂重量，然後粗聲說：「在我做記號的時候先拿著。」她看著他拿起掛在腰際的小刀，在她的記錄棍上刻下一道整齊的刻痕，就在她一個月前拿上一塊起司來的刻痕底下。他從她手中拿回起司。

「我今年全部該繳的就這些了？」她需要他的確認才能安心。他用一根手指在棍上跑過一次刻痕才將記錄棍掛上，然後說：「是。」儘管向來性情乖戾、死板苛刻，所有人都認同羅洛基本上很誠實，這是值得欣慰的事。瑪麗安有時會懷疑，會不會是湯姆無時不在的銳利目光，加上好記性和正義感，防止了苛刻的羅洛欺騙村裡那些更窮的人。沒人喜歡羅洛。

瑪麗安走出大廳，繞到院子。經過上月的多雨，院子變得亂七八糟。所有載著穀物和麥稈的沉重載貨車來來回回從穀倉到磨坊，從磨坊到院子，幾乎把地都要掀了，現在院子成了混著牛馬糞便、掉落麥稈、枯葉的一片泥海。瑪麗安躡著手腳盡可能貼著大廳的外牆走，好避開最濕的地方，直到她走到紡織間往內望。一片寬經線從橫梁垂下來，希爾達蹲伏在下方地板上，小心地將線尾綁在鑿了孔的鎮石上。瑪麗安發現希爾達沒聽到她進門，她繼續工作，長滿雀斑的纖瘦手指動作靈巧地揀線、拉線、打結。

瑪麗安很驚訝自己得鼓起勇氣才能開口——雖然說出的是如此日常的句子。「希爾達，我帶了一些蘋果給妳們，幾顆而已。妳和兩個女兒——」她無法讓自己加上迪克的名字，「向來喜歡我們家這個季節的蘋果。」

希爾達起身迎向瑪麗安，看著蘋果用微弱的聲音謝謝她。瑪麗安覺得她窄長的雀斑臉看起來甚至比平常更瘦，她問她過得如何。

「我只是過日子。」希爾達簡單勉強一笑說：「但我不喜歡。兩個女兒一直被瑪格達使喚做事，我不被允許陪她們玩。對貧窮或喪父的孩子而言，玩樂似乎並不

8　譯注：蒲式耳（bushel）為英國中世紀的重量及容量單位，通常用於度量農產乾貨，一蒲式耳約等於八加侖或三十六點三七公升。

在考慮之列。」

這番話使瑪麗安煩心，一如希爾達說過的其他話。

「他們對妳好嗎？」她知道多容易就出現一些人折磨奴役窮人和他們的寡婦。

「好……某程度上。有一天休爵士和約翰神父要我去見他們，就在這間編織房裡。他們找些雜事把瓊安支開，對我說我應該改嫁，而湯姆是適合的丈夫人選，說我應該考慮。」

「妳考慮了嗎？」

「沒什麼好考慮的。別提湯姆在妻子過世後不想再婚，那還已是十六年前或更久以前的事，我也無法嫁給任何人，在我日日夜夜滿腦子都是迪克的狀況下不行。他們一點都不懂。休爵士說這是我的義務。對誰的？不是對迪克的，也不是對村裡任何人的——況且無論嫁的是誰，當我永遠為迪克哀傷，我會成為什麼樣的妻子呢？」

「或許會有那麼一天，」瑪麗安大膽說出，「當妳為迪克哀傷夠了，真的有這種事，或許休爵士和約翰神父以為時候已到。」

「總之，時候未到，而且不管他們或任何人怎麼說，我知道永遠不會有那一天。我希望他們別再來煩我。謝謝妳的蘋果。」希爾達轉身，再度蹲下。一陣尷尬下，瑪麗安離開，在入口碰上不情願的莎兒。

她回到家發現彼得和小彼得之間氣氛平和，一只歪歪倒倒相當彎曲的籃子在他們三隻半的手上逐漸成形。她問有沒有什麼特別的事，得知兩個孩子都想喝水，所以雖然身為男人，彼得還是拿了水桶，倒出裡面剩下的冬季粗皮蘋果，下去汲水處提了一桶水回來。

這對瑪麗安來說隱含責難意味，她應該在出門前把水打好的。不過當彼得加上一句：「家裡似乎真的需要再一個水桶，我現在明白了。」她很高興他因此受提醒了。

彼得繼續說：「我看到約翰神父在公有地，他沿著我們的樹籬走，在摘東西。他倒是有一只不錯的新籃子。」

瑪麗安說：「摘黑刺李為教堂釀造他的紅酒。那玩意寧可是他喝而不是我喝，酸到牙都要縮了。」她的表情讓小彼得咯咯笑了。但瑪麗安突然明白過來彼得剛說的話，她轉向他：「彼得，你怎麼看得到那是誰？」

「我可以看到瓊安做給他的鏽褐色帽兜，上面有一顆白色絨球的，他總是戴那頂。」

「而且你怎麼看得出是一只新籃子？他不可能離你很近，除非你尾隨他沿著我們的樹籬走。」

「這麼說來，我看得到他，認得出他，也看到了籃子。」

「從前這些你都不可能看得到。」他們喜出望外地對視。

「不行，我以前看不到。」他承認。

「你覺得你視力變好了嗎？」

「或許是，沒有特別留意，但經妳這麼一提，我確實可以看得比較遠了。現在我可以看到大廳後方，如果百葉窗開著，還可相當清楚地看到大廳的另一面誰在那裡。」

「想來你現在能犁田了？」

「以我這把年紀不大可能，自幼就沒學。誰能放心將他的犁牛交給我？」

瑪麗安很震驚，她從未想過彼得的近視能夠好轉。

彼得生來近視，母親在他還小的時候就注意到了，最後終於為父親所接受。他在豎圍欄的時候，要五歲的兒子立起約六英尺遠的下一根柱子，對齊之後在應該插進土裡的位置做記號。年幼的彼得說：「什麼柱子？」然後被帶到柱子前。「那個？我看不到那麼遠的東西。」這對父母搖搖頭，不知道這孩子將來怎麼辦可好——他們唯一存活下來的孩子。彼得也生來便繼承了一些帶狀田地的耕作權，但眾所周知他連最基本的農耕都應付不來。他父親過世後，這些帶狀田地的耕作權被從彼得手中拿走，土地交由大廳運用，彼得則去村裡的木匠那裡當學徒，基本共識是他會成為木匠為大廳工作，聽憑差遣，用以交換大廳耕作他的田，供給產自他原有耕地相應袋數的穀物。此安排延伸至未來若彼得有了能耕作的兒子，這些土地及其所產的作物便會返還其子。這全部都是多年前經休爵士和羅洛討論，在神父見證下所訂的，沒人忘記達成協議的任何細節。

所以這就是彼得的維生方式，從他娶瑪麗安時便是如此，每個人都說，他很幸運娶到磨坊主的獨生女。這樣的安排確實可行，他們每年都拿得到供應的穀物，或許比他們自己生產還要穩定，他們也享有一般的公有地放牧權，並在每年夏天分擔乾草收成的勞務。於是彼得以一個手藝精湛又值得信賴的木匠身分在大廳附近的工作室工作，受人尊重。人人都看得到他每日在那裡工作，知道他並非遊手好閒或笨拙之人。

幾年下來瑪麗安看著小彼得跛著腳走路，曲著一隻手，便明白田地的耕作權不可能交還給他。諾利的早夭和愛麗絲身為女孩，也斷了這個家庭不只作為大廳僕役的想頭。發現彼得的視線突然轉好，讓她有那麼一刻想著，他有沒有可能重返較具受人尊敬的耕作者地位，擁有自己的權利，但此願景很快消逝。他現在年紀已太大，除了當村裡的木匠做不了別的，再說，如果他能看得更遠更清晰，總是件好事。她也可能再生一個兒子，說不定正常又強壯地長大——但相同的，她也可能沒再生。至於小彼得？可憐歪歪倒倒的小彼得，和他歪歪倒倒的鬆籃子——他的未來會是什麼樣子呢？

十

黃昏如此早來真是悽慘。瑪麗安去了一趟糞肥堆，在回程的時候停下來看著天空，因為天氣預測對一切都至關重要。此時，整個公有地和村子上方是一片清朗的灰藍色，但往西的山谷下方，天空是乾淨的藍綠色，絨毛般的帶狀灰雲橫跨其間。空氣沉滯，陰冷又潮濕。從帕羅萊特家農舍後方丘陵往上的林木，這個時節已樹枝光禿，黑色的鮮明輪廓映照於蒼白的天空，出乎瑪麗安的意料，一輪明月升起於低處的黑色枝枒之間，一個溫暖巨大的橘色圓盤。

她心想，今晚月亮真大，但不記得這預示什麼。

感受這種冷冽的空氣之後，屋裡炙熱的小火堆和鐵鍋裡燉煮的熱雞湯多麼撫慰人心。

就是那天傍晚，兩人躺在床上的時候，彼得重提小彼得殘疾的話題。瑪麗安知道當彼得重提談話主題，就表示他很擔憂且在心裡前思後想過了。他們頭靠在一起低聲耳語，不想吵醒愛麗絲或被彼得偷聽到，萬一他醒著。

彼得低語：「妳知道嗎，瑪麗，看著小彼得編柳枝，我想他真的做不來，除了手的問題，他左臂也相當無力，因為幾乎沒在使用那隻手。我真的不認為他能握得住耕犁。」

她很訝異彼得居然曾以為那是有可能的。她說：「我一直都知道他做不來。他拿不住東西，他的左手抓不緊。你不知道嗎？」

「我一直盼著他長大會好轉，以為等他大一點手就能張開。現在我擔心那是不可能的了。我很絕望，妳呢？」

「我不再感到絕望，我從沒抱過希望。他的拇指隨著長大愈緊壓手掌，我不認為當中有皮膚，我覺得肉已經連在一起了。」

「他永遠都不可能耕田，很多事都不能做。」彼得不斷重複，彷彿試著說服自己。

瑪麗安心想多奇怪啊，彼得看著小彼得畸形的手腳生活已六年之久，直到現在才猛然發現這暗示了這孩子的將來。這幾乎像是他從不思索未來，只專注眼前的事物，只管當下。在她躺在舒服的麥稈床想著彼得奇怪的簡化個性時，她聽到他呼吸節奏改變，然後慢了下來，從他拖長且抖得相當厲害的呼吸，她知道他睡著了。

這孩子的未來目前還不大困擾他，她心想，對周遭之事如此無感一定很奇怪。她自己大概很快也會睡著，在美妙的麥稈堆和這些溫暖的棉被裡，上方微微飄散著母雞的氣味。她左手滑出去，撫摸搖籃裡愛麗絲鼻子冰涼的小臉。一隻貓頭鷹叫了起來，聲音很近，或許在梣樹裡，而另一隻在遠處應和。瑪麗安心想，抓我們的敵人，微笑想起彼得今天教孩子的一課。貓頭鷹再度啼叫，這道在冷冽月色中的單薄聲音使得她的床鋪更顯安全舒適。

# 十二月

常春藤垂掛於繁枝
乃農舍農場的梣樹
此時節常已被砍去樹枝
為佃農聖誕節的溫暖火爐
牧人旋轉和扭動他的褐色腰帶
以磨利鐮刀砍落樹枝
經常將常春藤拿在手裡
用於裝飾煙囪角落

冬夜冰冷漫長，即便蓋了羽毛被仍冷到無法入睡，也暗到無法起床做任何事。

瑪麗安的一生，十二月的夜晚便是如此，靜躺於寒冷黑暗中的漫長時光。她的姪女麗莎、愛倫、凱特曾告訴她，她們這三個在磨坊的小女孩會緊靠在一起躺著，彼此

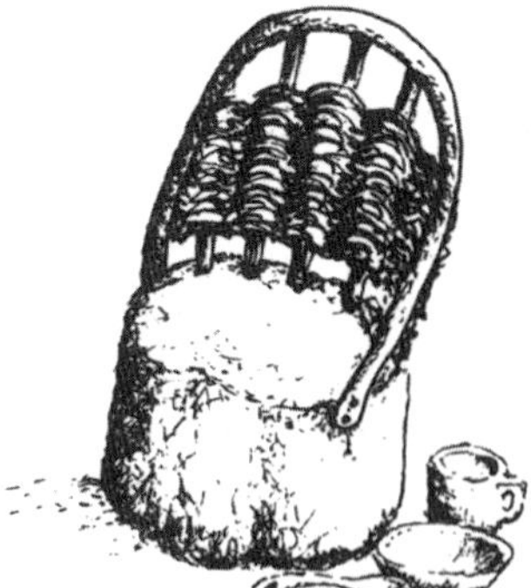

耳語些漫遊在森林裡的仙女、龍、女巫的故事度過黑夜，都是一些基本的民俗傳說再憑想像加油添醋，半娛樂半嚇唬自己，但成功地打發漫漫長夜。可是瑪麗安沒有姊妹能說這樣的故事，而兩位長她多歲的哥哥也不屑講這類故事給一個小女孩聽。所以瑪麗安很習慣發呆。她隔一段時間會張開眼睛，但包圍她的仍是無以破除的黑暗。偶爾爐火會傳來細微的咔噠聲，可能是燒焦木柴剝落，但已足以讓她知道爐火尚未全熄。她往彼得移近取暖，但雙腳仍凍如冰磚，而且寒意慢慢往上爬到小腿肚。一隻貓頭鷹在遠處森林啼叫，另一隻較近的予以應和，然後又是一陣寂靜。漫漫長夜緩慢爬行。她嘆息，她忍耐。

過了一會需要解手，她將棉被往旁邊一推聳著肩爬出來。天空鋪排著灰雲，四周一片死寂。門外的野草因覆著一層薄霜而呈灰色，在她拉起直筒連衣裙時喀啦作響。她快速回到床上，身體緊貼著彼得躺著。

最後她終於再度寐去，醒來時嘴上的毯子因她冰冷的呼吸變得僵硬。今年冬天來真的，她心想，比下雪還冷。她多高興想起今天是大廳聖誕大筵席的日子，年度節慶之一，幾乎可媲美剪羊毛季的筵席，當然後者在夏天舉辦，歷時長得多。

那天早上彼得很早就出門去工作室。她本來要他稍等，幫她一起帶愛麗絲去大廳，愛麗絲在鬧脾氣。但彼得說他在幫瑪夫人做一張矮凳，必須在筵席前完成。

愛麗絲已經難纏好了幾天，一點小事就嚎哭，什麼都不順心，決意不配合。瑪麗安發現原因出在便祕，這也難怪，因為愛麗絲決定她已經長大了，不需要瑪麗安再幫她把屎，想要像其他人一樣蹲下，但是雜草和枯葉上的厚霜對她的小腳踩起來太痛苦，她哭叫拒絕到屋外去。瑪麗安沒有嬰兒鞋。她考慮過把愛麗絲的腳放進一雙瑪潔莉的舊靴裡，但那雙對愛麗絲太大，瑪麗安知道如果把那靴子穿到這孩子腳上，愛麗絲大小便時會沾得滿鞋都是。瑪麗安曾向麗莎抱怨整件事，麗莎因為反正要去一趟大廳，便從希爾達那帶了一些艾菊葉回來，可用來浸泡製成通便劑。通便劑的效果比瑪麗安想得快，她發現愛麗絲在門邊角落蹲下，對此療效之快感到如釋重負，便沒責備愛麗絲在屋內如廁。

「我大了很多。」愛麗絲站起來滿意地看看四下。確實如此，瑪麗安得清理乾淨，但在此之後，愛麗絲又重新快樂活潑起來。

母職這事多大幅地涉及小兒排泄啊，瑪麗安心想。她身為家中最小的成員，沒有總有一兩個嬰兒在旁的成長經驗，直到生瑪潔莉之前，都不知一個母親得經常煩心孩子的腸子。

筵席日這天或許對所有的男人都感覺像休假日，只除了彼得要做矮凳之外。但瑪麗安有許多例行庶務要做，有無筵席都一樣。一定要去打水，但這件事她很幸運，有人已經下去汲水處打破冰層了，很可能是麗莎。然後還有山羊要餵，得撒一點穀物餵雞，她希望這些雞能撐過冬天，明年春天繼續產蛋。

他們下公有地的所有人打算相偕前往大廳——瑪麗安和兩個孩子，麗莎、馬丁、莫莉。大家鮮少聯絡帕羅萊特家，都假定他們會照舊自己去。莫莉得將她的老母親和阿姨留在家裡。馬丁主動表示可用獨輪車推她們其中一位過去，彼得表示願意推另一位，但當兩位老太太發現，到了木橋她們得要下車，自己爬上結霜的階梯，走過滑溜的木板橋，兩人都說她們做不到。莫莉得帶東西回去給她們，瑪夫人向來非常善於確保老病之人也能分得筵席的食物。瑪麗安知道她的老父親，即便比艾格妮絲和瑪吉跛殘，將會由羅傑或吉伯用獨輪車推去，而假使他們從頂樓離開磨坊，走過水閘橋，他們就能一路推著爺爺走溪流的北面，想必比較顛簸，但沒有階梯。

瑪麗安一行人走過極為濕滑的木橋，她要小彼得帶愛麗絲去大廳，自己則往旁邊去接彼得，希望他已經做完凳子了。當她接近他的工作棚屋時，看到他背對著她站在棚外，低頭看著保羅杭特，他蹲在鋸檯前碎石地上的一片木屑和刨花之間。彼得說話的聲音充滿憤怒和不滿。

「碗裡本來有十七根釘子，我交代過你不要把碗放得那麼靠近邊緣。現在你把釘子全部找出來。你現在手上有幾根？」

保羅舉高掬成杯狀的手掌，裡面有一些釘子。「幾根？」彼得再問一次。

「就這些。」

「有幾根？」保羅一臉呆滯。

「一根根數，放進我手裡。」

「一，二，三，四，六——」

「五。」彼得說。

「四，六，五，七——」保羅繼續數，對數字愈來愈困惑。

「蠢蛋，重數一次。」

「一，二，三，四，六，五，七，八，十……」

彼得重重嘆一口氣：「你這個笨蛋，聽好，一，二，三，四，五，六，七，八，九，十，十一，十二，十三，十四……全部就這些了嗎？」保羅手心已空。

「你得再找到幾根呢？原來有十七根。」保羅仍一臉迷茫。「我的老天爺，你連計數都不會嗎？這些當媽的每天都在做什麼，甚至不教孩子計數的嗎？」

瑪麗安對這個關於母親失職的指控感到不滿，但村裡向來如此，任何教育方面的失敗，歸咎到母親身上最容易。

「應該還有三根釘子在某處。」彼得繼續說：「找出來，到處摸一摸。還是你目前敲了任何釘子到接合處嗎？」

「有，一根，在那裡。」

「那麼你還有兩根要找。你就待在這直到找到為止。哦，嗨，瑪麗安，有什麼事？」

「我們大家現在要進大廳了，你完成瑪夫人的凳子了嗎？」

「是的，保羅拿過去了，然後才剛從那回來，這愚蠢的小子就把所有的釘子打翻到地上了。」

「我找到了，先生。」保羅稱呼彼得「先生」來表達他的悔悟。他仍呈跪姿，高舉兩根釘子給彼得。

「是了，就這兩根。好吧，把它們和其他的一起放在碗裡，然後來參加筵席前要將工具都收起來，全部都要，而且是放到正確的掛鉤上。走吧，瑪麗安。」

大廳裡熱得不可思議，令人驚奇。這種寒冬之日，百葉窗的葉片鮮少打開，這天大半時間裡都是緊閉的。屋內只有從敞開大門照進的十二月暗淡天光，高桌上一些蠟燭的小火苗，以及點於大廳中央爐火發出的光亮。爐火此刻主要為兩根熾熱但無火焰的柴，由羅伯以長柄鼓風器維持這個狀態。爐火上方的鐵架上，一大塊一大塊的小牛肉正在上面烤，偶爾羅伯會放下鼓風器，拿起一隻五英尺長的勺子，從爐底石上一個陶製長形油槽淋一些肥油到肉上。

休爵士曾描述在盧瑟福他們是如何烤全牛的，但湯姆反對。他對休爵士說，這麼大的火太危險了，而且反正外皮會燒焦，而裡面還又生又硬，瑪夫人支持這個看法。所以小牛肉被切成大塊分開來烤。不時有火焰因滴下的肥油從爐火裡竄升，短暫照亮整個現場。

大廳已經擠滿人，或看起來擠滿人，因為大家都圍擠在火爐邊。所有的擱板桌都已被拿出來沿著大廳的每一邊放，有一張橫越兩邊，就在起居平臺下方。這樣留下的空間不多，除了爐火周圍，其猛烈的高溫不允許任何人站得太近。起居平臺上的高桌已經就定位，瑪格達站在桌邊，身邊跟著薛波家兩姊妹。她們面前是兩只裝滿紅蘋果的大木碗。瑪格達正在教兩姊妹吐口水在蘋果上，然後用連衣裙的摺邊磨擦，好讓它們反射燭火的光而閃閃發亮。瑪格達沒用自己的裙子拋光蘋果，因為她穿了一件用極美深紅布料做成的寬鬆外衣，即八月休爵士從盧瑟福帶回的那匹布。微小的燭火在紅蘋果上閃耀，使得瑪格達連衣裙的豔紅色閃閃發亮，也點亮兩姊妹慎重吐口水拋光時彈跳的橙黃鬈髮。整個大廳的昏暗之中，這個溫暖的紅色場景以其奇異感擄獲瑪麗安的注意力。在她長久以來的經驗裡，無論是在自家農舍或大廳或任何棚屋裡，室內的東西都是褐色或灰色或黑色，或這三種顏色混和的斑跡。她喜歡看著這各式各樣的紅色，還有小小搖曳的火焰。烤小牛肉的香味瀰漫在空氣中，在她心裡與這個濃郁的顏色產生了聯繫。

米莉突然欺近她：「看看這兩個小女孩的頭，那顏色的頭髮妳會幾乎以為是真火，都可以在上面暖手了。」她狂笑道，「又不是說看起來多自然。」

「迪克的頭髮就是那樣。」瑪麗安說，想起去年筵席的迪克便深感悲傷。

「湯姆，你那裡面燒的是什麼柴？」彼得示意爐火問。

湯姆回他一個狡猾的眼神說：「一棵老蘋果樹，原先長在果園角落，好幾年都沒結果了。」

「蘋果？這種木頭拿下去磨坊用得上。」

湯姆對瑪麗安說：「你們家彼得啊，他總是能找到燒柴以外的用途，村裡的任何一丁點木頭都一樣。我們總得拿點什麼燒的，彼得，你這糟老頭。你就會是第一個抱怨生冷食物的人。」湯姆和彼得之間關於木頭用途這類無傷大雅的玩笑是經常的消遣，這兩個男人彼此珍重。他們的生活中沒有太多適合拿來說笑的主題。

筵席非常正式，這是村民一年裡所享受唯一正式的一餐，好好地坐在桌邊，食物在面前，麥酒傳來傳去。在米迦勒節的筵席，每個人是站在大廳周圍，從大塊鹿肉上切下小塊，用自己小刀的刀尖叉回去給家人吃得。而懺悔節[9]筵席的食物普通得多，每個人吃的時候都明白村裡的整體屯糧有多低，所以那不是個歡慶的場合，比較像趁還有得吃的時候吃一點。但聖誕筵席是一個儀式，是大家都能享受的，主要歸功於瑪格麗特夫人，每年總是有序而溫暖，極盡豐盛之能事。她也總是確保一部分的肉和麵包和不管席上什麼佳餚，都能送到不克出席的老弱村民手上。

大廳在大門關上以擋住寒氣時變暗。屋內在又有人抵達時變得甚至更擠，慢慢往爐火移動，盡可能擠挨在一起。這些剛到的人斗篷冒著一股蒸氣，混合濕羊毛味和久未沐浴的體味。然後帽兜後放，臉也快烤焦之下，他們會稍微往後退，新一波頭戴暗色帽兜的村民又側身擠上前來。

9　譯注：懺悔節（pre-Lent，又名Shrovetide），為基督教傳統大齋節（又稱四旬節）前的一段區間。

瑪麗安站在火爐遠端，站在汗流浹背地鼓風和塗油的羅伯身後，隔著光亮看著另一邊村民一張張被照得紅亮的臉。達賓和吉兒一起，兩人看來都陰沉憂鬱，因為自那次嬰兒死亡之後，村民都不再和達賓說話，即便他和以往一樣和他們一起工作。和他們在一起的是獨眼瓦特，黑髮仔細拉過蓋住他嚇人的眼窩，健康的那隻眼睛不斷焦慮地轉來轉去，旁邊站著幾個安靜的孩子，同樣是達賓第一段婚姻生的子女。

完全相反的杭特一家人出現了，個個緊裹著厚斗篷，紅潤著臉微笑進來，氣喘吁吁，跺跺凍僵的雙腳，向休爵士和瑪格麗特夫人請安，然後向彼得和瑪麗安做個手勢問好。他們家三個寬臉的青春期孩子帽兜推到背後站著，爐火閃耀在他們臉上。他們最小的孩子保羅，已經將彼得的工具歸位，溜進來和家人站在一起，半罩在母親的斗篷裡暖身子。他對於向彼得卡本特暴露了自己算數不好仍感到不自在。他們沒說話，尚為冒著寒氣費勁走到這裡發喘，面對滿室陌生的溫暖和一屋子人，加之頭上橫梁的極度黑暗，還處於茫然而靜默。

接下來洛克威爾一行人抵達：老瓦特，已略斑白的大把黑鬍子在他撥掉帽兜時從下巴傾瀉而下；他的妻子南西，即莫莉的姊姊，找到莫莉後兩人便消失到某個陰暗角落聊天；還有瑪麗安一直私盼他能娶愛倫的史帝芬，以及其他幾個青春期的孩子。同行的還有另一個洛克威爾家庭：愛德華偕妻子紅髮瑪麗，帶著兒子提姆，這男孩有雙即使在陰暗處也藍如婆婆納花的眼睛，每個星期天在彌撒幫忙。還有他們家其他幾個孩子。同行的還有比以往更加彎駝和憔悴枯槁的老蘭伯特。這些洛克威爾居民是目前步行最遠來到大廳的人，下行橫越整個大田野，卻仍最神采奕奕地出現，他們的談話和笑聲帶動全場。老蘭伯特由一位外甥攙扶，在大廳裡緩步至兒子洛皮所站之處。洛皮背靠牆，仰著頭，長滿鬍碴的長臉帶著一抹模糊的微笑，紅色的火光照在他的疙瘩鼻上。老蘭伯特輕拍肩和他打招呼，但洛皮像是不認得父親，繼續含糊微笑著。

休爵士難得好心情，忙進忙出交代事情。這是他的社交風格，應特殊場合才會表現。

「不行，所有的狗都得待在外面，我之前就說過，今晚屋裡不能有狗。把牠綁在橡樹下——反正牠們全部會在那自己想辦法保暖——讓牠們在那打架。你們應該要把牠們留在家裡的。我自家的狗就夠我麻煩的了。哦，瓦特——還有南西。感謝上帝聖誕賜福——在洛克威爾上面都還好嗎？水結冰了嗎？你——史帝芬，你如果再繼續這樣長高，頭得小心橫梁了——但不管怎樣，你的頭都得小心火腿。大家都說長人的頭聞起來像培根，怎麼說呢，天底下還有更糟的事——小女孩都還好嗎？

約翰神父，你知道你在高桌上要坐哪，我想瑪格達已經在那裡了。莎拉，過來這裡暖暖身子——達賓，挪出位子。肉烤得如何？瑪格麗特夫人呢？喔，還在麵包房。瑪格達，叫妳的狗安靜……」休爵士以一種不尋常的爽朗態度如此招呼不停，彷彿所有的焦慮都突然消散了。

與此同時，愛德吾兒對洛皮的幫忙已不抱希望，還在四處移動矮長凳排在桌邊。他忙碌如常，但雙脣緊閉且不發一語。自從秋天那幾日他悲慘的消失事件過後，他就沉默至今。他被差遣帶著鐮刀去大廳蜂巢周圍的除草，在一個靠著牛棚後牆的棚屋底下。當他晚餐時間沒出現，湯姆開始緊張，他喊了又喊。然後羅伯去一趟蜂巢，發現草除得很整齊堆在一旁，鐮刀橫擺在蜂箱上，但不見愛德吾兒。大家找了三天，湯姆心神不寧。會不會他在溝渠裡溺斃了？所有的溝渠都找過了。難道在森林裡迷路了？但他為什麼會走進森林呢？會不會有什麼原因他走上洛克威爾？但洛克威爾沒有人見著他。然後在第三天傍晚，他在滂沱大雨中蹣跚步入大廳。他猛敲大門，渾身濕透，哭泣且精疲力盡。湯姆像聖經故事裡「回頭浪子」的父親，也會願意為他宰一頭肥牛犢[10]，假使他有的話。但他也為愛德吾兒在火爐旁用乾淨麥稈鋪好床，脫掉他濕透的束腰罩衫和靴子，拿自己的斗篷將他裹緊，餵他瓊安鍋裡的熱湯，擋下所有「你跑去哪了」的詢問。

實情後來一點一點揭露。愛德吾兒下了決定他非得見安妮不可，那位在盧瑟福顏似薔薇的磨坊主女兒，於是在結束蜂巢的除草工作後，他一路跑過果園，走那條現在他已熟悉的路徑前往盧瑟福，並於夜晚抵達。那是一次慘烈的造訪。他送空馱籃回去那次他和安妮間的互動無人知曉，但這回他想更進一步發展的希望立即破滅。他出現在盧瑟福磨坊，安妮被送上閣樓，磨坊主人清楚地要愛德吾兒回家，要他別作夢，以為他會把自己的漂亮女兒許給某處山谷一個大廳僕役的十七歲兒子——他原話如此，況且安妮老早就許配給一位擁有自己土地，甚而有望擁有耕牛隊的穩定好青年。安妮被帶下樓，當著父親的面向他證實此事為真——然而是的，或許她該在上回愛德吾兒來的時候就告訴他，但不知何以她就是沒提，也可能他沒給她時間說，但她拒絕他的時候，愛德吾兒看到她的美目中噙著眼淚。於是他帶著心碎一路淋雨走回家，一直未曾癒合，而浪蕩女莎兒佛萊徹的厚顏主動只讓他感到嫌惡。

大廳的大門再度開啟，帶進一陣冰冷空氣，帶入一點黯淡的十二月黃昏天色，

10 譯注：《新約聖經》中耶穌比喻三部曲中的最後一部。故事中的兒子離家揮霍掉繼承的家產，回頭請求原諒。慈愛寬大的父親不但沒生氣，反而宰肥牛犢慶祝兒子失而復得。

和一道嘶啞的公雞啼聲。瑪麗安遮住視線裡的火光，見到父親躺坐在獨輪車上，麵粉白的鞋底朝上伸出，由羅傑推進來，後面跟著賽門和全家大小。他無論如何感覺心情很快活。

「不會錯過這場筵席的，我這人不可能。」他對大廳的眾人說。「扶我起來，孩子——這裡，這裡，慢慢來。」

「從膝蓋下面把他扛起來，吉伯，不是從腳。」賽門指揮。「這樣就好了，老頭。嗨，瑪麗安，幫父親準備座位了嗎？哦，湯姆拿出了真正的椅子——這是給你的特別禮遇，父親。」經過再三確認，老頭被抬進一張有柳編靠背的椅子裡，和起居平臺上休爵士一家坐的類似。這張椅子被安排到靠近起居平臺的桌子尾端，瑪麗安抱著愛麗絲在腿上，在父親旁邊的長凳上入座。她能看到他帶著愉悅和成就感的笑容，但也在搖曳的燭光中注意到他太陽穴爆出的青筋及周圍皮膚的透明程度。

一直都不見人影的瑪格麗特夫人，伸長雙臂抱著一整只裝小麵包的寬籃自昏暗處現身。

「米勒老爹！所以你終究是到了？」她說。

「這就是有孫子的好處，瑪夫人。」他回答，仍開懷笑著。「他們整路用獨輪車推我過來，把獨輪車抬過水閘長板，那段我不喜歡。但我得要先上到磨坊頂樓，他們把我裝進一只麻布袋裡，把我當一袋穀物似的一路拉上去。幾個小子一直大喊：『別這樣笑，爺爺，你會害繩子從滑輪脫軌的！』」他得意地笑，對這次歷險滿懷興奮。「準備了好東西給我吃嗎，瑪夫人，我這麼大老遠來？」

「他來得很輕鬆。」吉伯從暗處現身，搓著發紅的修長雙手道。「需要好東西是我和羅傑，我以為我的手要和獨輪車凍在一起了。」

「還不能碰。」瑪格麗特夫人猛地從他們手中拿開籃子。「這裡，爺爺，這是給你的點心。」她把籃子邊緣靠在他椅背上平衡，從裡面拿出一個扁形的小麵包，表面抹了烤過的蜂蜜和榛果。「這個你現在吃，吃過肉之後我們都會吃到我們的份。」

瑪格達跳起來，一臉好打聽的樣子。「噢，母親，你不應該給的，這樣每個人都想現在拿到他們的。你知道嗎，米勒爺爺，母親留了肝臟，在火上燉煮好了，是為你準備的，有一些要給莎拉，莫莉要為她的母親和阿姨帶回一些，她們沒有孫子——」

「是木橋的階梯使她們卻步，不然彼得和馬丁就帶她們來了。」瑪麗安說。

老頭只從他的蜂蜜麵包半抬起眼睛（榛果太硬了，但他很高興地舔著蜂蜜），這一瞥讓他看到愛麗絲的小臉從瑪麗安披在肩上的斗篷裡朝外偷看。

「哦，我的小愛麗，我的胖胖小愛麗，來，坐在爺爺膝上。」愛麗絲再度將臉藏在瑪麗安的斗篷後。

「她還是有點害羞，父親。她很快就會記起你的。愛麗絲，坐起來，向爺爺說聖誕快樂。」

愛麗絲頭沒抬地搖搖頭。

「來，坐在爺爺膝上，吃一點蜂蜜麵包。」

愛麗絲用胖手肘在瑪麗安胸前一壓把自己撐起來，盯著伸著一小塊蜂蜜麵包的爺爺。她慎重地用指尖和拇指拿取，之後一抹微笑緩緩在臉頰鼓起。

「還要。」愛麗絲伸長手說，老頭笑得很開心。

「別這麼大塊，父親，她會噎到的。」

「不會，不會，她沒問題的。」他再度大笑，露出粉紅色的牙齦，上面幾座牙根看起來像壞掉的井，盛滿黑色惡膿，這使他有酸苦的口臭。「來，坐在爺爺膝上。」他又重複道，但即使瑪麗安將愛麗絲放到他腿上的動作非常輕柔，這孩子的體重仍造成他無比疼痛，使他沉鬱起來，於是愛麗絲高高興興地重回媽媽懷抱。

爐火上傳出格外響的嘶嘶聲，一道火焰從其中一隻小牛腿竄升上來，藉其短暫的火光，瑪麗安看到莫莉走近她。莫莉用一種商談機密的語調低聲說話。

「帕羅萊特一家來了。」

「我也覺得他們會來，他們從不錯過筵席。」

「他們家幾個孩子？」莫莉用一種密謀的口氣說話。

「我想是五個，包含最年幼的那個，他現在應該至少兩歲了，最小的那個是去年聖誕節前死的。」

「我也是這樣想。」莫莉繼續說：「但現在這裡只有四個，這已經算上那個超過兩歲的了。」

「說不定其中一個病了。」瑪麗安說。

「我問了小莎拉，但當然和往常一樣只得到含糊不清的聲音，但她看起來很煩心，她有事隱瞞。」

瑪麗安懶得理這種自找麻煩的事。「為什麼不問傑克？他一定知道自己有幾個小孩。」

「我問了。」莫莉得意洋洋：「結果他說，『四個，妳知道的，為什麼問？』然後他指著那四個站在一旁的孩子，和平常一樣安靜擠挨在一起。」

「他說是就是囉。」瑪麗安說。

「我知道他們有五個，男孩女孩我不曉得，但就是五個。如果一個生病在家，他也會說。所以我想知道的是，不見的那個去哪了？是不是死了而他們沒告訴任何人？」

瑪麗安的想法差不多。一個悲慘飢餓的小生命，在某個寒冷冬夜裡消逝，父母兩人都沒好好處理，請約翰神父過去好好埋葬。或許他們覺得很羞愧，把屍體藏在糞肥堆裡。

「妳最好把這事報告瑪夫人，如果妳真的覺得本來有五個的話。」她說，但其實自己也認為有五個。

現場一陣騷動，大家各自在長凳上找位子坐。湯姆和羅伯舉起烤肉從掛鉤上拿下，把肉放在一個個大木碗裡。磨刀石響聲不絕於耳。瓊安忙著四處走動，把盛了麵包的厚木盤放到各張桌上。休爵士一家和約翰神父在高桌後站成一排，羅洛在一些陶瓶和長桌底端盛滿麥酒的一只大水桶間焦躁走動。愛德吾兒沿著擱板桌一桌桌點蠟燭，從腋下的一整捆裡掏出，每隔一段距離插進木塊裡，然後在走過時逐一點亮。許多雙謹慎的眼睛看著他，如此大量的蠟燭實在是種享受。

休爵士站在高桌中央，以其小刀的刀柄敲擊桌子，現場隨即安靜下來，他宣布約翰神父將與提姆洛克威爾和另外三個男孩吟唱禱詞。約翰神父向來以一種含糊的單調歌詠進行彌撒，堅持唱一首頌禱歌，一如他年輕時在羅契斯特所學的。他本就不擅音樂，而中間隔的這幾十年也模糊了他的記憶，但聖誕儀式一定要遵循。於是一如每年的聖誕大餐之前，四名男孩在起居平臺一側排成一列，當約翰神父高舉的手一放下，四人便算不上整齊地開始吟詠「Non nobis, Domine, non nobis[11]」，即便他們一個字都不懂。

當喬霍奇森出聲大喊，眾人都怔住了。這個比起剪羊毛季時似乎長高了兩倍的男孩喊道：「不對，唱錯了。」然後自顧自以他新生成的有力男高音唱起來，驚豔四座。但儀式不容打斷，有幾個人出聲：「閉嘴，喬。」「這是教士之歌，他知道怎麼唱。」於是幾個男孩更不整齊地重新吟誦起來，喬一臉煩悶若有所思，最小的吟誦男孩則笑倒在地。約翰神父在吟誦結束能重新用餐時顯然鬆了一口氣。

湯姆在高桌上菜，不斷將切片的烤牛肉放到盛了麵包的木盤裡，由於高桌這桌坐的是貴族，桌上放了一些寬木碗用來裝所有麵包吸收不完的肥油或肉汁。瓊安跟在他身後走，捧著一只大陶罐裝那些被倒入滴水盤裡的肥油和肉汁。罐子裡放了百里香和鼠尾草增添風味，這股熱香氣在烤肉香、羊毛衣蒸氣、獸脂燭之上再添一

11　譯注：為中古世紀三大修士會之一聖殿騎士團（Knights Templar）的拉丁語格言，意為「上主，光榮不要歸於我們，不要歸於我們」，下句為「只願光榮完全歸於祢的聖名」（sed nomini tuo da gloriam.）。

味。如常帶著一股牛棚氣味的農夫麥特，從羅洛旁的桶子將麥酒裝壺，再一壺壺傳給坐在長桌靠近起居平臺那端的人。

瓊安換拿另一只大陶鍋單手抱著，另一手拿一套木碗和湯匙給米勒爺爺，在碗裡盛一些小牛肝、麵包丁、肉汁。瑪麗安幫他拌一拌，儘管顫著手且溢出許多到鬍子上，他稀哩呼嚕地大快朵頤，吃著這頓年度大餐。

瑪麗安拿起自己那份熱騰騰的小牛肉啃，油膩多汁，肥嫩而令人滿足。麥酒壺傳到她面前，她拿近父親脣邊，他仰飲一番，雖然她不知道有多少真的吞進去了。然後她自己長飲一口這清爽營養又振奮精神的玩意，也讓愛麗絲喝了一口，從自己的木盤餵她吃碎肉和麵包。她往下看同桌隔著一段距離的小彼得，他和幾個佛萊徹家的男孩坐，全都安靜且認真地拿著長長的牛肋骨在嘴邊，燭光照亮他們油膩的下巴，閃爍在他們慎重的眼神裡。享用如此美食是件大事。

一壺壺麥酒繼續傳飲，需要多次到桶邊重新斟滿。新鮮的切片麵包由瓊安帶上桌，更多切片牛肉由湯姆用刀尖懸空遞過來（雖然切得沒最初整齊了）。暖意滲入全身，熱牛肉令人滿足，麥酒放鬆舌頭。交談開始四起。大廳另一頭洛克威爾居民的宏亮聲音最不容忽視，其中一個人提到存糧不足。瑪麗安看著父親撿到話頭，但沒聽到來龍去脈，他抬起頭。

「存糧不足？」他重述聽到的，熟悉的字眼壓倒了平日的重聽。「存糧不足？你們年輕人根本不懂什麼叫不足？」一個孩子聽到他父親被喊為「年輕人」而吃吃笑起來，也讓老頭注意到他。「是的，你也是——基於你一離開母親的奶水所能希冀的一切就是食物。麵包，日日需要，都是在磨坊從我手上磨出來的。」瑪麗安驚奇不已地看著她父親站起來，好能看清楚他的聽眾。「雖然冬天還有肥美的培根。還有，兔子。」他丟出這詞彷彿這是罵人的話。「從九月到聖誕節甚至之後，不是每個月都有這樣的筵席你能靠休爵士的慷慨餵飽自己。你們這些小子根本不懂挨餓是什麼——」

「我們懂。」一個沙啞斷裂的聲音插話，感覺像是發話者意識到他再也找不到更好的機會公開發言了。「我們每天都覺得餓，我們所有的男孩子。你不餓是因為你一整天坐著無所事事。」老頭似乎沒聽見，繼續叨絮，這個男孩子最後總結道：「而且就算你餓了，你也沒牙可吃。」引得他的一群同伴發笑。

「我記得存糧不足是什麼光景——不，那不叫不足，當時的情況是一點不剩。」這位老磨坊主用一隻老鷹爪子般的手穩住身子，他未剪的指甲彎曲如鉤爪，抓著賽門的肩頭。「一點不剩。」他掃視他昏暗中聽眾的臉龐強調道。瑪麗安往上瞥向高桌想看休爵士對這場突發狀況的反應，但他只是安靜坐著，用修長的手支著長臉，哀傷的眼睛看著老頭。瑪麗安回頭看父親，近處的燭火照亮他臉上的每一根短鬚，閃爍於他說話時上下眼皮間顫抖而噙著的淚水。「一點不剩。我們第一次注意到枯萎病是在那年的五月。莊稼長得很好，當時種的是小麥，四月雨水豐沛，五月溫暖潮濕。哦，我們都相信自己會大豐收，結果老奧茲——我想他叫奧斯柏。您不會記得他的，爵士。」他稍微轉個方向，對著在起居平臺上的休爵士說。「他在上面大廳田地裡發現的，靠近森林。他的小麥麥穗下垂，每簇麥穗都長了某種棕色類似絨毛的東西，你一摸麥粒就全部掉光。只有一小塊田這樣，但大家都很擔心，我們全都走上大廳田地查看，我當時還只是個孩子。他們大家對奧茲說，你把那些病株全割下來燒掉，我們大家都分一點自己的麥子給你。當然奧茲不願意，但他們強迫他，所以病株都割下燒掉了。但是魔鬼接手了，下個星期小麥上出現更多這種黑黑的東西，不是只有奧茲的田，而是連上面的洛克威爾都有了，出現在杭斯卡特曼的田裡，全部割下燒掉。接著，我們在你的田裡發現一些，爵士，應該是你父親的時代——」

「祖父的——」暗處傳來這一句，但老頭沒聽到，繼續說：「我們正在割病株的時候，老……她叫什麼名字來著？她當時還是個少女，跑向我們說這些毛茸茸的深色東西已經布滿磨坊一帶的小麥了。於是，爵士，我們全都踏著重步下去，你父親走在前頭。實在太糟了，這些毛茸茸的東西，而且你一摸，這些麥粒便如無物似地散落一地。噢，那天傍晚一片哀傷。沒有人能倖免，我們都知道那意味什麼。爵士，我還記得你父親——」

「祖父——」那聲音這次稍微大聲些。

「——站在磨坊田地較低的地方，就只是看著我們。我們沒人知道該說什麼，他臉白得像新生的羔羊。我們不曉得他當時已經病了。搞不好是小麥上的同一種毒物跑進他的要害——」

「不，當然不是。」含糊的酒醉聲音從黑暗裡傳出，想找架吵。

「——但我們割了又割，燒了又燒。他不讓我們留任何一丁點餵豬牛，怕這褐色的玩意會擴散，他只說割掉，全部割掉，然後小心燒掉，注意你們的大麥。但大麥沒得過這種褐色的東西，從未有過，只是我們當時不知道。當時到處可見凝重的臉色，而他，你的父親，爵士，他沒再回復過體力，嘔吐又失禁，臉色黃如毛茛。我記得很清楚他走到大廳門邊，對，就那裡，下達了一些命令，他得扶著門柱才能站直，手瘦得像屍體的手，而且蠟黃。幾天後他就真的成了屍體，這一切離枯萎病發現只有短短幾星期。一位如此的青年，我想才二十四歲。爵士，還有你的母親——」

「祖母——」那聲音現在更堅持。

「——一個優秀的年輕女子，新婚不久，我想是從威爾德來的。她當時已經懷孕，只是還看不出來。」

老頭暫停一下，從愛德吾兒在暗處悄悄遞出去給他的壺裡喝了幾口麥酒。他用手背抹抹鬍子，但講到一半停下來使得他忘了自己講到哪。他的聽眾都沉默了，瑪麗安看著他們一排排微弱燭光下紅潤的臉，都聚精會神在她父親身上。賽門顯然很享受這種沾光的感覺。休爵士面前有兩支蠟燭，燭火尚與他的臉同高，所以他側靠在一隻手上，但目光毫不鬆懈地定在老磨坊主身上。瑪格麗特夫人坐在他隔壁，解開小帽的繫繩往肩後擺，屋裡有多暖可見一般。她同樣專注在老頭身上。她新的深紅連衣裙，雖然剪裁寬鬆，但在腹肚的地方已經繃緊。瑪麗安觀察到她的脖子有多瘦，緊繃的長筋從兩耳往下伸拉，消失在深紅羊毛裡，看來就像她鼓脹的腹部用帶子掛在脖子上，她的每個動作都盡顯大腹便便。

麥酒讓老人重振過來，他接續故事，但不是從之前講到的地方。

「他沒多久就死了，那樣非死不可的，完全留不住任何食物，連一點麵包糊都不行，她像餵沒有母親的嬰兒那樣餵他，安撫他，他沒隔多久就會嘔吐，當黃色的——」

「蒲公英[12]——」嘲弄的聲音伴隨笑聲出現，但這位老磨坊主似乎沒聽到。

「但他下葬時——你知道墓在哪，是不是，爵士？——黃色都消失了，他看起來蒼白的如同任何其他屍體。唉，那真的是哀傷的一刻，他還那麼年輕，原來身強體壯，而她才二十歲就守寡。哎，她是個男人都會以她為榮的女子，你的母親，爵士。不，不，她是你的祖母才對。」

「早就說了。」暗處又出聲。

愛麗絲在瑪麗安腿上睡著，爐火的高溫烘在背上很熱，所以她把斗篷撥下去。她雙腳交叉，膝蓋往兩旁攤，這樣愛麗絲可以睡在她大腿間裙面形成的吊床上。

「夫人不怨天不尤人。當史帝芬神父——他是在你之前來的，約翰神父，很久之前——在墳上說他的早逝是對他罪的懲罰，她在我們還在神聖的墓地時不發一語，但回到大廳，也就是這裡，在葬禮筵席上，她大罵史帝芬神父。她朝他哭叫，你指的是什麼，他的罪？他一生正直，每星期參加彌撒，從未偷竊或拿取任何非份之物，甚至不願從寡婦手上拿走他應得的，他是一個好丈夫，從不私通的好青年。你說的是什麼罪，等一個人已無法反駁了就立刻汙衊他？老聖徒——我們都叫史帝

12 譯注：蒲公英與老人先前提到的毛茛皆為黃花。

芬神父老聖徒，至少我們男孩子是這樣叫的——他看起來腦筋一片混亂，從沒被這樣質問過，還是在眾人面前，尤其對方是一個年輕女子。他說起上帝是如何清楚每個人的內在，她激動嚷道，上帝才沒向他說她丈夫的內心如何，即便他是神父，這樣說他有罪的言語很惡毒——何況不到三天前他才做了臨終祈禱，向老聖徒本人告解後被主赦免……而且……老聖徒無話可說，只是一直呢喃關於夏娃的女兒，對他和對神聖的教堂都不敬之類的。但是葬禮筵席有上好的起司和一桶陳年麥酒，由我打理，因為當時我是大廳裡的童僕，那是我兩個哥哥死掉前的事。總之老聖徒只拿到一小塊發霉的起司外皮，只喝到一點酒，而在那之前我打翻了壺，所以他沒能再多喝……」老頭被兒時作弄人的事逗得停下敘事，沾沾自喜大笑開來。「她在那之後稍微冷靜下來，只啜泣了一會。啊，真是個勇敢的女人。然後我們一群男孩子把老聖徒推出大廳，還她內心平靜。」

整個大廳似乎變得更熱了，大量烤肉及新釀麥酒的強度讓許多村民昏昏欲睡。瑪麗安突然感受到一股暖意包覆腳踝，發現愛麗絲在睡夢中尿了很大一泡。大廳遠端曾傳出幾個孩子的鬥嘴聲，父親的摑掌聲，母親說「現在都安靜」，以及「是他先打我」的低語聲，但多半時間裡老磨坊主的故事擄獲了眾人的注意力。他們當中許多人聽過大饑荒以前的故事，但在他們毫無想像空間且單調的生活裡，任何故事都具備抓住他們心神的力量。蠟燭此時已燒短，不再照亮老頭的眼睛，只有貝西幫他粗略修剪的白短鬚，和隨手勢前後擺動的鳥爪般的手還在亮處。瑪麗安發現他的記憶正在回湧，而每個他飢餓童年記得的細節都夾帶許多其他回憶。她知道沒什麼能阻止他講下去，但也沒有人想阻止。村民或許昏昏欲睡，但態度認真地聽著滔滔不絕的事件描述，在他們單調的人生裡很難得聽到如此即興的演說。老頭慢慢找回思路，他發現一個細心的聽眾即具有驚人的刺激之效。瓊安少量發放塗了蜂蜜和榛果的小麵包，用氣音催大家拿一個然後把籃子往下傳。

「爵士整段生病期間，她一直告訴所有男人，察看自家小麥，如果上面有這些深色的東西，割下燒掉，而他們照做了。他們不停地割，再把病株全部拿到堅果樹旁的荒廢角落——」

「堅果樹老早不在了——」那個萬事通的聲音大喊。

「——在那裡燒了，這樣燃燒的擴散物就不會危及健康的大麥。大麥都沒事，魔鬼的枯萎病從未接近大麥，但小麥一點不剩，無處倖免。她說把殘株也燒了，因為都還立在那，大家照做了，看你能燒多少綠色殘株就燒多少。唉，當時到處可見愁容滿面，那麼多努力付諸東流，村裡頑童圍觀追問原因，我們全都很好奇……想知道……」當他的回憶趕上描述時，他說話逐漸含糊。

「說說那位夫人。」賽門提示他。

老磨坊主再次抬起頭，指向休爵士坐的地方：「她站在那裡，葬禮過後一兩天，當天傾盆大雨，天空濕重陰暗，沒有半點風，雲層沒有任何裂口，你們知道六月天有時候會是那樣。雖然是中午，但大廳裡很暗，百葉窗幾乎沒開。」他抬手向窗，「雨從兩側噴進來——她召集所有男人過去，我也去了，雖然只是個還不滿十歲的孩子。她說話，哦，她說話清楚又合情合理，無懈可擊，雖然她是個女人。她說，我們麻煩大了，全村的人，即將到來的秋天將沒有小麥，一粒都沒有，意即整個冬天都沒有麵包吃，且無法儲存我們的大麥，如果我們收成這批，包括我們的豌豆和其他豆類，我們明年就沒有種子可播種，除非我們能從盧瑟福拿到一些。尼克卡特——爵士，你不會記得他的，多年前就死了——說那裡說不定也有魔鬼的枯萎病，她說也不無可能。我們只剩大麥，然後她說任何還有豌豆和其他豆類的人，現在播種還不算遲，或許能在冬天前收成作物。她說，寧可現在挨餓些，保命到明年。似乎多數人都還有一些豌豆和其他豆類，所以她說每個人必須將家裡所有的存糧帶來，麵粉、穀物、豌豆、其他豆類，如果任何人私藏，她會對他，但更有可能是她，處以鞭刑。她說如果我們合作，我們就能多數倖存下來；不這麼做，我們絕對會滅村，因為即使一個家庭為來年找到足夠的糧食，但村裡其他人都死了，這個家庭要如何只靠自己獨活下去？男人都知道她說得有道理，而且她說大麥現在是我們僅存的食物，而食物比飲料重要，上帝賜我們清水飲用，所以將不會有大麥被拿去釀麥酒。她形容那是浪費了我們都亟需的好穀物。當然，這點引來不少抱怨和牢騷，但後來證實她是對的，到最後每粒大麥都珍貴。但過程還是很慘，所有的男人都說，在東風中犁田一整天回來，我則是在耕犁後面喊聲趕跑烏鴉回來，不再有一壺美味的溫麥酒給身體一點安慰，只能像馬似地喝著冷水。然後老媽子……她叫什麼來著？住在下方沼澤一帶，死了很多年——總之她藏了一些大麥在柴堆裡，偷偷釀了一小壺麥酒。但是湯姆——湯姆，那是你父親，他當時是與我差不多年紀的小夥子，或許稍大一點——發現她的事，告訴了我，我說你要聲稱你什麼都沒看到，但那位太太允諾每個像這樣可能打小報告的人一塊蜂蜜蛋糕。於是湯姆這麼說了，得到了他的大麥蛋糕，也相當小塊，但加了蜂蜜，他分我一點。然後她拿去下方沼澤區，他們逮到她，她在大橡樹旁被以柳條鞭打，小酒桶被拿走，等釀製完成，在下個星期天彌撒過後，每個男人都得以輪流啜飲一口。老媽子貝蒂沒得喝——啊對了，她叫做貝蒂——」他又陷入竊笑。

賽門再次敦促他。

「喔，對，」他繼續：「夫人把所有穀物和麵粉，所有非播種所需的豌豆和其他豆類都囤起來，全以麻布袋和木桶存放在這，放在一塊木板上以免受潮。她用一隻有點小的木勺將它們全部量過，然後計算人口和下一次可能的收成前還有多少天。她非常精於計算，她腦袋了記了多少東西簡直驚人。每個星期天彌撒過後，我們全都來到大廳，婦人會帶著袋子和籃子，她會依各家人口舀出相應的大麥或豆類。她不會拿給男人，她說妻子是家裡比較會妥善處理食物的人，能讓糧食撐最久。我母親領到的很少，我記得，那年冬天我們家蘇凱死了之後，我們領到的甚至更少，但我們都看得出來分得很公平。至於夫人自己，她沒拿得比我們多，即便我們看著她的肚子隨秋天過去一天天大起來。大廳那年夏天時有五隻母牛，都生了小牛，經過春天豐沛的雨水，青草生長茂盛，也因而乾草收成很好。牛奶品質優良，她在此運作酪業，每天照料，這些乳牛的起司產量前所未有的多。她將乳清發給所有的婦女，自己也喝，基於她懷著孩子，她說以此能讓村裡的嬰孩穩定。她盯著每件事，確保妥當執行。如果沒有她做這一切，我敢說全村絕對會餓死。你們這些男孩子，你們什麼都不缺，你們不懂——你們不……」

賽門再次將父親的思緒從眼前的男孩們拉開，回到過去。

「那年冬天很難熬，那年冬天啊，結冰多霧，雪下不多，但霜像永遠不會融化似的。我們有柴火，有起司，偶爾也有雞肉，但沒穀物可吃的雞身上肉不多。沒有麥酒能暖身，死了很多老人，當然，指的是比平常更多。泥土凍得太硬，沒法挖墳墓，男人只好在同一個墳墓裡把一具屍體往前一具上面疊，放一塊木板在最上面用石頭壓著防狐狸，等待下一個死者。不是基督教的埋葬法，但老聖徒為每一個死者念了禱詞，所以我們想應該還可以。」

「到了春天我們已經相當飢餓。夫人把孩子生了下來，是個可愛健康的小男孩，這為我們都帶來一點希望。我不曉得這些母親是怎麼有奶水給孩子的，她瘦得不像話。我還記得春天第一天，天氣溫暖晴朗，果園裡的蜜蜂嗡嗡飛離。我記得她舀起給我們的一點豆子，我看到她手臂有多細，她以前是偏豐腴型的，如我所說是個秀麗的女孩，但當時不是。村裡頑童什麼事都做不來了，有氣無力地坐著，哭著向媽媽討麵包，母親只能流淚看著他們。當然，許多孩子死去，只有一些強壯的活下來。」

「為什麼你們不下去盧瑟福要一些穀物呢？」年輕男子的聲音從黑暗中提問。

「盧瑟福？」老頭輕蔑地重複道。「你以為我們沒去嗎？三、四個男人牽馬帶著馱籃下去，盧瑟福的男人卻拿棍子趕他們走，說他們的小麥也得了魔鬼的枯萎病，他們沒有多餘的麥粒。這是個殘酷的消息，他們心情沮喪地帶回來給我們其他人。到了夏天我們都已經相當孱弱，我看過一些男人，年輕的男人，要走上大草坪這裡，得扶著菜園圍欄才能站著，每四、五步就要停下來，低垂著頭。至於八月的大麥收成，我真的不知道是如何完成的，還有脫粒。所有田裡的大麥都豐收，但不足以彌補損失的小麥，所以那個隔年大家的配糧還是很少，而且大麥本身實在不適合做麵包。那一年森林裡的鹿比往常多，我們在米迦勒節如常吃了雄鹿肉，到了聖尼古拉節[13]，夫人對男人們說，出去外面再打一頭鹿回來，因為我們需要每一丁點能取得的食物。老聖徒聽到了，狗群興奮地吠叫，他過來四處阻撓。」講到這裡老頭把音調提得甚至更高：「不，不行，他說，這不合法。法律說米迦勒節食一隻鹿，主顯節*食另一隻，其他日子都不能吃。她說上帝為我們送來這一大群鹿到大廳田地附近，難道不是祂照顧我們的暗示嗎？畢竟，我們亟需幫助這點我們也祈禱夠了。他仍嘮叨這不合法，一個女人家懂什麼法律。她說，那麼神父，她說，你最好小心別讓任何一口熱鹿肉進到你嘴裡。她朝那些帶著狗在前頭領路已蓄勢待發的男人點點頭，輕而易舉就在中午前為我們帶回了一頭好鹿。在霜日中，雄鹿被剝皮、切塊、火烤，又是一次如同米迦勒節的美好筵席。老聖徒也在，我為他上菜——喔哦哦，他吃得很盡興，我可以說——然後我一直說，再來一點吧，神父，抖動著一塊多汁的肉塊伸到他鼻前，我朋友湯姆拿著一個大碗和一支湯匙說，再來一匙濃郁的肉汁嗎，神父？當他舔食完畢，湯姆說，現在你將會下地獄受焚了，不會嗎？這不合法，你知道的。然後每個人都帶著哄笑發出吼叫，鹿肉給了他們力氣。哦，我們那天傍晚真是高興又快活，吃吃喝喝——雖然只有清水─也算快樂啦。而老聖徒看起來相當難為情，但他照樣大快朵頤。夫人把鹿肝留下，切成小塊，送去給所有剛生產完不克前來參加筵席的婦女。所以我們都享用了一頓美好大餐，沒有因此引來任何魔鬼。那張細緻的鹿皮被曬乾，夫人將它掛在那裡的床邊，」他指向休爵士後方的暗處，「把冷空氣擋在外面。」

「鹿皮還在那。」瑪格達的聲音大喊。

顯然這段過去擄住了老頭的思緒，因而這一聲針對當下的大喊斷開了他的思路。

「是的，是的。」他煩躁含糊道：「她是個傑出的女人，爵士，你的母親——不，不，她是你祖母，爵士，你的祖母。時光飛逝……」老頭的聲音漸漸減弱。他累壞了，賽門拉著他的手臂讓他坐回椅子上。

「他沒說他們到底怎麼拿到穀類種子的，小麥種子，隔年播種用的。」從暗處

13 譯注：聖尼古拉節（St. Nicholas' Day），西方基督教國家於十二月五日慶祝。聖尼古拉據載為喜歡給孩子禮物的聖人，十六世紀教會廢除此節，將送禮人轉化為基督聖子，送禮時間推移至聖誕夜。

＊ 編按：原文 Piphany 可能筆誤，應為 Epiphany。主顯節為一月六日，但不同教派而有不同慶日。

傳來另一道聲音。

蠟燭此時已燒到很低，有些已剩在木磚裡的最後一絲火光，大廳逐漸暗下來。村民開始不情願地找自己的斗篷。賽門一個手勢，羅傑將獨輪車移近祖父的椅子，他們幫他坐進去，用他的斗篷將他裹緊，將他的鹿皮帽兜拉上來罩住頭，把油膩的鬍子塞進衣服。他現在歸心似箭，在獨論車轉向羅傑將他推出門外進入酷寒夜色時，他幾乎沒看瑪麗安一眼。瑪麗安望著他離去，心想不知還能不能再見到活著的他。

湯姆添了一點小木柴在火堆裡，木柴燃燒起來，比起蠟燭將大廳照得亮許多，在這橙黃的火光中，互道再會的時間到了。瑪麗安抱起沉睡的愛麗絲，彼得用她的斗篷將她們母女倆包起來繫好，叫上小彼得，全家人離開。

他們在木橋遇到莫莉，提著一鍋燉鹿肝和一袋蜂蜜麵包。這晚霧氣很重，月亮透過濃霧朦朧地閃著微光，如此模糊的光線使得小徑和木橋只是隱約可辨。無疑是麗莎和馬丁的兩個人影，已經過了橋走下小徑。

「橋面很滑。」莫莉探出一隻腳到閃閃發亮的木板上。「抓緊扶手。」

小彼得跟在她後面。

「哇噢，木橋從沒這麼好滑過。」他說著就想試滑。

「別做蠢事。」彼得命令：「抓緊扶手，別讓我們走在後面的人更慘。穩住，瑪麗安。等一下，下階梯我幫你一把。」

冰霜鋒利如昔，雜草在她腳下被壓碎，在牛腳印上的冰在被他們踩破時發出清脆的聲響。他們走路的時候，瑪麗安能感覺到自己的濕裙子逐漸凍硬，每走一步就破碎一點。他們在莫莉家的柵門口向她道晚安，對麗莎和馬丁喊了類似的問候，然後在自家門前摸索。他們不知道帕羅萊特一家到家沒，他們的屋子安靜無聲。

屋裡漆黑一片，瑪麗安推開上半門，微弱的反射月光使她看見老圓木、層架、搖籃、火爐等熟悉的隱約形狀。

「小子，進屋前先來尿尿。」彼得說。瑪麗安能聽見他們跟著她進屋前的嘶嘶尿聲。

她將潮濕的愛麗絲放進搖籃，幫她蓋上羊皮。她能聽見小彼得躺進他的角落時將麥稈弄出的沙沙聲。她脫下裙子，依然凍得脆硬，將它掛在爐火上方一根橫梁的釘子上。爐火尚有微弱的紅光。

彼得脫下靴子，爬進麥稈堆裡。瑪麗安穿著她的寬鬆直筒羊毛連衣裙，雙腿冷得發抖，她將自己的斗篷鋪開蓋在被子上，然後加入他。即便在這麼冷的夜裡，當她滾近他，他身子溫暖的程度總是令她驚訝。他把溫暖粗糙的手放上她難得光著的腿，然後往上滑進她的連衣裙底下。

她心想，喔不，不要現在，天氣太冷，人也太累。但他的手仍興味盎然地撫摸著。她想起村裡女人總說的話，「如果妳太常拒絕他，他就會找上其次能取得的，而那很可能是你們的女兒。」哎，她心想，家裡沒有已長大的女兒，目前還沒有，但她知道那說法可能有道理。

「瑪麗。」他對她耳語，手再次下滑至她的腿部，一陣不自主欲望的輕顫流過她的臀部。

她心想，她就是這樣懷上諾利的，意識到自己一整天都沒想起諾利，看在諾利的份上，她將彼得拉向自己。

當彼得完事，他的最後一聲悶哼很快轉為抖動的鼾聲。他身子很重，她還想要，但沒有叫醒他。她碰到小彼得熟睡背部的腳冷到發痛。忽然一抹強烈的甜味滲入她口中，她舔舔脣，發現是彼得鬍子上有一滴黏稠的蜂蜜貼著她的脣。

如果我的腳能暖起來就好了，她心想，緩慢地互相摩擦雙腳。她過了良久才睡去。

# 一月

牧羊人緊裹厚外套
麥稈牢束綁腿布
牧羊犬步履維艱
緊隨腳邊尋求擋風
冬日天候無論好壞
一起大步穿行雪中

日子順利來到一月，整個大自然都蟄伏著。無事可做，只能忍耐。對瑪麗安而言，一月向來如此。

冬至筵席已過，到懺悔節懺悔請求赦免以前，都沒有慶典可期。活下去，每個人腦子裡都想著如何活下去：省著點吃，思及下星期；只維持文火，思及下個月；餵養你的牲畜，思及明年；把斗篷裹緊，然後忍耐、忍耐、再忍耐。一月總是很難

熬，絕望的月份，且像是無止無盡。

屋裡經常如此處於滿室黑暗，白天被黑夜吞沒，黎明或正午都不明顯。瑪麗安腦子裡，一天中芝麻蒜皮的事經常和另一天的芝麻蒜皮搞混。她經常感到暈眩，隱約意識到自己在圓木座上坐了大半天，她疼痛的腳以某種麻木的狀態放在爐底石上。往日事件在她的腦子出現，但沒有一件她能搞清楚前後順序，即便她試圖排列，但她也沒試就是了。感覺像是我的腦子已經凍成固態，在極少有自我意識的時刻她會這樣想。有時她會突然驚醒，打算勉力帶著木桶下去汲水處，才發現她已經去過了，因為幾乎滿水的桶子就立在屋簷下。有時她抱一些碎木柴到爐火處，卻發現已經有一些堆好在旁邊了，正在晾乾。她知道自己吃得太少，但睏倦到無力幫自己弄點吃的。她知道自己夜裡睡得不夠，但有太多理應是白天的時間，他們全家躺在床上窩在被子裡假寐打發時間。平常活潑的愛麗絲，像是感覺出母親的靜態進而模仿起來，又或者她只是同樣處於這種半冬眠的狀態，他們稱之為「捱過冬天」的狀態。

聖誕節的冰霜消失不久後就下雪了。一天瑪麗安跑一趟大廳拿更多紡織的羊毛，然後舉步維艱地越過公有地回家。她中途望進彼得的工作室，發現他滿手臂都是血痕，正在將黑刺李的枝條綁束和編成耙子，以便來年春天使用。他正在嘮叨保羅，保羅用長凍瘡的手指試著將硬枝固定好。

「湯姆說看來要下雪了，隨時都可能下。」她說。

「很有可能。」彼得說，心思還在工作上。

「如果雪積得很厚，你會留宿大廳？」

「哦，應該不會下到那麼厚，我天黑前就會到家了。用力一點往下壓，保羅。」

她離開他們，但在木橋上的時候抬頭瞥一眼天空，只見連綿發亮的一片灰白，十分低垂，幾乎要因為滿含雪片的負重顫抖起來。空氣沉滯且冰冷陰涼，她穿越公有地還不到半路時，第一片大雪花便緩緩飄落。她從莫莉那接走愛麗絲回到家時，地面開始積雪。她喚回母雞，犧牲一些穀物將牠們誘進來，上去蛋巢層架上。她把棲架在室內立起來，牠們便能下來用山羊的飲水盆，再上去回到巢內。她試著關上屋頂排煙口上的天窗，但皮革鉸鏈被凍硬了，開也不是關也不是。她忙著張羅爐火和食物，當她再次從上半門望出去，菜園已消失在雪片紛飛之中，而附近的地面已處處是柔軟的白色小丘。小彼得穿過雪景回到家。他本來在大廳幫羅洛做事，馬丁發現他在大草坪和基特尼克森打雪仗，於是強硬將他拽走，陪他走過公有地回來。小彼得進門的時候帽兜和束腰罩衫都沾著雪，已開始凍進纖維裡了。他臉色蒼白，牙齒打顫。瑪麗安脫下他凍結的衣服，為他披了一件毯子，他坐在爐火邊的地上椅著老圓木座，呼吸久顫得和抽咽時差不多。她注意到他的腿有多瘦，幾乎像本身有腰身似地長在他方正的男孩膝蓋上。孩童的性命多麼危機四伏啊。即使擔心不已，她仍對他說，他是個蠢孩子才會去打雪仗，應該要直接回家，他回答他沒想到雪會那麼冷。

當晚彼得沒有回家，瑪麗安也猜想他大概回不來。風變大了，下個不停的雪已經靠著屋牆、椤樹、菜園圍籬往上積。她隔天早上往外看，景象簡直神奇。整個菜園被埋在一片波浪狀的白色斜坡下，偶有一隻彎曲的薊稈突出。樹梢上，主幹的西面都沾滿鬆脆的雪。黑色的紫杉大為開展，每一根樹枝都有自己的積雪，底下灌木的每一根小枝都帶了一層薄薄的垂直白壁。此刻空氣靜止，天空也是一片不動不移的灰。萬籟俱寂。感覺到愛麗絲把手放在她裙子上，瑪麗安彎身將她抱起，好讓她能從上半門望出去。愛麗絲看得目瞪口呆。

「喔——」她叫道：「喔——喔！」瑪麗安再度將她放下，注意到積雪的地面如何反射奇怪的冷光到屋子上面的椽木上。

當天稍晚，意識到寒霜可能使得地面更危險，使溪水結冰，她帶著水桶走下汲水處。溪水當時尚未結冰，但因垂在陰暗溪水上的厚雪拱頂而變窄，厚雪拱頂是由結塊枯草和垂往水面的蘆葦所支撐。瑪麗安靠在覆雪的柳樹上撐住自己，拉繩索將沉重的水桶拉起，在腳下很滑的狀態提著走上陡徑，水桶搖晃得很厲害，等到她提到家門口，裡面只剩半桶。她鏟起一些雪放進桶裡，但要填滿到桶緣需要的雪多得可怕。她雙手雙腳都冷到發痛。她再多放兩根柴到火裡，以某種麻木狀態跌坐在老圓木座上。

全家人進入冬眠。他們坐在文火旁度過無聲的一個又一個小時，半因寒冷半因煙燻而陷入恍惚。有時茅草屋頂細縫裡有一點雪融化，會滴到底下的柴火發出嘶嘶聲。他們吃小碗的大麥熱粥，有時配點起司。他們非要到再也憋不住了，才會不情願地走出屋外去糞肥堆。小虎從層架上牠的麥稈堆上下來，往上跳過隔牆到山羊區，他們聽到牠在山羊腳邊刮擦麥稈的聲音。

瑪麗安的腳疼痛不已。她在聖誕筵席結束冒著寒霜中走回家開始，一邊的腳跟便長出凍瘡，至今未癒。每走一步都壓迫裸露的傷口，現在她發現幾乎多數的腳趾都長了凍瘡，紅腫閃亮的腫塊，又癢又痛，且一摩擦就會破皮。她的羊皮靴已經濕透，因為一隻在腳背的位置有條裂縫，另一隻則裂在靴底。即使是放在靴架上拿到火爐旁，也要數天才能全乾，然後它們還會因為太僵硬，穿上走會讓她痛得和赤腳走差不多。而且當然，如果她穿著它們走在濕地，兩分鐘內就會再度濕透。

到了第五天，降雪似乎減少了。菜園愈來愈多枝條和草叢露出來。一小陣風讓楞樹上的常春藤簌簌作響，一陣冰雪抖落，常春藤又再度變綠。太陽在中午左右露臉，屋頂的雪融了一點，整個下午一直從茅草中穩定滴下來，將底下的雪融化，露出一排洗淨的卵石，有白色、粉紅色、太妃糖褐色。隔天早上這些滴水成了一條條有稜紋的冰柱，像一片銀色的劉海順著茅草沿屋頂邊緣垂掛下來。小彼得很高興，敲下幾支吸吮。愛麗絲也要了一支冰棒，弄得身前一片濕。

除了白天的滴水聲，四下寂靜依舊，偶爾被黑鸝的啁啾打破。那天下午，瑪麗安從不情願去的糞肥堆回來，感覺一陣旋風在臉上，抬頭看，只見映在天空前的樹頂輕輕搖晃著，現在變得灰得不均勻的雲朵正從西方往山谷上方飄移。空氣冰涼且極度濕冷，但還不到嚴寒。聽了一整晚持續的滴水聲，偶爾滑落的雪瀑聲，及其落地的重擊聲響，她隔天往外看，看到大片的菜園泥土露出，而且屋前坑坑巴巴的地面小黑坑裡都積滿水，那是他們來回於糞肥堆時踩出來的。

融雪持續了一整天。到了中午屋頂便已淨空，菜園大半都已是裸土，只有東一塊西一塊的髒白色。瑪麗安忍著痛穿上靴子，走去麗莎和馬丁家附近。他們和她一樣不好過，麗莎給她一些鵝脂揉擦她的腳趾。她繞開帕羅萊特家，但注意到一縷輕煙從他們屋頂飄出，然後她往下走到莫莉家。

莫莉見她時眼睛比被柴煙薰過更紅。她哭著告訴瑪麗安，第一個積雪日的傍晚，她的阿姨老瑪吉是如何走下汲水處，在那跌倒，摔斷或扭傷腳踝，然後昏倒了。說多長的時間她躺在雪地裡卻無人知曉，打著瞌睡不知時辰的老艾格妮絲也沒幫上忙。

莫莉最後終於聽到了老瑪吉的呼救。

「我找到她。她腳整個扭曲，一根骨頭從腳踝穿刺出來，血流在雪上，人半生不死。我從肩膀將她架起，在雪中將她拖上小徑，她痛得大聲哭喊。當時天色幾乎要暗了。我不斷往外看，看你們家彼得會不會經過能幫忙帶消息，但他整晚都沒經過。我把她弄進屋裡，我們包紮她的腳，母親弄了點熱的給她喝，但她身子一直暖不起來，她就一直虛弱安靜地躺在那裡，到了早上，我看到她就已經死了。這也不能說太令人訝異，考慮到她的年紀。那天早上雪在我們門前一直積到了屋頂，出門無望，所以我們將她平放在靠牆的地上，現在雪融了，我要出門去村裡通知約翰神父。妳覺得公有地的小徑已經淨空了嗎？」莫莉疲倦的臉因新襲上的哀傷皺起。

瑪麗安慶幸地想起，一如每年冬天，休爵士已經趁土凍得太硬前安排挖好幾個墳墓。瑪麗安不覺得震驚，她預期會有老人凍死，並不感到悲傷。

莫莉想必去過村子了，因為傍晚村裡的男人就帶著圍欄片來，將老瑪吉的屍體抬走前往墓地。在濕冷天氣中約翰神父盡可能進行了最簡短的儀式，進行當中他聲音嘶啞，鼻水直流。莫莉仔細向瑪麗安描述了所有細節。

彼得那個時候已經回到家了，心情很差，因為計畫好的工作排程全被打亂，不過他帶回了很多更實沉的木料。他拿一根竿子捅了捅排煙窗，它現在能隨意撐上打開或蓋下關起了。瑪麗安透過椽木空隙間能看到，彼得的動作弄斷了其中一條皮革鉸鏈，但她忍住不提，天窗至少目前還堪用。他很同情她腳長凍瘡，溫柔地用鵝脂揉擦它們，並用一些碎布纏起來，但連他的輕柔碰觸都會痛。她從來不明白，為什麼他如此常暴露在外，卻從不生凍瘡。小彼得也不會，即便是他扭曲的那隻腳。

不只是每走一步她都要忍住腳痛，她還經常覺得相當虛弱。她知道自己沒有吃到足夠的食物。在冬天挨餓的月份，她經常經歷這種伴隨視力模糊的虛弱發抖。她想用從貝西送來給她蜂蜜罐裡刮出一些蜂蜜來阻隔這種感覺，但到了這個時候罐內已經刮得很乾淨了，唯一的一點希望是去一趟磨坊再討一些。她每日查看穀物、豌豆、起司的存量，推斷要多久才會再有任何替代食物出現。她常看著彼得，看著兩個不知憂愁的孩子，然後自己少吃一點。冬天向來如此。

在那些伴隨部分融雪，彷彿無邊無盡又無事可為的日子裡，沒有新雪降下，但殘留在圍欄上和公有地旁溝渠裡的雪塊僅在白天融化了表面，晚上又重新結成堅固的冰網。彼得每天一路困難而蜿蜒地滑行到村裡的工作室，在黃昏前拖著身子回家。他到家時裹在兩隻小腿上的布總是濕透到膝蓋，束腰罩衫和斗篷的邊緣總覆著半融的雪而變重。這種天不可能晾乾衣服。

他到家時肩上扛了一根非常結實的梣樹木樁，已削尖並炭化過使之防水。他把木樁立靠在屋簷下，告訴瑪麗安這要用來修繕帕羅萊特家的門。

「傑克幾天前拜託我的，大概是主顯節的時候。」他咕噥道。「說他們的門柱已經腐爛，房子的拱腹架空懸在那，覺得可能會掉下來砸到小孩。他說的沒錯，門柱底下都爛了。我懷疑他的小孩幾年都在上面撒尿，狗也是。所以星期天彌撒過後，我會把這根新的換上去，不過到時候他也得幫忙。」

瑪麗安勉強同意。為帕羅萊特家做點事使她既恐慌又感覺良心舒坦。恐慌是因為與他們家的任何接觸，都可能使她自己生病，因為她認為鼠疫由貧困造成，可是為他們家做一點事又讓良心舒坦些。但話說回來，她生活裡的舒適，多半是她自己努力掙來的，不負責任的小莎拉卻是自作自受，一想到此她的良心又被扼殺了。

但下個星期天彼得便肩扛木樁，拖著鐵鍬，帶一根尖銳的長鐵釘和其他工具，腰帶上插著他最大的木槌，一路嘎吱踩著覆雪的草前往帕羅萊特家。瑪麗安整個下午都聽著木槌的重擊聲。彼得幾個小時後極度疲憊地回到家。

「好了，我們完成了，可惜附近沒有其他強壯的男人。我得把舊門柱拔出來，幫新的挖一個適合的洞，同時在傑克站在那往上撐住屋子的拱腹，而整個屋椽和茅草屋頂的重量都壓在上面。我已經盡可能地快，還好地面還算鬆軟，但我很驚訝他能站在那撐住整個重量那麼久。」

「可惜馬丁不在，他和麗莎在磨坊。小莎拉或任何一個小傢伙不能幫忙嗎？」

「小莎拉就只是坐在家裡的圓木上。她不曾試著幫忙，他也沒對她說過任何話。但她能否幫上忙也令人懷疑，她那麼矮，頭頂連他的肩頭都不到。」

「其他小孩呢？」

「我真的搞不懂那些孩子，看不出他們到底是男孩女孩，他們像是從來不會長大。這真的是——」

「你看到幾個？」瑪麗安想起那個關於孩子比原來少的傳言。

「看不出來，屋裡相當暗，即使整個大門敞開。我看到地上一堆舊毯子，底下伸出幾隻瘦巴巴的小腿，一度角落被照亮時，一張小臉，其實只有一雙大眼，從裡面往外偷看。我只是說了嗨小傢伙之類的，那張小臉就又躲回毯子底下。他們裡面整個狀況就是很糟，這是肯定的。小莎拉什麼都不做，你也無法和她談，因為你聽不懂她的回答，都是些含糊的發音。而傑克肯定夠認真幹活了。總之，我們把門柱立好了，拱腹也修好在上面了，我給他一綑柳枝好圍住門柱以及編進牆裡，應該能把牆和門柱固定在一起。但如果他們只是把柳枝當柴燒了，忘記拿來修牆，我也不會驚訝。沒有人能一直監督他們，幫他們做所有事情。那間屋子也很臭。」

瑪麗安上星期日整天聽著這件事，她對帕羅萊特家的任何一點憐憫現在都轉到了彼得身上。她看到他為了他們把自己累壞，奮力挖著濕冷多根的土表立下一根新門柱，而他們絲毫沒有答謝他。她很肯定他們也沒有任何東西可給，但以物易物是村裡的傳統。她懷疑沒有這一切他們得到的幫助，帕羅萊特家還能否這麼無虞。再來就是消失小孩的謎團。或許沒有什麼謎團，或許只是大家都算錯了，從來沒有另一個小孩，但那個想法在瑪麗安心裡留下不安。即便一個可憐的小生命真的被帕羅萊特家的疏於照顧給抹去了，作為她這樣一個曾看著兩個自己用心照顧的孩子死去，看著自己三個無助新生寶寶如此快就結束生命的母親——她要如何真的對帕羅萊特家某個無名孩子的消失感到憤怒呢？

就在這一天，當她蜷縮在床上時，她告訴自己今天是星期天。然後她下了決定，她真的無法走過泥濘的公有地去參加彌撒。彼得會獨自去，大家都會諒解的。

這個念頭讓她回想到，多年前當一群盧瑟福人帶著鐵鍋和一袋袋鹽抵達村裡時，在大廳過夜，隔天早上是如何表達對於教堂裡沒有舉行彌撒儀式的震驚。

「我們在星期天上午做彌撒，一直都是。」當時剛新婚不久的休爵士說。

「但今天是星期天。」盧瑟福男人都堅持說。

「不是，今天是星期六。」休爵士說，約翰神父到場後也確認這點。

「世界其他地方今天都是星期天。你們一定在某天算錯了。」盧瑟福男人說。

於是消息被發布出去，田裡農務全部停工，約翰神父在傍晚帶彌撒，而隔天就是星期一，無論大家感覺如何。但這個插曲給了村民一個印象，對於約翰神父經常宣布的那些事實帶有不安的懷疑，有些人認為這是一個蓄意的錯誤，好從他們那多得到一個工作天。

「看吧，我就知道這星期六不對勁。我總是說剪羊毛季前我們過了兩次星期四。」米莉說。

「她從沒說過這類的話，爵士。」湯姆向休爵士咕噥道。

無論如何，今天大家都認同是星期天，彌撒會一如往常在教堂舉行，但來自洛克威爾、磨坊、下公有地的老弱之人不被預期出席。那天上午稍晚，彼得從教堂回到家，帶回勇於步行雪地的麗莎和馬丁。彼得將他的測量棍夾回耳後（他總是為彌撒將它拿下，基於它象徵工作），他和馬丁去馬丁家搭另一個層架，麗莎則進屋來，她和瑪麗安坐在火爐旁的老圓木座上，腳放在爐底石上，雖然瑪麗安知道這樣對凍瘡不好。有人作伴挺好的。

「我在彌撒見到母親和父親，弟弟妹妹待在家裡照顧爺爺。」麗莎說。

瑪麗安問他狀況如何。

「他似乎老樣子。下雨期間他們隨時將他裹得好好的，坐在他的椅子上蓋著羽毛被。而且他似乎沒感冒也沒生什麼病。他說一些很久遠的故事，他似乎不記得聖誕筵席，而那不過才五周前的事。但如果我們有誰提起，他就會再講一次飢荒的故事。他狀況這麼好真是奇怪。可憐的老瑪吉，不過她想必是死於傷風。不可思議的是，艾格妮絲過了這麼久才開始想念她。他們說村子裡霍爾狀況不好，大家覺得他可能撐不久了，瑪夫人允許希爾達去待在那裡陪他。她沒參加彌撒，想來是和父親在一起。瑪夫人也來了，她現在一定快生了。休爵士和羅洛一人一邊攙著她走上教堂，擔心她在泥濘的融雪裡滑倒——這提醒了我一件事……」麗莎將斗篷往旁邊一推，手伸進掛在脖子上的一只皮革小袋，拉出一把小尖剪。

「我們在我們屋裡的橫梁上方找到這個，我想迪克一定是為了安全把它放在那裡，以免孩子拿到。妳也知道他很高，輕易就能搆到，但我想希爾達搬走時，她忘了或根本不知道這東西在那。」她說。

「或者太哀傷於迪克的死而無心理會。」瑪麗安補充道。

「是的，我也猜想她是如此。總之，馬丁將剪刀拋光，用他最好的磨刀石將左右刀片和尖端都磨利了。我打算今天拿給希爾達，只是她人不在，但我不想交給瓊安或米莉，妳不知道它會有什麼下場。我想迪克用它的尖端閹割公羔羊。重點是，你想不想拿它來剪指甲？我下次去大廳時再還給希爾達。妳的腳現在如何？」

瑪麗安把腳從為保護它們而鬆裹成船型的纏布裡拉出來，展示紅腫的腳趾，有些上面還有幾處破皮。

「在復原中了，但還是很痛。我想把腳指甲剪掉應該會有幫助，但連彼得纏上布的時候都痛，我不知道剪指甲我怎麼耐得住。」瑪麗安說。

「姑姑，我試試。」麗莎說著跪下去，不顧瑪麗安的疼痛喊叫，非常溫柔地將她的所有腳趾甲都剪得盡可能的短。愛麗絲笨拙地走上前來，好奇地認真看著。瑪麗安承認這樣腳舒服多了，所以麗莎提議幫她把雙手也一併處理，於是她龜裂受損的手指甲也修好了。小彼得從躺著發呆的麥稈床滾過來，麗莎和瑪麗安花了點時間處理他的腳，尤其是扭曲的那一隻，指甲都嵌進腳底了。小彼得咿咿喔喔叫出來，但也承認剪完走路舒適多了。

「愛麗絲也要。」愛麗絲咚地一下坐下來，伸出她髒兮兮的小短腿。瑪麗安將她抱到自己膝上，麗莎小心地剪她細小的指甲，手腳都剪，都軟得像蘋果核裡的薄片。

愛麗絲的帽兜如常地往後放，露出她淺色細軟的頭髮，髮梢已垂蓋在臉上，多處沾了乾掉的粥或牛奶，糾結在一起發臭成一團。

「麗莎，幫她把頭髮剪短。她的頭髮一直掉進眼睛裡，把額頭的地方剪短，否則對視力不好，她老是隔著頭髮看東西。」瑪麗安扶著她的頭，麗莎沿著愛麗絲仔豬般的小臉剪下幾英寸。

「愛麗絲的頭髮——」她呢喃道，大開眼界，再看著瑪麗安將幾縷髮絲撿起來丟進爐火。「燒光光。」

「姑姑，我得回家了。」麗莎站起來，將小剪刀放回吊袋裡。「如果繼續融雪，我過幾天會下去磨坊，我會讓母親知道妳在這一切安好。」

「等彼得幫馬丁把層架弄好，如果妳能說服他，也幫他剪一下腳趾甲。我不知道我們什麼時候才有機會再剪，昨晚在床上他刮傷了小彼得的手臂。」瑪麗安說。麗莎離開，留上半門敞開著，一點蒼白的日光緩移進來。

這樣一點陪伴和談天的刺激讓瑪麗安心情好起來，她的愉悅也感染孩子。她將爐底石周圍的地板掃一掃（這是一直以來的安全措施），屋裡一下就顯得整潔和打理得宜。她添了一點小木柴進火堆裡，藉著木柴的火光和外面微弱的日光，她拿起紡錘和一籃梳理過的羊毛。她的手指多半發腫且每根都僵硬，這使得她紡錘旋轉得斷斷續續，紡出來的紗線也相當不均勻，且她手很痛。但紡紗是個好藉口坐在圓木座上，底下是重新纏好的腳，只要不把腳擱在爐底石上。小彼得拿了雞尾掃帚，重掃一方地板，清空碎屑，然後用一根小枝在塵土地面上面畫畫，愛麗絲貼近看著他。

「什麼？」她問。

「這是我們的家。」小彼得回答，仍專心畫著：「然後那是垂在上方的梣樹。」

「門在哪？」

「還沒畫好。」

「畫屋頂的煙。」愛麗絲說。瑪麗安聽著對話，發現愛麗絲近來學會了很多單字，雖然她沒有刻意教她。小彼得加上了一些煙。

「再多，到處都是煙。」愛麗絲說。

「不行，這樣和梣樹都混在一起了」。

愛麗絲拾起一根樹枝，用幾乎同等的技巧畫了一間長方形的房子，冒出大量的煙。

「我喜歡畫煙。」她說著繼續畫。小彼得有些忌妒她的能力說：「那畫梣樹還有上面的常春藤。」愛麗絲刮出梣樹，往屋頂彎折下來，因為畫畫的區域碰到了爐底石。然後她在房子上方畫了一個粗略的圓形，帶著放射線條。

「那是什麼？」小彼得問。

「太陽。」愛麗絲說著又加了更多放射線條。

「看起來像蒲公英。」小彼得不以為然，但希望自己也能想到可以那樣畫。

「蒲公英像太陽。」愛麗絲說，陶醉於自己的巧思而笑倒在地，結果弄壞了小彼得的畫。他不高興，因而一陣爭吵，瑪麗安將兩人分開時，彼得回來了。

「層架弄好了？」瑪麗安問，回去弄她的紡軸。

「嗯，又長又實的層架。那間屋子蓋得很堅固，我們架了一條跨六根立柱的層架。麗莎有很多罐子和鍋子，妳嫂嫂一定為她的成家資助了不少。有什麼東西吃？我餓壞了。」

瑪麗安再次將紡軸放下，忙著張羅麵包和起司給彼得，兩樣彼得都各切下厚厚的一塊。她焦慮地看著家裡的存糧。

稍事休息後，他看著兩個孩子說：「那孩子的頭髮怎麼回事？過來，愛麗絲。」

「愛麗絲頭髮在火裡燒。」她告訴爸爸。

「什麼意思？」他手爬梳過她整顆頭問。「是剪，不是燒。」

「愛麗絲頭髮在火裡燒。」她又指著火堆重複道。瑪麗安把小剪刀、剪腳趾甲、剪髮的事解釋了一遍。

「但她只是個小女孩。」彼得駁斥道：「妳不能剪女孩子家的頭髮，看起來很可笑。她的頭髮應該要收在帽子裡垂在背後，至少等她長大一點的時候就要。」

「她的頭髮已經蓋過眼睛，但短得沒法綁到後面，何況食物殘渣沾得亂七八糟。頭髮會再長的。」

「我不喜歡我的小女兒留短髮。」他抱怨道：「這對女孩子不得體。把妳的帽兜蓋上來，等頭髮長回來，然後不要再把粥弄上去了，知道嗎？」他輕拍她的屁股讓她離開，開始幫自己切下更多厚片麵包和起司。

「那麵包含了明天的份。」瑪麗安說。

他抬起頭，神情有點羞愧：「我餓昏頭了。」他說，但只拿了一片他切下來的麵包。她知道他吃這麼多是因為氣她剪了愛麗絲的頭髮。小彼得上前來，看著切片麵包問：「我可以吃嗎？」

「我想可以吧。」瑪麗安給兩個孩子各一片，加上一點點起司，自己什麼都沒吃。她重新拿起紡軸。

彼得突然拍一下耳朵說：「我的測量棍呢？」

「在層架上嗎？今天是星期天。」瑪麗安說。

「不，我今天去馬丁家的時候還帶著，去搭他的層架時。」全家在昏暗中翻找，但不在家裡的層架上，也沒在彼得耳後。那支測量棍瑪麗安已經熟悉到她幾乎視而不見，因為總是夾在彼得的右耳後，幾乎已經和他合而為一，由他凍硬的鬍子和鬈髮支撐。那是一片約六英寸長的白色冬青木，平直光滑，截面有點方，但長期使用下來也沒那麼方了，但也不大圓，所以應該不會滾動。它四面的每一面都有規律而不同間隔的刻痕，每個刻痕都是用煤煙和泥土染色而成，在絲緞般光滑的白色木頭上清晰可辨，多年以來每天都被推過彼得油膩的頭髮數十次。他可能是唯一看得懂上面度量標記的人，標記都很小，非常精細的刻度。量更長的東西，他隨時綁一條繩索在束腰罩衫上，上面不同間距處都打了結。

屋子上半門開著，彼得將下半門也打開，讓些許寒冬的黃昏之色透進來，他們再找了一次，但一無所獲。

「跑步去馬丁家，看我是不是把東西留在那了。」他對小彼得說。瑪麗安站在外面的屋簷下，看著小彼得用他顛簸的跳行姿勢大步跑過椤樹底下。

白天有更多雪融化了，現在只剩一些雪塊在蘋果樹下從圍欄積上來。從灰雲透出淡黃色微光的傍晚夕陽，閃耀在菜園後方森林裡山毛櫸光禿禿的樹幹上，照亮上面東一塊西一塊的黃色地衣。森林地面布滿厚厚一層溼透的紅棕色落葉，零星的藍綠色常春藤蔓生其上，溝渠上的低矮灌木滿布葡萄葉鐵線蓮的深棕小核，灰色絨毛從棕核長長地拖散開來。溝渠下坡處還有零星的積雪。空氣冰涼，潮濕的衣服因而更冰，瑪麗安打了寒顫，但她停在那裡，從一隻痛腳換另一隻痛腳站，看著消退中的蒼白日光，如此澄澈地灑在這熟悉卻仍令她驚艷的心愛景色上。

小彼得一跛一跛地從屋子轉角出現，高舉著彼得的測量棍。

「麗莎擺鍋子和其他東西時在新層架上發現它。」他做出勝利的姿態。

他們一起進屋，把下半門關上，接著聽到彼得說著：「喔，我的測量棍。」然後將它重夾回耳後。瑪麗安重新拿起她的紡軸，懷疑自己一整天下來紡了一碼毛線沒。彼得身子一沉坐到老圓木座上她的身邊。

「累了？」她問。他咕噥一聲算是肯定。

「你絲毫沒能休息，不像那些務農的男人，他們至少有季節之分。」

「我知道。他們有時一整天沒事幹，只在那看著穀物生長——或不長。」一抹緩緩的笑容在他鬍子底下漾開。

「你上個星期天也整天工作。」她擔心地說。

不知怎的，記得彼得做了什麼，似乎比記得她自己單調不成形的日子容易得多。

「能怎麼辦，生活就是這樣。我試著拖延事情，羅洛一天到晚對我嘮叨這嘮叨那，我得要去做，或至少假裝照做——他好像覺得一旦他吩咐我了，事情就算完成了。而其他人也會提需求，像賽門要用他的蘋果木做轉扇——對了，抱歉我忘了提蜂蜜的事——還有帕羅萊特家的門柱。我敢說他們根本懶得編我帶去的柳枝。」他揉揉鬍子嘆氣。她都已經忘了他上星期天去過帕羅萊特家。他繼續說：「一個人可以日以繼夜幫帕羅萊特家做事，但我不認為那能改變他們的生活。蕩婦，那群蕩婦。小莎拉唯一做的事就是每年讓自己懷上一個孩子，然後生下來就不管了。」

瑪麗安說，如果她真的一直懷孕個不停，一定是傑克的錯。

「大概也是。」他勉強附和，「想是他控制不住自己。」

# 二月

婦人經常停下手邊的忙碌
只為再次聆聽知更鳥的啁啾
那啄食的嘟嘟聲
享用門邊的野薔薇果實……
南風捎來暖意
僵固溪流隨即又臨籠罩霜氣
將之凍結成冰
大自然仍在夢想春天

自從一月尾聲融雪逐漸偃旗息鼓，就下起雨來。雨勢不停，頻繁而滂沱，連日不休。然後會有半天是多雲天氣，薄霧籠罩在樹冠，等到黃昏風又重新捲起，更多雨水紛飛於山谷中。

如同在一月的雪日，這種時候沒有什麼瑪麗安可做的事，只能盡可能活著，待在室內，維持文火，節約食物，在做得來的時候紡紗，想辦法讓牲畜活下來，然後忍耐，忍耐再忍耐。所有人都厭倦了忍耐，連堅強的人也變得脾氣不好，但多數人對怨恨已麻木無感，尤其是女人。

潮濕空氣瀰漫，瑪麗安屋裡沒有東西是乾的。他們厚重的羊毛衣物吸收濕氣後飽含在裡面。夾了羽毛層的毯子在夜裡笨重又冰冷地蓋在他們身上。瑪麗安一直在爐火上遇到麻煩，因為排煙窗漏水。自從彼得在雪季時重擊弄壞其中一條鉸鏈，它就一直無法密合，然後暴雨時便漏水至底下的柴火上，不是把火澆熄，就是使得木柴過濕而點不著。她得要走出屋外半破壞理好的柴堆，從屋牆的底部抽出一些乾柴拿進屋，然後堆在某處生火希望能保持乾燥。為此她得從菜園圍籬拿一些舊的柳編籬笆，易碎乾燥，是很好的臨時火種。然後她得再走出去重新把柴理好。

唯一值得慶幸的是她不用再每天下去汲水處，只要將一個水桶留在門前，到早上就已經有了四分之三桶的軟水。一直放在層架上裝穀物的大陶盆，瑪麗安一直相信它防潮（很可能只是因為它確實能防她的另一個敵人，老鼠），卻發現裡面底部是濕的。陶盆內面的單面釉裂了一道，經由陶土的多孔性讓濕氣滲進去，底部的部分穀物於是發霉。在全家都抱怨做出來的麵包味道後，她就把那些穀物拿去餵雞了。瑪麗安暗自認同這麵包很噁心，但她知道會這麼噁心，部分也是因為火太弱而沒能烤熟。

家務事的問題似乎彼此連動，一件引發另一件。雖然她的凍瘡都痊癒了，她還是覺得身體不舒服，但話說回來感覺身體無恙一直都是如此罕有的狀態，所以她沒把自己的不舒服當一回事。她壓下噁心感，吃掉最後一丁點整個冬天掛著煙燻的四分之一隻培根，經過許多星期慢慢切片下來而逐漸變小，最後幾片吃起來明顯腐壞。融雪無疑從不密合的排煙窗滴到培根上了，導致它餿掉。她和莫莉有過一次簡短的枯燥閒聊，莫莉說她和母親在吃完她們家最後一點培根後都肚子痛。

「這些日子母親看什麼都不順眼。」她告訴瑪麗安：「現在沒人能整天和她吵架了。她倆吵吵鬧鬧一輩子，多半沒有原因。這點煩死我了，我可以說——鬥嘴，鬥嘴，成天鬥嘴——但現在她轉而隨時向我抱怨。那些培根有些部位真的噁心，但也剩不多就是了。我把最後一點放進鍋裡和豆子一起煮，我們吃了，不大行，但除了吃掉我們還能怎麼辦？然後兩個人都肚子痛又拉稀，她一整晚病懨懨，我只得把剩下的都倒掉，真是浪費豆子。得到的教訓是趁食物新鮮就快吃，沒法樣樣保存的。」瑪麗安完全認同，而這也讓她確認了自己身體不適的原因。

但就這樣，培根吃完了，還要再過好幾個月才會有任何肉類可吃。村裡有些笨蛋會在這個時節宰一兩隻小母雞吃，不但讓自己沒了雞蛋來源，春天也不再有一群小雞可期。

彼得工作很辛苦，傍晚到家他會因筋疲力盡和凍壞了而非常沉默。他的斗篷在乾的時候就已經夠重了，因雨濕透後瑪麗安幾乎僅能勉強拿起。大廳的其中一輛牛車需要新的側面扣在車身結構上，這意味著他要來回於工作室和大廳庭院的牛車棚之間，不斷走過泥濘髒臭的水窪。二月向來如此。

二月尾聲的這一天，瑪麗安醒得早，天還黑著，上半門也還未有一絲曙光。前一晚他們就寢時，聽著風呼呼地吹著梣樹，常春藤劈啪作響，屋外大雨滂沱，屋頂在漏水。但此刻她醒來躺在床上，沒有風聲，沒有漏水，即便有雨也大概是綿綿細雨，那種屋頂能吸收的雨。

她的肩膀僵硬疼痛，她在潮濕的麥稈堆上和厚重被子下鬆鬆筋骨，但沒法舒緩。她依舊感到暈眩噁心，但除此之外，她覺得自己的狀況已經好過瑪格麗特夫人了。前一天傍晚彼得回到家，說瑪格麗特夫人快要生了，過去二十年來接生過村裡許多嬰兒的佛萊徹老媽子，此時和她在一起。村裡沒有人對瑪夫人能愉快順產懷抱太大希望。自從她的第一胎瑪格達出世，她已經有過太多數不清的可憐小嬰兒出生就是死胎或不久即夭折的。想到嬰孩，瑪麗安將右手探出去確認愛麗絲在睡覺，碰到了她冰涼的塌鼻子，但她睡得很沉，彼得也是，呼吸緩慢勻長。

一片寂靜之中，遠方傳來一陣陌生的呱呱聲，霎時間瑪麗安感覺到腳邊一陣抽動，小彼得強烈動作起來。她一動不動躺著聽他的動靜。麥稈堆在他坐起身下床的時候沙沙作響。當中有一陣停頓她猜是他在找斗篷或繫腰帶，然後她聽到他鬼鬼祟祟將下半門解開。她睜開眼睛，看到他爬出去時的一絲微弱曙光，然後他小心翼翼在身後帶上門。她在黑暗中微笑起來，把腳往下伸至他留下餘溫的麥稈堆裡。她聳肩躺了很久，偶爾劇烈打顫，靜待黎明。遠處的呱呱聲持續傳來。瑪麗安好奇地等待著。此時愛麗絲低聲嗚咽，瑪麗安坐起身將她抱到大床上來，她暖得不可思議的身體依偎在她的腹部，冰涼的小臉壓靠在她疼痛的肩上。母女倆都再度打起盹來。

更大聲更急促的呱呱聲傳來，隨後漸歇，但嘈雜的聲音終究吵醒了瑪麗安。她起床，留下還在睡的愛麗絲靠近彼得起伏的背，然後將自己的腰帶繫好，用潮濕的布條將現在幾乎已暖的雙腳裹起來，戴上小帽，帶子在下巴底下綁好，鬆亂的頭髮塞進小帽裡，準備展開一天。她將上下半門都打開，藉著黯淡的光線照料爐火，那需要相當大的耐心處理小樹枝，她盡可能挑愈乾的愈好，也需要輕柔地鼓風維持小火燒著，然後再將舊的柳枝圍籬平衡於小樹枝上。彼得在數聲咕噥和身子起伏中醒來。

「小愛麗，妳怎麼會在這裡？」他呢喃道，輕撫她的小臉：「妳媽媽呢，我的小寶貝？」

愛麗絲坐起來，小手一指說：「媽媽弄火。」

此時敞開大門照進來的光因小彼得的出現變暗。

「媽，妳看。」他高舉兩隻死鴨子說。

「哇——」她喜出望外。

「那個地方整個都泡在水裡了。」他解釋：「整個馬丁和麗莎菜園底部、我們家菜園底部以及所有溝渠，滿滿是水。然後溪岸邊的草和樹都從水裡冒出來，快過來看。」

彼得拖著身子起床，當他們一起跟著小彼得走出屋外，發現他整個腰部以下濕透。

「別把鴨子留在家，你帶著牠們。我不想牠們被小虎叼走。」瑪麗安說。

他們繞過屋子，走過梣樹下，再沿著馬丁和麗莎家菜園的圍欄走。地勢在此下斜，然後他們驚訝地看到溪床和溝渠間連成一整片沼澤，成了一大面水域。

「這裡一早有一大群野鴨。」小彼得亂舞著說，一部分是為了暖活身體，一部分是興奮難掩，抓著死鴨的脖子揮舞。「游來游去，有上百隻——呃，反正很多就是了。我用四顆石頭打到三隻，很快，一隻接一隻。牠們游得密密麻麻，你怎麼樣都能打中幾隻。一個帕羅萊特家的孩子走過來——」

「他也打中了嗎？」彼得插話。

「沒有，他丟出一些石頭，但都沒打著。那時候有很多都已經飛走了——但是我——」小彼得側瞥偷偷看向瑪麗安，這神韻和賽門好相像——「我給帕羅萊特家小孩我打中的一隻母鴨，我們拿這兩隻公鴨。其他野鴨都飛走後，我得涉水去把牠們撈上來。那邊不深，你可以看到一些燈心草冒出來。」

「沒關係的。」瑪麗安說，好讓小彼得安心，「只不過他們很可能只是浪費掉鴨子就是了。這水流動嗎？」

彼得往下走至水塘邊緣，用一根棍子到處戳戳說：「我覺得好像還沒。很可能山谷下方有樹被風吹倒擋住了，枯葉和其他東西又往上堆，就成了一個完整的水壩。不知莫莉的豬棚會不會淹水。」

「那裡下方的溪岸相當陡，應該不會有事。她目前只有母雞養在裡面。」瑪麗安說。三人匆匆又上了斜坡，穿過雜草到莫莉菜園旁的豬棚。莫莉聽到人聲，走出屋外，對自家菜園底部跑出如此一大片水驚呼出聲。如瑪麗安所言，豬棚現在只有母雞，位在溪岸頂端，水還有幾英寸才會淹到牆面。

「水還在升高嗎？」莫莉憂心地問。彼得把手上的棍子拋進水裡，棍子墜落在離溪岸有一段距離的赤楊附近。

「看著棍子。」他說。棍子非常緩慢地往下游漂。

「很可能是水流裡有漩渦。」瑪麗安說。她丟進一把枯草，墜落在她腳附近，也一樣開始緩慢漂往下游。

彼得說：「看樣子水是往下流的。假使不再下雨，我們應該都不會有事。小彼得，去看看汲水處。」

他跑開，莫莉看著他手上的鴨子說：「有一個很會丟石頭的兒子能幹嘛，又不是鴨子身上有多少肉可吃。」

瑪麗安說：「不曉得他們在磨坊的情況如何？他們一定將水閘開著整晚，水轟隆而下。我還記得我還是小女孩時淹水的情景。」

小彼得奔回來大喊：「汲水處現在在水面下了，水到樹墩的一半，但水現在一定在下降了，因為有些草溼答答地掛在樹枝上，大概比水面高這麼多。」他指著自己健康的和扭曲的腳之間約一英尺的寬度。

「我們也無能為力。」彼得說，一邊向睡眼惺忪剛加入他們的馬丁招手。「我們都很幸運，沒在晚上被從床上沖走。來吧，瑪麗安，愛麗絲這時候可能已經在忙各種惡作劇了。」

他們到家的時候，愛麗絲坐在床上，彼得的測量棍不穩地夾在她的小耳朵和短髮中。

「我是父親。」她對他說，他大笑從她那裡取回測量棍夾回自己耳後。

瑪麗安繼續照顧爐火，這項工作拖延總令她覺得有風險，然後看著小彼得放在老圓木座上的兩隻公野鴨。牠們不是大型鳥，她認同莫莉說的，野鴨沒多少肉可吃，但那些美味的鴨脂，她想著都要流涎，新鮮的鴨肉燉豆子，豆子會吸收鴨脂而變得令人無限滿足。隔天當燉肉在鍋裡涼了，她會刮下一層軟厚鴨脂，塗抹在一片片麵包上。那是多美味，多營養，多暖心的食物。她輕撫其中一隻的翠綠鴨頭，讚嘆其神祕的顏色，同時在腦子裡盤算豐盛的餐點。她將兩隻鴨的脖子綁在一起，掛在外面屋簷下，她晚點看到要記得拔毛和去內臟。即便正愉悅期待食鴨，她卻無預警地突然一陣噁心，得跑到糞肥堆去吐。

她心想，一定又是培根，擺脫不掉，與莫莉和她母親一樣。

小彼得看著母親欣喜於他的獵捕，一股神祕的自豪感湧上心頭。他打算向村裡的小玩伴吹噓鴨子的事。有一隻跛足和扭曲的手，他之前從未有任何值得向他們吹噓的事。

這場水患沒有立即的威脅，也沒有任何可做的，所以對當其成因的新鮮感和對兩隻公鴨的興致平息下來，瑪麗安得開始著手她的日常家務。彼得出發去村子，公有地的小徑沒有任何一處的積水超過六英寸。他有大量的工作等著他，他的測量棍安全地夾在耳後。

家中麵粉的存糧愈來愈低，瑪麗安眼見去磨坊無望（她還有半袋剛磨好的穀物在賽門那），也很難把麵粉乾燥地運回家。她得注意天氣，但今早天空尚有灰雲，雖然看來像是被粗暴撕開，緩緩越過山谷往上移動。不，她不能冒險去磨坊拿她的麵粉，她見過太多好端端的麵粉因為在獨輪車上淋到雨給糟蹋了。

她走向爐火堆，將其中一塊經常拿來放煮鍋或烤司康的平坦爐底石翻過來，它的另一面被鑿出一塊淺凹處。她從床底下找出一根圓柱狀的石頭，具有磨刀石般的罕見硬度。她拿一大把小麥填進淺凹處，跪到石頭前，將圓柱石連滾帶壓地碾過穀物。這是一種使用手推磨的碾穀古法，為休爵士所禁止，因為自家碾穀將剝奪磨坊主用水磨依法得其報償的碾穀工作，要做就得暗地來。瑪麗安身為磨坊主的女兒，對於使用她的手推磨心情矛盾，但她告訴自己，人得吃飯，吃飯大過法律。大家都知道有時羅洛找碴的興致一來，他會四處巡訪各家農舍去抓持有手推磨的主婦。瑪麗安很懂得怎麼藏她的手推磨：將磨石翻過來，放上煮鍋就著爐火，將碾石滾入床底下，它與磨石分開時看起來就像任何一塊老磨刀石。用手推磨碾穀是體力活，每一下都得使勁壓，每次碾完膝蓋都痛。沒有主婦會把碾穀當樂子，但有時不得已，當磨坊麵粉稀缺，孩子飢腸轆轆的時候。多數的人家都有自己的祕密手推磨，大家心照不宣。眾所周知即便是羅洛也對私碾睜一隻眼閉一隻眼，特別是乾旱使得磨坊無法運作的時候。

最近「洛克威爾式」的手推磨進入瑪麗安的生活。那是麗莎的圓形手推磨，一塊大致平坦的圓石疊在另一塊上，是馬丁從洛克威爾的母親那帶來的，瑪麗安看過麗莎使用。她將穀物放在下層的碟形圓石上，抬起沉重而稍小些的上層圓石，將一隻棍子垂直插入靠近圓周的洞裡，推著它繞行。麗莎堅持這方法能碾磨更多穀物，但做起來沒有比較輕鬆，至少麗莎讓她試試的時候她是這麼覺得。「姑姑，妳不會告訴父親吧，妳會嗎？」她大笑著說。

不管是哪一種手推磨，瑪麗安發現粗碾下來的外殼和麩皮對母雞是絕佳的糧食，而且如果麵粉裡留有太多這些東西，做出來的麵包容易讓人腸胃不適。在她也只能盡力將穀物磨細之下，最後靠的是粗麻布過篩，然後將大部分雜質碎屑拿去餵雞。每年這個時節一定要好好餵養母雞，因為牠們很快就要下蛋孵蛋，而每個人都知道吃得好的母雞產蛋較多，也是繁殖力較好的蛋，相較於那些營養不良、骨瘦如柴，成天用單薄的聲音咯叫抗議的母雞。

於是穀物碾磨好了，母雞餵飽了，乾草也從層架上拉下來給山羊吃了，牠的水盆已斟滿，也鋪墊了更多麥稈供牠歇息。瑪麗安輕拍山羊身體兩側，想知道牠懷上小羊了沒。到目前為止還沒有這個跡象，然而聖誕節前瑪麗安才緩步走了一段長路牽著牠上小徑，穿過田野至洛克威爾，將牠在種羊所在的圍欄內放開。種羊先是用一種倨傲的眼神看著瑪麗安，隨後才將注意力轉到她的母羊身上。而後瑪麗安在南西的邀請下進去她屋內坐坐，在屋裡暖了雙腳，被招待了一杯蜂蜜製的濃郁酒飲。洛克威爾的蜂蜜素有頂級之稱，而這款以之製成的冒泡酒飲是洛克威爾的特產。瑪麗安發現它極其營養，因為她本來坐著和南西談天，然後發現自己一定打了瞌睡，因為南西搖醒她，告訴她到這時候種羊應該已經完事，她差不多也該回家了。所以她重新綁好繩索套到山羊脖子上，牽著牠離開，但回程很吃力，因為她走得搖搖晃晃，而且她不知道種羊到底成功讓她的母羊懷孕沒。

她將所存的最後一點雨水用在母雞和山羊身上了，於是提著空桶走下汲水處。

她看到馬丁家下方那一大片三角形的水域下降了許多，當她下去到溪邊，柳樹墩下的汲水平臺此時剛自水面露出。附近的地面每走一步都嘎吱作響，一簇簇枯草、樹枝、落葉留在岸上排成一條線，顯示出原來的最高水位。她很吃力才將水桶裝滿，因為現在溪水流得非常急。她猜測不管本來是什麼在夜裡截住了水流，現在想必已經瓦解，水順其流向奔往向那近乎神話般的盧瑟福，一路向前奔流，不住奔流，流入那更廣闊的未知世界。

早上的雲層已經破除並消失，瑪麗安驚訝看到天空竟如此湛藍，只有遠方高處有幾絲淡淡的雲。風很輕盈，近乎和煦。對面溪岸的赤楊布滿挺硬青綠的葇荑花序和像縮小冷杉松果的深色球果。當瑪麗沿著溪岸看過去，她看到新長了青白色的東西掛在柳樹上，銀柳的當季垂直莖枝滿布銀色小突球。

「很可能春天終於來了。」她對自己說，但她也很清楚春天經常提前來，然後又退回刺骨寒風和暴風雪。

她提著沉重的水桶走上斜坡，遇到艾格妮絲從她家菜園柵門蹣跚走到這。

瑪麗安說：「告訴莫莉，水位下降了。妳可以碰得到滑輪和繩索，但地面很濕。」

艾格妮絲說：「我們屋頂也漏水，水滴到床上，麥稈堆都濕透了，似乎怎麼樣都暖不起來……」她八成會反覆抱怨類似的事，一路說下去，但瑪麗安沒留在原地等著聽。她已經從艾格妮絲和瑪吉那聽過太多這類的話，一講就幾個鐘頭，年復一年。

回到家瑪麗安斥責小彼得沒有打理爐火，現在已剩得很少。小彼得為自己申辯，說她經常對他說不准碰火。

「你還小的時候我當然常那麼說，正如我現在也常對愛麗絲說。但現在你得學會正確照顧爐火，你現在已經大到能做這一些事了。出去再拿一兩根柴進來，可以的話把幾根晾乾。」

孩子多難帶。有時候你覺得他們夠大懂事了，他們馬上就表現得像個嬰孩，下次又會出現幼童表現出負責的態度使妳不敢置信。孩子一下懂事，一下幼稚，正如春天，一天早上來了，隔天又回到冬天。

她一邊這麼想著，一邊忙著做薄司康，將她粗篩的麵粉加水混和，用麵糊草草揉出一顆顆小球，用手掌壓平在爐底石上，等著它們烤熟。這是十分陽春的食物，這種沒發酵的玩意，但已經沒有腐壞培根的肥脂在誘惑她將它加入麵團。她得將麵團拍薄，否則會外焦內生。真正的麵包，最好的麵包，是加了麥酒泡沫酵母的，只有用烤窯才烤得成；麵粉混了酸奶，然後罩在她的破陶罐裡，放在爐底石上烤出來的也還不差；但是今天這種貧乏、乾硬、單薄、無鹽、無油的司康，就是他們在這寒冷的二月天裡僅能吃的了。她再度想到那兩隻公鴨和牠們將帶來的豐盛美食。

麗莎進門的時候，他們正在吃這些薄司康。「我剛從村裡回來，他們說瑪夫人生產完了，孩子死了，如同以往那幾個。」

「上帝憐憫啊。」瑪麗安驚呼，但是憐憫誰她也不知道。「然而又一個？出生就是死胎嗎？」

「他們不知道。瓊安告訴我，他們在孩子出生前就把約翰神父請來，以便他能當場幫孩子受洗——她說他確實幫孩子受洗了——我猜是為了以防萬一。至於當時孩子是死是活，我想不會有人知道。」麗莎走進來，在老圓木座上坐到瑪麗安身邊。

「瑪夫人還好嗎？」瑪麗安問。

「瓊安說她只是躺著不斷哭泣。那很不像她，不像平常冷面的她，但經過這麼多個時辰的分娩，她大概早耗完她的堅強。又一次可怕的失望。」麗莎抱起一直湊近看她的愛麗絲，將她放到膝上。

瑪麗安說：「不曉得是什麼造成她的孩子都那樣死去，或是出生已是死胎。瑪格達之後，她肯定已經生下九個或十個了。瑪格達一直是個健壯的孩子，然而其他的每個卻……」她的聲音逐漸飄散在哀傷的思緒裡。

「瓊安說這孩子的顏色是某種怪異的灰，不同於正常新生兒的紅潤。其他幾胎也都是這個怪異的灰色。瓊安不認為她們成功讓其他幾胎正常呼吸過，所以他們都立刻就死了。」

「這次是男孩還是女孩？」

「想來是個男孩，因為約翰神父將他受洗取名為埃德蒙，和其他死去的男嬰一樣，以休爵士的父親命名。」

瑪麗安說：「幸好已經有現成掘好的墳墓了，不過嬰兒也占不了多少空間就是。休爵士一定很傷心，又一個兒子沒了，又一個希望破滅。到現在他已沒剩太多機會和瑪夫人生個兒子了。」

「瓊安說他說不出話來，就只是雙手抱頭地坐在其中一張擱板桌邊，神情憔悴得像是整個人被掏空。瓊安是這麼說的，而她在我看來沒什麼不同，但怎麼說這孩子也是她的姪子，算是吧。不禁讓人想他們到底做了什麼，得到這樣的懲罰。他們不是邪惡之人，卻換來這所有的死嬰。」

「即使是好人也可能面臨生活的殘酷。」瑪麗安感覺自己在美麗的姪女面前好像能倚老賣老。

麗莎起身，轉身在火前烘裙子的背面一邊說：「等休爵士死後，又沒有兒子繼承，我們會怎麼樣呢？」

「他們大概會找來某個陌生人娶瑪格達，某個從山下威爾德來的人。」瑪麗安補充這個細節，好讓麗莎對她的廣涉世事刮目相看。「某個不知村裡行事風格的人，一個從外地來的年輕人。畢竟這裡沒有人能娶瑪格達，向來找的都是外人……」瑪麗安的聲音再度散去。

「那麼這個外人便會成為我們的統治者。」麗莎繼續說：「我們沒有人會高興的。不是還有羅洛——」

「他也不會永遠都在，他比休爵士小不了三歲。」兩人都沉默了，苦思村裡岌岌可危的未來。

「羅洛很嚴厲，但他基本上很公正。」瑪麗安承認。「如果來了個無知的敗家子，在大廳發號司令，只因他是瑪格達的丈夫，事情就太糟了。」

靜默之中，兩個女人都想到大廳的權威性，他們災禍的庇護所，出事時的港灣，他們生活的統治者，把村人所有各式活動都紡在一起的紡軸。兩人都無法想像沒有大廳展現權威結構的生活。儘管她們抱怨，儘管全村的人老是抱怨，關於那些強制捐獻的母雞、山羊、家鵝、小牛，那些他們自家土地最需要耕作的日子還得去的無數天的義務勞動，然而沒有人真的希望大廳及其家族消失。未經管理的自由可能隱含太多未知的恐怖。

麗莎轉回來面火，瑪麗安抬頭帶著愉悅與讚賞看著她。她真的比她母親任何時期都漂亮，也承襲了母親的那股幸福的神態，體健的氣場，能靜能動。「心寬腳輕盈。」瑪麗安對自己重複這句村裡的俗諺。

麗莎彎身給愛麗絲一個擁抱，站起來時說：「呼——愛麗絲，妳真臭呢。」

「可能是她的衣服。」瑪麗安微帶驕傲地說：「她現在幾乎不大尿床了，但她老是想自己吃飯，吃得滿身都是，還打翻羊奶，真浪費。想來等天氣暖些，我就該幫她洗澡和洗衣服了。」

+

麗莎離開後，這一天繼續拖著步子前進。火比較旺了，到了中午多數的薄司康都吃完了。瑪麗安用手推磨的側面磨刀，然後將它放回去，倒放在爐火邊。然後她掏除兩隻野鴨的內臟，將鴨頭、鴨腳、內臟都往外丟到雜草上，催促不喜歡在潮濕天氣出門的小虎去吃。她接著將鴨子重新掛回門外屋簷下，開始拔毛，小心地將羽毛塞進她連衣裙的口袋裡。她瞥一眼小虎，牠坐在她身邊，側著頭小心翼翼地咬開一顆帶綠羽的頭骨，她不大能忍受浪費這些翠綠的羽毛，所以撿起另一顆鴨頭，小心拔掉翠綠光澤中最吸引她視線的兩三根，她想，這應該能幫她凸顯一根縫針，沒有橿鳥的藍羽那麼亮眼，但也夠明亮了。

她在爐火上放上鐵鍋，鍋子已先用乾的雜草擦乾淨，因為之前拿來煮過腐壞的培根。她將水注到半滿，把兩隻鴨子丟進去，加入一點豆子和一兩顆褐皮洋蔥。小彼得看著她做這些，問道：「我們今晚有鴨肉可吃嗎？」瑪麗安告訴他，這些鴨要煮一整晚，甚至明天一整天，所以今晚他們可以當晚餐的只有兩塊鴨肝，切片後用尖樹枝插著在炙柴上烤。瑪麗安給他看她為了防小虎收在半破陶罐底下的兩塊大肝臟時，小彼得立刻滿足了。

黃昏逐漸覆蓋公有地，彼得一如以往疲倦回到家，說了同一件瑪格麗特夫人死嬰的事。

「所以妳已經聽說了？聽來真是悲傷，他們說是一個很健全的男孩，可惜顏色怪異，他們一直沒能讓他號哭出來。他們說休爵士明天會看著他下葬。晚餐吃什麼？」

於是全家都坐在老圓木座上，愛麗絲站在彼得兩膝之間，他們將切片鴨肝插在紫杉的尖枝上，伸到火裡烤，然後將滋滋作響的熟肝塊丟到薄司康上。

「小彼得，那樣還沒熟，再伸近一點。」瑪麗安說。「但我的手快燒到了，而且我喜歡肝多汁一點。」

她累到懶得和他爭辯。

稍晚就寢前，在她將炙紅的柴火和灰燼堆平時，小彼得悄悄蹭到她旁邊，低聲問：「媽，你明天真的會煮鴨肉嗎？」

「肉已經和洋蔥一起下鍋了。你沒聞到嗎？要煮一整夜。」

「我打到那些鴨子妳真的很高興嗎，媽？」她有點吃驚，然後給了他一個難得的擁抱。

「真的。」她又強調。「你有機會就盡可能打一些野鴨，鴿子也可以，牠們都是很好的食物，就是小了點。烏鴉也行，烏鴉沒什麼肉，但你打下愈多，對田裡的穀物愈好。現在上床睡覺了。」

十

但是當她自己躺到床上時，她不大舒服，身上的衣服潮濕厚重，被子也是。即使在如此寒意下，彼得還是幾乎馬上入睡。她看出他有多精疲力盡，是看到他將尖枝伸到火上烤鴨肝時手在抖。她知道那不是因為天冷，是長時間吃力鋸切榆木木板的關係。愛麗絲一度抗拒被放到搖籃裡，她也確實漸漸快睡不下了，但她仍然很快就睡著。

但瑪麗安睡不著。瑪格麗特夫人的死嬰揪住她的思緒，她自己也曾生產最後導致死嬰。她感覺極度疲倦，也非常沮喪，並且意識到這與早上小彼得帶回鴨子，她盤算著煮頓豐盛餐點時的心情反差很大。現在一切都讓人厭煩。她心想這種情緒的轉變是不是表示月事快來了，然後意識到自己已經好一段時間沒來了，她記不得多久了。女人在糧食短缺的時候經常會沒月事，通常發生在春天那幾個月，且當存糧不夠時，女人總是第一個不吃的，也是餓最久的。她知道自己從聖誕筵席以來就常處飢餓到現在，這很可能是沒來的原因。她記得多年前，在瑪潔莉出生之後，有兩年收成很差，每個人都挨餓，那段期間多數的女人都沒有月事。

接著突然間，一個念頭如箭般射上心頭，她懷孕了。最近早晨的噁心不是腐壞培根引起的，而是子宮裡的嬰兒。畢竟彼得和兩個孩子都吃了培根，他們完全沒事。

她的思緒繼續奔騰，對這個想法仍很遲疑。再生一個，有何不可？她年紀還不算太大。這孩子會在收成季節前後出生，對每個人來說工作量最大也最吃重的時節。然而來到秋天，假使一切順利，她給這孩子哺乳的期間會是糧食最豐足的時候。但消沉的感覺又突然來襲，思及將有數月家人要加倍辛苦接下她原來份內的工作，思及可預期更多年的看顧、哺乳、擦洗、安撫、搖睡、餵飯、穿衣、留意安全——工作似乎在她眼前一路延伸進入無盡的未來。她暗自叫苦。

然後這股消沉感再度轉換，這次轉成了恐懼：害怕長時而可怕的分娩，很可能還是在黑暗中；害怕生產後過幾天，產婦開始發燒接著死亡，這經常發生。如果真的發生了，孩子也會死嗎？很有可能，除非村子裡有其他女人剛生下死嬰，能夠且也願意給為孩子哺乳。但那樣愛麗絲怎麼辦，可憐的小愛麗絲，還不到三歲，這麼有望長大的孩子。她知道彼得是個和藹的父親，但一個父親能真的做些什麼養大一個小女孩？

愛麗絲稍微抽抽鼻子，又安靜下來。小彼得雙腿亂動一番，然後也停下來。彼得響亮的鼾聲繼續其緩慢的節奏。他們沒有人關心她的問題。在這件事上她是全然孤獨的。她不會向彼得提及又懷一胎的可能性，除非她非常確定。她會先保密，事實上她向來在很多事情上都這麼做。

她現在全心被另一個孩子到來的可能性占據，然而她充滿預感，知道全村都會支持她，她所有的熟人都會毫無疑問地支持，這是她唯一的力量，得以蓋過恐懼的唯一支柱。她簡略想像這個新到孩子的未來，存活下來且抽高，聽樗樹欷欷作響，看森林裡紫濛濛的風信子花海，如此季復一季，年復一年。她想像不出他種生活的可能。

她從未想過自己該毫不懷疑地接受命運，但也從未想過自己對任何可能遭逢的事擁有自主權或選擇。

默默接受自己甘於平凡，她終於入睡。

歷史與現場 0262

# 中世紀女子：英格蘭農村人妻的日常

Medieval Woman: Village Life in the Middle Ages

作　者—安貝爾（Ann Baer）
譯　者—翁仲琪
編　輯—張啟淵
封面設計—兒　日
發 行 人—趙政岷
出 版 者—時報文化出版企業股份有限公司
10803台北市和平西路三段二四〇號四樓
發行專線—（〇二）二三〇六—六八四二
讀者服務專線—〇八〇〇—二三一—七〇五
（〇二）二三〇四—七一〇三
讀者服務傳真—（〇二）二三〇四—六八五八
郵撥—一九三四四七二四時報文化出版公司
信箱—台北郵政七九～九九信箱
時報悅讀網—http://www.readingtimes.com.tw
法律顧問—理律法律事務所　陳長文律師、李念祖律師
印　刷—盈昌印刷有限公司
初版一刷—二〇一九年二月二十二日
定　價—新臺幣四五〇元
（缺頁或破損的書，請寄回更換）

時報文化出版公司成立於一九七五年，
並於一九九九年股票上櫃公開發行，於二〇〇八年脫離中時集團非屬旺中，
以「尊重智慧與創意的文化事業」為信念。

中世紀女子：英格蘭農村人妻的日常 / 安貝爾（Ann Baer）著；翁仲琪譯. -- 初版. -- 臺北市：時報文化, 2019.02
面；　公分. --（歷史與現場；262）
譯自：Medieval woman : village life in the Middle Ages
ISBN 978-957-13-7701-8（平裝）

873.57　　108000246

Medieval Woman by Ann Baer
First published in Great Britain in 1996 by Michael O'Mara Books Limited
9 Lion Yard Tremadoc Road London SW4 7NQ


ISBN 978-957-13-7701-8
Printed in Taiwan